J.T. SHERIDAN

Law of Love – Für immer mit dir

AF196748

Weitere Titel der Autorin

Legal Love – An deiner Seite
Legal Love – Mit dir allein
Legal Love – Nie wieder ohne dich
Legal Love – Nur du und ich

Vampire Kisses – Die Shadow-Hearts-Reihe in einem Band

Über die Autorin

J.T. Sheridan ist das Pseudonym der Autorin Jessica Bernett. Sie wurde 1978 als Enkelin eines Buchdruckers in Wiesbaden geboren. Umgeben von Büchern und Geschichten entdeckte sie schon früh ihre Begeisterung für das Schreiben. Der Liebe wegen wechselte sie die Rheinseite und lebt heute mit ihrem Mann und ihren Kindern in Mainz. Sheridan hat eine Schwäche für Schokolade, Whisky und die britischen Inseln, die sie besonders in ihren Büchern auslebt.

J.T. Sheridan

LAW *of* LOVE

Für immer mit dir

Lübbe

Vollständige Taschenbuch-Ausgabe der in
der Bastei Lübbe AG erschienenen E-Book-Ausgabe
Copyright © 2023 by
Bastei Lübbe AG, Schanzenstraße 6 – 20, 51063 Köln

Vervielfältigungen dieses Werkes für das Text-
und Data-Mining bleiben vorbehalten.

Textredaktion: Anne Pias
Lektorat/Projektmanagement: Anna-Lena Meyhöfer
Covergestaltung: Christin Wilhelm, www.grafic4u.de
Satz: 3w+p GmbH, Rimpar
Druck: GGP Media GmbH, Pößneck

ISBN 978-3-404-19255-7

Sie finden uns im Internet unter Luebbe.de
Bitte beachten Sie auch: Lesejury.de

1. Sarah

Das Display meines Handys leuchtete auf und erinnerte mich daran, auf dem Heimweg Brot und Käse einzukaufen. Der Feierabend befand sich allerdings noch in weiter Ferne.

Ich war erst zur Hälfte mit dem Grundbuchauszug durch, den mir der Big Boss zur Prüfung anvertraut hatte. Mr Holden hatte angedeutet, dass er bis spätestens einundzwanzig Uhr eine Beurteilung dazu vorliegen haben wollte, was bedeutete, dass ich mir den Feierabend-Drink mit meinen Kolleginnen abschminken konnte.

Eine Haarsträhne fiel mir ins Gesicht, und ich schob sie hinter mein Ohr. Dieses Kribbeln in meinen Fingern, wenn ich die Seiten durchblätterte, war es wert, auch mal auf den traditionellen Drink zum Start ins Wochenende zu verzichten. Ich war hier an einer großen Sache dran, das war mir schon in dem Moment bewusst gewesen, als Mr Holden persönlich von der Chefetage herunter in mein kleines bescheidenes Büro kam.

Der mehrseitige Grundbuchauszug gehörte zu einem kombinierten Geschäfts- und Wohnhaus. Parallel zu den Papierunterlagen betrachtete ich das Objekt im Internet. Wichtig waren mir natürlich die exakte Lage und der mögliche Immobilienwert. Außerdem fand ich einige Bilder von dem Gebäude, die mich stutzig machten.

»Klopf, klopf.«

Überrascht sah ich auf. Meine Kollegin Gillian stand schmunzelnd in der offenen Tür, die Arme vor der hellblauen Bluse verschränkt. »Sieht aus, als würdest du uns heute nicht begleiten, Sarah.«

»Spezialauftrag vom Chef«, erklärte ich und hob den Stapel Papiere in die Luft.

»Oje, benötigst du Hilfe?« Sie machte bereits einen Schritt in mein Büro.

Aber ich wollte ihr nicht ihre Zeit stehlen. Sie hatte diese Woche ebenfalls schon einige Überstunden gemacht und sich den pünktlichen Feierabend am Freitag mehr als verdient.

»Nein, alles in Ordnung. Ich schaffe das schon. Danke für das Angebot.« Ich legte den Papierstapel sorgfältig auf die Tischplatte zurück. »Aber trink gerne einen Baileys auf Eis für mich mit.«

»Dass du diesen klebrigen Kram überhaupt runterbekommst.«

Ich hob meine Kaffeetasse. »Hey, ich stehe zu meiner Sucht nach Süßem.«

Gill rückte ihre Brille zurecht und seufzte. »Vielleicht kommst du später einfach noch nach?«

»Werde mein Bestes geben.«

»Super, bis später dann.«

Gillian Hobbs und ich hatten damals zur selben Zeit bei *Black & Chase* angefangen. Deswegen verband uns eine besondere Freundschaft. Es war nicht einfach, sich in einer großen Kanzlei wie dieser zu behaupten, und so hatten wir ein Bündnis geschlossen und uns gegenseitig geholfen, wo es ging. Aus diesem Bündnis war eine Freundschaft erwachsen.

Und auch wenn sie mittlerweile im Familienrecht arbeitete und mein Fachgebiet das Immobilienrecht war, halfen wir uns in Krisenzeiten immer noch gegenseitig aus. Jeden Freitag gönnten wir uns zusammen mit anderen Kolleginnen und Kollegen einen Drink im »Sunshine Pub«.

Nachdenklich hob ich die Tasse an meine Lippen und merkte, dass der Inhalt längst kalt war. Ein Blick auf meine Armbanduhr offenbarte, dass ich auch besser keinen Kaffee mehr trinken sollte, um später noch irgendwann einschlafen zu können.

Andererseits lag bereits ein langer Tag hinter mir, wenn ich also nicht riskieren wollte, dass mein Kopf auf den Tisch knallte und mich Mr Holden im Tiefschlaf vorfand, wäre eine Extraportion Koffein gar nicht verkehrt.

Ich schnappte mir meine Tasse und ging in die Teeküche am anderen Ende des Gangs. Einige der Büros, an denen ich vorbeikam, waren bereits leer, die Lichter ausgeschaltet und die darin Arbeitenden in den Feierabend gegangen. In anderen aber wurden Überstunden geschoben.

Sie alle hofften auf den großen Karrieresprung. Genau wie ich. Nur reichten manchmal Fleiß und Ehrgeiz nicht aus, um die Leiter nach oben zu steigen. Dazu gehörte auch eine große Portion Glück: das richtige Mandat zur rechten Zeit. Der gute Eindruck, den man beim Big Boss hinterlässt. Ganz besonders brauchte es diese Eigenschaft, die Gill und ich den »Glow« nannten. Man musste die anderen überstrahlen, den Kanzlei-partnern auffallen, sodass man nicht mehr eine Anwältin oder ein Anwalt von vielen war.

Leider fehlte mir dieser Glow. In den letzten drei Jahren hatte ich echt mein Bestes gegeben. Ich war immer einge-sprungen, hatte niemals Nein gesagt. Auf meinem Stunden-konto tummelten sich so viele Überstunden, dass ich einen Monat hätte freinehmen können.

Aber mehr als eine Zimmerpflanze zum Geburtstag und eine Karte zu Weihnachten nebst kleinem Obolus waren bis-her für mich nicht drin gewesen.

In den letzten Wochen hatte ich mich tatsächlich gefragt, ob es nicht Zeit war, weiterzuziehen. Womöglich wäre ich in einer kleineren Kanzlei besser aufgehoben. Aber dann besann ich mich. Ich war nicht der Typ, der leicht aufgab. Beharrlich-keit und Geduld waren meine besten Eigenschaften.

Mein Dad sagte immer, dass ich das von meiner Mum geerbt hatte. Aber meine Mutter war schon gestorben, als ich erst zehn Jahre alt war. Sie war Sängerin an der Oper gewesen. Papa war einer der Bühnenbildner. So hatten sie sich kennen- und lieben gelernt.

Das Gesangstalent hatte ich jedenfalls nicht von ihr geerbt. Meine Stimme und Gesang passten so gut zusammen wie Backfisch zum Dessert.

Nachdem ich mir einen Kaffee mit drei Würfeln Zucker und einem Hauch Milch eingeschenkt hatte, kehrte ich zurück in mein kleines Büro. Das Fenster zeigte leider nicht in Richtung Themse. Ich hatte lediglich einen Blick auf das gegenüberliegende Bürogebäude mit seiner spiegelnden Fassade. Seufzend ließ ich mich auf meinen Bürostuhl fallen, der quietschend protestierte.

Wenn ich endlich die ersehnte Beförderung zur Senior Associate ergatterte, würde ich ein Büro mit einer besseren Aussicht in einem höheren Stockwerk erhalten. Was Hierarchien anging, war *Black & Chase* tatsächlich eher traditionell, egal, wie modern die Büroräume und die Ausstattung auch wirkten.

Ich klickte die Bilder durch, die ich im Internet zu dem Objekt des Grundbuchauszuges gefunden hatte. Mein Job war es, die vom Makler zur Verfügung gestellten Unterlagen rechtlich auf Herz und Nieren zu prüfen. Ein späterer Mangel am Objekt oder dem Grundstück war nach Abschluss eines Kaufvertrages nur schwer geltend zu machen und war meist mit langen Rechtsstreitigkeiten verbunden. Deswegen erhielten wir die Immobilienunterlagen, um sie schon vor Aufsetzen des Vertrages zu prüfen. Die eigentliche Arbeit, nämlich das Aushandeln des Kaufvertrages, kam später.

Nachdem ich zwei Schlucke Kaffee getrunken hatte, zoomte ich eines der Bilder des Objektes heran.

»Komisch.« Ich schaute mir noch mal die Größenangaben im Grundbuchauszug und die Grundstücksbezeichnung an.

Auf den Bildern waren mehrere Balkone sowie eine große Terrasse zu sehen, die zu einem Restaurant gehörte. Die Terrasse grenzte genau an das Nebengrundstück, was den Bildern nach zu urteilen eine Lagerhalle beherbergte. Die Bilder stimmten nicht mit dem Grundriss des Grundstücks überein. Die Balkone sahen ebenfalls ziemlich neu aus. Sie waren jedenfalls jünger als das Sandsteingebäude, das aus dem neunzehnten Jahrhundert stammte.

Erneut blätterte ich die Unterlagen durch. Aber die Baugenehmigung für die Anbringung der modernen Balkone konnte ich nirgendwo finden, genauso wenig wie die für die Terrasse. Entweder waren die Unterlagen unvollständig, was dem Immobilienmakler anzulasten war ... oder es gab überhaupt keine Baugenehmigung, und der potenzielle neue Besitzer des Gebäudes durfte sich in Zukunft mit der Baubehörde herumschlagen.

Ich öffnete an meinem Computer ein neues Dokument und begann, die entsprechenden Anmerkungen einzutippen.

Keine Ahnung, wie lange ich schrieb.

Als ich fertig war, schmerzte mein Nacken, und ich lockerte mit kreisenden Bewegungen die Schultern. Der Kaffee war längst kalt. Zehn Seiten hatte ich im Flow zustande gebracht. Begonnen hatte ich mit einer Zusammenfassung der Daten des Grundstücks, also der genauen Lage, dem Baujahr des Gebäudes und so weiter. Dann hatte ich die im Grundbuch eingetragenen Lasten aufgezählt, bevor ich meine eigenen Anmerkungen zur Baugenehmigung erörterte. Mein Fazit war, dass vor dem Kauf der Immobilie unbedingt weitere Unterlagen vorliegen mussten und ich ansonsten von einem Kauf abraten würde.

Nachdem ich das Gutachten durchgelesen und Schreibfehler korrigiert hatte, speicherte ich es nochmals ab und öffnete das Mailprogramm. Mit ein paar Sätzen an unseren Big Boss übersandte ich ihm mein Gutachten.

Die Uhr an meinem Computer zeigte 22:47 Uhr. Seufzend ließ ich mich auf meinem Bürostuhl zurücksinken. Ich hatte über eine Stunde länger gebraucht, als Holden mir vorgegeben hatte. Aber ich hoffte, Mr Holden würde angesichts des Umfanges des Gutachtens ein Auge zudrücken.

Gähnend schaltete ich den Computer aus und brachte meine Tasse in die Teeküche. Um zu den Mädels in den Pub zu stoßen, war ich zu erledigt. Ich sehnte mich nur noch nach einer Tasse Tee mit Schuss und meinem warmen weichen Bett.

An der Garderobe holte ich meinen Trenchcoat, wünschte unserem Abendsekretär ein schönes Wochenende und schritt zu den Aufzügen, um auf den Knopf zu drücken.

Das Telefon am Empfang klingelte. Es war nicht ungewöhnlich, dass zu dieser späten Stunde Mandanten anriefen. Als international tätige Kanzlei gab es immer irgendwen auf der Welt, der gerade wach war und ein dringendes Anliegen besprechen musste. Deswegen beschäftigte *Black & Chase* eine ganze Horde an Abend- und Wochenendpersonal.

Die Aufzugtür öffnete sich, und ich machte einen Schritt nach vorn.

»Ms Davies!«

Mit der Hand hielt ich die Tür davon ab, sich wieder zu schließen und mich dabei zu zerdrücken. »Ja?«

»Mr Holden möchte Sie sehen.«

»Der Boss?« Meine Frage klang, als hätten wir noch einen anderen Mr Holden in der Kanzlei.

»Ja, es ist dringend.«

Stimmte etwas mit meinem Gutachten nicht? Ich hatte doch auf »Senden« gedrückt, oder etwa nicht?

Der Aufzug gab einen protestierenden Ton von sich, und

ich kam zur Besinnung. »Okay, bin auf dem Weg«, rief ich in Julians Richtung und betrat den Fahrstuhl ganz.

Sobald sich die Türen geschlossen hatten, atmete ich tief durch und drückte auf den Knopf neben der Zahl dreiundzwanzig. Meine Handflächen fühlten sich schwitzig an. Ich rieb sie unauffällig am Rock ab. Wann immer ich Mr Holden gegenübertrat, fühlte ich mich wie eine junge Studentin, nicht wie eine ausgewachsene Anwältin. Er hatte diese autoritäre Ausstrahlung. Dabei war er immer ruhig und gefasst. Aber gerade mit dieser Ruhe und dem festen Blick wirkte er einschüchternder als jeder cholerische Mensch.

Mit einem »Bing« öffneten sich die Türen auf der Chefetage. Ich räusperte den Kloß in meiner Kehle fort, hielt den Griff meiner Handtasche fest umklammert und betrat den dunkel marmorierten Boden.

Selbst unsere Etage war modern eingerichtet mit vielen Glas- und Metallelementen. Hier oben aber schien alles zu glänzen und zu schimmern.

Die persönliche Assistentin meines Chefs nickte mir freundlich lächelnd zu. »Guten Abend, Ms Davies. Mr Holden erwartet sie bereits.« Es hätte den Hinweis gar nicht gebraucht, denn durch die Glastür hatte mich der Boss bereits entdeckt.

»Danke, Ms Oliver.«

Kaum hatte ich sein Büro betreten, erhob er sich und schloss hinter mir die Tür. Was er mir zu sagen hatte, schien nicht für die Ohren seiner Assistentin bestimmt zu sein. Das war ungewöhnlich. Soweit ich wusste, arbeitete Ms Oliver bereits seit Jahrzehnten für Mr Holden und genoss sein vollstes Vertrauen.

»Schön, dass ich Sie noch vor Ihrem wohlverdienten Feierabend erwischen konnte.« Seine Stimme war dunkel und angenehm. »Setzen Sie sich doch.«

»Danke. Ist alles in Ordnung mit meinem Gutachten? Sie

haben es doch erhalten, nicht wahr?« Ich setzte mich auf einen der Besucherstühle, während der Boss um seinen Schreibtisch herumging und sich auf seinem Drehstuhl niederließ. Hinter ihm befand sich ein Panoramafenster, das einen fantastischen Blick auf das nächtliche London bot.

»Mit Ihrem Gutachten ist alles bestens. Was der Anbieter der Immobilie wohl anders sehen wird. Aber keine Sorge, wir werden nicht ihn vertreten. Das Gutachten erfolgt im Auftrag eines Interessenten.«

Mr Holden musste mein erschrockenes Gesicht gesehen haben. Erleichtert atmete ich aus. »Wir können weitere Informationen zu dem Objekt einholen«, schlug ich vor, »um ein ausführlicheres Gutachten zu erstellen. Meine Anmerkungen gelten für die Unterlagen, die uns vorliegen. Es bedeutet nicht, dass es nicht doch eine Baugenehmigung für die Anbauten gibt.«

Mr Holden nickte bedächtig, verschränkte die Hände hinter dem Kopf und betrachtete mich nachdenklich.

Manche Kollegin behauptete, er habe eine gewisse Ähnlichkeit mit Robert Redford in jüngeren Jahren. Ich fand eher, er hatte etwas von einem gut gealterten Brad Pitt. Aber da bestand wohl nicht so ein großer Unterschied.

»Ms Davies, ich vertraue ganz und gar auf Ihr Urteil. Deswegen habe ich einen weiteren Auftrag für Sie. Es mag ungewöhnlich klingen, aber könnten Sie Ihr Gutachten zu dem Interessenten bringen?«

Nervös spielte ich mit dem Silberring an meinem Zeigefinger und streichelte mit dem Daumen über den kleinen Saphir in Sternenform, der darin eingelassen war. Ein Erbstück meiner Mutter.

»Ist er ein Mandant von uns?«

»Noch nicht. Aber Ihr Gutachten könnte dazu beitragen, dass er es wird. Ich würde das Überbringen selbst übernehmen. Doch in fünfzehn Minuten erwarte ich einen Anruf aus Chicago.«

Ich schluckte. »Das Gutachten soll jetzt gleich überbracht werden?«

»Normalerweise könnte ein Bote damit beauftragt werden, doch in Anbetracht der späten Uhrzeit und der Dringlichkeit der Aufgabe ... Nur falls Sie nichts vorhaben. Es ist immerhin Freitagabend. Vermutlich haben Sie eine Verabredung. Ich werde Ms Oliver darum bitten, einen Eilboten zu beauftragen.« Mr Holden griff bereits nach dem Hörer, doch der Ton in seiner Stimme hatte mir vermittelt, dass er den Vorschlag eher rhetorisch meinte. Er hatte immerhin ziemlich deutlich gemacht, wie wichtig ihm dieses mögliche Mandat war.

Ich hob die Hand. »Nein, ich übernehme die Aufgabe. Ich hatte ohnehin nichts vor, außer, es mir auf dem Sofa gemütlich zu machen und durch die Fernsehprogramme zu zappen.«

Der Boss schmunzelte und lehnte sich zurück. »Ich wusste, dass ich mich auf Sie verlassen kann.«

»Wohin soll ich die Unterlagen bringen?«

Er griff nach einem Klebezettel und notierte eine Adresse. Stirnrunzelnd versuchte ich, diese zuzuordnen. »Covent Garden?«

»Richtig. In der Kunstgalerie LIGHTness findet heute Abend eine Charity-Veranstaltung statt. Unser potenzieller Mandant hält sich dort auf und wartet auf unsere Nachricht. Das Gutachten muss ihm bis spätestens Mitternacht vorliegen.«

Ich schaute auf meine Armbanduhr. Noch eine Stunde. Das sollte zu schaffen sein, sofern ich direkt ein Taxi erwischte und der Verkehr es zuließ. Eine Info fehlte mir allerdings noch. »Wie heißt mein Ansprechpartner?«

»Es ist der potenzielle Mandant selbst: Rorik Stone.« Er

schaute mich mit hochgezogenen Brauen an, als müssten bei mir nun sämtliche Glocken von Westminster läuten.

Der Name klang wie das Pseudonym eines Möchtegernrockstars. Ich räusperte mich dezent. »Rorik Stone, okay, das ist eingängig. Kann ich mir merken.«

Mr Holden lachte leise. »Er ist ein Millionär aus den USA. Die Kanzlei wäre hocherfreut, ihn als neuen Mandanten begrüßen zu dürfen.« Er klappte eine Ledermappe zusammen, in der sich zuoberst ein Ausdruck meines Gutachtens befand, was ich sofort an dem von mir erstellten Deckblatt erkannte.

»Verstehe.« Ich nickte und nahm die Unterlagen entgegen, die er mir zuschob.

»Danke, Ms Davies. Sie haben wirklich gute Arbeit geleistet.«

Ich lächelte erfreut und erhob mich. »Dann sehen wir uns am Montag?«

»Haben Sie ein gutes Wochenende.«

»Danke, Mr Holden, das wünsche ich Ihnen ebenfalls.«

Das Glück war mir nicht hold. Das erste Taxi wurde mir von einem angetrunkenen Kerl in zerknittertem Businessanzug weggeschnappt, der den Start ins Wochenende wohl etwas zu heftig angegangen war. Danach fing es auch noch an zu nieseln. Ich schlug den Kragen meines Trenchcoats hoch und steckte die Ledermappe in meine Handtasche.

Geschlagene zehn Minuten später saß ich endlich in einem der schwarzen Londoner Gefährte und nannte dem Fahrer die Zieladresse. »Bitte beeilen Sie sich«, fügte ich hinzu. »Ich muss bis Mitternacht dort sein.«

»Wie Cinderella?«, erwiderte der Fahrer schmunzelnd und fädelte sich in den Verkehr ein.

»Ja, so ähnlich.«

Während der Fahrt überlegte ich, ob ich den Namen unseres Auftraggebers nicht schon einmal gehört hatte. Rorik Stone. Womöglich hatte ich in den Nachrichten von ihm gelesen. Ein weiterer Millionär, der in Londons Immobilienwelt investieren wollte. Das konnte wirklich ein großartiges Mandat für uns werden, wenn er uns damit beauftragte, die Kaufverträge auszuhandeln.

Immer wieder schaute ich auf die Uhr. Es war zwanzig vor zwölf, als das Taxi schließlich vor einem hell erleuchteten Gebäude hielt. Durch die breite Fensterfront sah ich, dass die Galerie trotz der späten Uhrzeit gut gefüllt war. Das Event war also noch in vollem Gange.

Nachdem ich den Fahrer bezahlt hatte und ausgestiegen war, huschte ich zum Eingang der Galerie, um nicht noch nasser zu werden.

Ein Security-Mitarbeiter musterte mich kritisch. »Guten Abend, Ms, haben Sie eine Einladung?«

Ich klammerte meine Handtasche an mich, als könnte sie mir Halt und Schutz spenden. »Nein, ich bin auf der Suche nach Rorik Stone.«

Nun wurde der Blick des breitschultrigen Kerls noch strenger. »Madam, ich kann Sie nicht reinlassen.«

»Es ist dringend«, sagte ich, wobei meine Stimme in meinen Ohren viel zu hoch klang. Diese ganze Situation war neu für mich. Auf diesem Event hielten sich die Reichen der Reichen auf. In der Liga hatte ich noch nie mitgespielt. Doch ich besann mich darauf, dass ich schon unangenehmere Gegebenheiten gemeistert hatte. »Ich habe wichtige Unterlagen für Mr Stone.«

»Sie sehen aus, als wären Sie von der Presse. Ich kann Sie nicht reinlassen ohne Einladung.«

Vorsichtig schielte ich an dem Typen vorbei. Schick gekleidete Menschen in Abendkleidern und Smokings tummelten sich zwischen den Kunstwerken. Wenn ich doch nur wüsste, wie Rorik Stone aussah.

»Hören Sie, ich bleibe brav hier stehen. Aber könnten Sie Mr Stone bitte sagen, dass ich hier bin?«

Der Mann hob eine Braue. »Und wer sind Sie bitte?«

Ich kramte in meiner Handtasche und brachte eine Visitenkarte zum Vorschein. »Sarah Davies.« Außerdem stand der Name unserer Kanzlei darauf.

Mr Security hielt die Karte etwas weiter von sich, um sie zu lesen. Eine Brille wäre sicher hilfreich gewesen, aber das hätte den Gesamteindruck des bulligen Sicherheitswachmanns wohl geschmälert.

Dann seufzte er und winkte eine Kellnerin herbei. Er flüsterte ihr ein paar Worte zu und legte die Karte auf ihr Tablett zwischen die gefüllten Champagnergläser.

Sie betrachtete mich genauso kritisch, nickte dann aber und verschwand zwischen den Gästen.

Innerlich jubelte ich und stellte mich auf die Zehenspitzen, um ihren Weg zu verfolgen.

»Sie warten hier«, erinnerte mich der Türsteher.

»Natürlich.« Ich ließ mich auf die Ballen zurücksinken und presste fest die Lippen aufeinander. Es war in der Galerie ziemlich warm, und ich öffnete die Knöpfe meines Trenchcoats. Mir rannte allmählich die Zeit davon. Ich stand mit dem Typen sicher schon fünf Minuten hier.

Schließlich kehrte die Kellnerin zurück. »Bitte folgen Sie mir.«

Triumphierend grinste ich den Wachmann an und trat an ihm vorbei.

Ich spürte die neugierigen Blicke der noblen Gäste, während ich die Frau durch die Galerie begleitete. Nervös zupfte ich an meinem karierten Rock. Selten hatte ich mich so underdressed gefühlt wie in diesem Moment. Zwischen den schillernden Menschen wirkte ich wie ein Nachtfalter unter Schmetterlingen.

Die Kellnerin brachte mich zu einem Mann, der den Rücken zu uns gewandt hatte und ein deckenhohes Gemälde betrachtete. Er trug einen schwarzen Smoking, soweit ich das von hinten sehen konnte, der jedoch ziemlich genau auf seinen Körper zugeschnitten war, denn er betonte seine breiten Schultern und die Taille. Sein blondes Haar trug er zu einem strengen Dutt gebunden.

»Mr Stone, Ms Davies«, erklärte die junge Frau und huschte davon.

Der blonde Mann drehte sich langsam um und musterte mich aufmerksam aus blauen Augen, deren Farbe dem Meer der Antarktis glich. Sein Teint hingegen wirkte wie von der Sonne geküsst. Sein markantes Kinn war von einem gepflegten Dreitagebart bedeckt. Er hielt meine Visitenkarte in der rechten Hand, in der anderen befand sich ein Tumbler mit einer bernsteinfarbenen Flüssigkeit.

Ihm gegenüber fühlte ich mich für einen Moment zerbrechlich und schwach. Räuspernd richtete ich mich zu voller Größe auf. Ich reichte immer noch lediglich bis zu seiner Schulter.

»Mr Stone, ich habe Ihre Unterlagen dabei. So, wie Sie es gewünscht haben.«

Er steckte langsam die Visitenkarte in die Brusttasche seines Jacketts. »Gerade noch rechtzeitig«, sprach er mit einer Stimme, die mir einen wohligen Schauer verursachte. Der Typ sah nicht nur gut aus, er hatte auch noch eine sexy Stimme.

Rasch holte ich die Ledermappe aus meiner übergroßen Handtasche und reichte sie ihm. »Mit besten Grüßen von Mr Holden.«

Er zog eine Braue hoch, trank den Rest seines Drinks und stellte das Glas auf einer Säule ab, die eine nackte Frauenbüste trug. Dann nahm er die Mappe entgegen und öffnete sie. Sein Gesicht wirkte ernst, während er die Seiten durchblätterte, irgendwie auch unnahbar. Schließlich entfuhr ihm ein grollend hervorgebrachtes »Verdammt!«. Er warf einen Blick auf seine

Smart Watch, dann auf mich. »Ich muss dringend telefonieren.«

»Sicher. Ich … wünsche Ihnen noch einen schönen Abend.« Ich wollte mich abwenden, doch er berührte mich kurz am Ellbogen.

»Nein, kommen Sie mit mir.« Er warf mir einen Blick über die Schulter zu. »Bitte.« Das »Bitte« kam zwar verspätet, aber zeitig genug, sodass seine Aufforderung nicht wie ein Befehl klang.

Ich hatte Mühe, mit seinen ausgreifenden Schritten mitzuhalten. Die anderen Gäste machten ihm automatisch Platz, sodass es zu keinen Zusammenstößen kam. Erneut richteten sich die Blicke in unsere Richtung, diesmal galten sie aber eindeutig Mr Stone.

Währenddessen telefonierte er kurz, und als uns der Security-Mitarbeiter die Tür öffnete, wartete bereits ein schwarzer Rolls Royce auf uns. Die Fahrerin trug einen schwarzen Anzug mit Schlips. Sie lächelte freundlich, als wir herauskamen und öffnete die Beifahrertür hinten. Ihr silber gefärbtes Haar stand im Gegensatz zu ihrem jungen Gesicht.

»Danke, Elizabeth.« Mr Stone trat zur Seite und bedeutete mir mit einer Handbewegung einzusteigen.

»Ähm, das ist nicht nötig, ich nehme ein Taxi.«

»Für die Mühe, sich mitten in der Nacht durch London zu quälen, bin ich es Ihnen zumindest schuldig, Sie nach Hause zu fahren.«

Er wollte mich nach Hause fahren? Das war sicher nur ein höfliches Angebot, das ich besser ablehnte.

Sein Gesicht war ernst. Er meinte es also wirklich so. Außerdem wandelte sich der Nieselregen gerade in einen heftigen Schauer. Nach einem kurzen Blick zur Chauffeurin begab ich mich auf die Rückbank.

Das Innere war luxuriös ausgestattet, natürlich mit Ledersitzen, aber auch mit einer Minibar. Der Millionär stieg nach mir ein und nahm auf einem der beiden gegenüberliegenden Sitze Platz, sodass er nun rückwärts zur Fahrtrichtung saß. Die Fahrerin schloss die Tür hinter uns und eilte hinter das Lenkrad.

»Meine Güte, das ist bestes Londoner Wetter, nicht wahr?« Ihr Cockney-Akzent war unüberhörbar.

Der Millionär grinste schief. »Allerdings, Elizabeth.«

»Zu welcher Adresse darf ich fahren?«

Nach einem kurzen Moment der Stille bemerkte ich, dass mich die Frau über den Rückspiegel ansah, während ihr Chef mit den Unterlagen beschäftigt war, die ich ihm überreicht hatte. Also nannte ich ihr meine Adresse, und sie startete den Motor.

Mr Stone schüttelte den Kopf über irgendetwas, was er in den Papieren gelesen hatte und schnappte sich erneut sein Handy. Während er darauf wartete, dass sein Telefonpartner antwortete, verhärtete sich seine Mine. Meine Güte, für diese Kinnlinie hätte sich mancher Hollywoodstar unters Messer gelegt.

Schnell wandte ich den Blick ab, bevor ich mir noch anmerken ließ, dass ich ihn anschmachtete. Es war schon peinlich genug, dass ich mit ihm in einem Luxusschlitten saß und mich nach Hause fahren ließ.

2. Stone

Erst nach dem fünften Tuten ging Thompson an sein Handy. »Hallo?«

Ich konnte den Groll, der sich in meiner Mitte gesammelt hatte, gerade noch beherrschen, um nicht ins Telefon zu brüllen. »Stone hier. Hören Sie, Mr Thompson, Sie können den Deal vergessen. Das Exposé, das Sie mir überlassen haben, war absoluter Mist.« Ich wandte den Blick zur Decke, während ich mir anhörte, was der Typ zu sagen hatte. Aber eigentlich war mir seine Erklärung auch egal. Er hatte mich betrogen, und das war alles, was zählte.

»Nein, ich habe kein Interesse mehr an dem Objekt. Vergessen Sie es einfach, okay? ... Nein, Sie brauchen mich nicht zu kontaktieren ... Nein!« Schon hatte ich aufgelegt und warf das Handy auf den freien Sessel neben mir. Mein Blick fiel auf die Kanzleiangestellte, die das Gespräch natürlich mitbekommen hatte. »Sie kennen nicht zufällig eine gute Immobilienfirma?«

»Meine Kanzlei kann Ihnen gerne passende Kontakte zukommen lassen«, antwortete sie mit einem Ton in der Stimme, der alles andere als zuvorkommend wirkte. War sie etwa genervt?

Irgendwie amüsierte mich ihre Antwort. »Das denke ich mir.« Dann rutschte ich zur Minibar und nahm eine Halbliterflasche Wasser heraus. »Darf ich Ihnen etwas anbieten? Wir haben auch Champagner, Scotch ...«

»Ähm, nein, danke.«

»Lehnen Sie jedes freundliche Angebot erst einmal ab?«

»Nein.« Sie hielt meinem Blick unbeirrt stand.

Ich lehnte mich zurück und sah aus dem Fenster ins nächtliche London. »Holden entlohnt Sie hoffentlich angemessen für die Überstunden. Er hätte doch auch einen Boten schicken können.«

»Keine Sorge, Mr Stone. Ich war ohnehin auf dem Heimweg, und es bedeutete keine Umstände.«

Ich nickte nachdenklich. »Wissen Sie, ich hätte diese Immobilie fast gekauft. Aber ich hatte auch ein merkwürdiges Gefühl dabei. Ich konnte es nur nicht zuordnen. Ihre Kanzlei hat mir einen Haufen Ärger und finanzielle Einbußen erspart.«

»Freut mich, dass wir Ihnen dienlich sein konnten.« Nun zeigte sie zum ersten Mal ein leichtes Lächeln.

So ganz konnte ich die Engländerin noch nicht einschätzen. Als ich mich in der Galerie zu ihr umgedreht hatte, war sie mir im ersten Augenblick wie eine zarte, zerbrechliche Person vorgekommen. Doch dann hatte sie meinem Blick jederzeit standgehalten, was nicht viele Menschen schafften. In ihren Augen, die zugegebenermaßen in einer faszinierenden Mischung aus Grün und Blau schimmerten, lag außerdem ein gewisser Stolz. Nein, eine zerbrechliche Person war sie ganz sicher nicht, mochte sie mir auch nur knapp bis zur Schulter reichen.

Ich wandte den Blick ab, wieder hinaus ins verregnete London.

»Mist«, hörte ich plötzlich aus ihrer Richtung.

»Wie bitte?«

»Ich habe nur gerade bemerkt, dass ich etwas vergessen habe.« Sie rutschte auf der Bank nach vorn und wandte sich an Elizabeth. »Verzeihen Sie, könnten Sie mich vielleicht an einer anderen Adresse rauslassen? Ich muss noch etwas einkaufen.«

Ich hatte mich wohl verhört. »Zu so später Stunde?«

»Ich kenne einen Shop, der rund um die Uhr geöffnet hat«, erklärte Ms Davies unbekümmert.

Mochte sie auch selbstbewusst und eigenständig sein, ich würde ganz sicher nicht zulassen, sie mitten in der Nacht in einer Großstadt allein einkaufen zu lassen. »Elizabeth«, rief ich nach vorn. »Wir werden einen kleinen Umweg einlegen.«

»Das ist wirklich nicht notwendig«, wandte Ms Davies ein. Schon wieder hatte sie ein freundlich gemeintes Angebot abgelehnt.

»Ich bestehe darauf.«

Es war dunkel, es war nass, ich hatte keine Ahnung, wo sie wohnte. Vielleicht war es eine nette Gegend, vielleicht aber auch nicht. Außerdem war ich es ihr gewissermaßen schuldig. Sie war gerade noch rechtzeitig gekommen, damit ich den Deal absagen konnte. Sie war meine Retterin, und so konnte ich mich revanchieren.

»Also gut.« Sie nannte Elizabeth die Adresse, und ich schaffte es, mich ein wenig zu entspannen.

Die Fahrt dauerte eine Weile, und ich fragte mich, ob sie überhaupt in London wohnte und nicht in Oxford oder sonst wo. Sie schien damit zufrieden, aus dem Fenster zu sehen. Das Schweigen zwischen uns war nicht unangenehm. Im Gegenteil. Ms Davies strahlte eine Ruhe aus, die sehr entspannend wirkte. Und obwohl ich die Stille genoss, wurde ich neugierig. Wer war Sarah Davies? Warum schickte Holden ausgerechnet sie mitten in der Nacht?

»Arbeiten Sie schon lange für Mr Holden?«, fragte ich, bevor ich weiter darüber nachdenken konnte.

»Seit bald drei Jahren.«

»Sind sie zufrieden dort?«

Sie lachte leise, was mein Herz kurz stolpern ließ. Ihr Lachen war entzückend.

»Wenn ich nicht zufrieden wäre, hätte ich längst die Kanzlei gewechselt.«

Touché. »Und London? Leben Sie schon lange hier? Ihr Akzent klingt nicht typisch nach London.«

Jetzt lachte sie nochmals. »Mr Stone, London ist sehr vielfältig. Elizabeth, Ihre Chauffeurin, könnte man anhand ihres Cockney-Dialekts durchaus als waschechte Londonerin identifizieren. Aber nur weil ich einen anderen Akzent habe, heißt das nicht, dass ich nicht hier geboren bin.«

Da hatte sie natürlich recht, und ich hätte mich für den Blödsinn selbst ohrfeigen können. Aber ich wollte wirklich gern mehr über Ms Davies erfahren. »Verzeihung.«

»Schon in Ordnung.« Sie zeigte ein verschmitztes Lächeln. »Im Grunde stimmt es sogar irgendwie. Ich bin zwar in London geboren, aber mein Vater kommt aus Wales, und wir haben viel Zeit bei der Familie meines Vaters verbracht, als ich noch ein Kind war. Also hat sich wohl der ein oder andere walisische Ton bei mir eingeschlichen.« Sie legte den Kopf leicht schief. »Und Sie? Aus welchem Bundesstaat kommen Sie?«

»Kalifornien. Geboren und aufgewachsen in L.A.« Ich trank einen Schluck Wasser und fragte mich, was sie wohl schon über mich gelesen hatte. Sie war mir gegenüber im Vorteil, wenn sie sich im Internet über mich informiert hatte. Aber was dort stand, waren nur Oberflächlichkeiten. »Mein Urgroßvater kam aus England«, sagte ich schließlich. »Zumindest wurde das so in der Familie erzählt.«

Sie nickte, dann schaute sie wieder aus dem Fenster. »Oh, sehen Sie, wir überqueren gerade die Themse.«

Es hatte aufgehört zu regnen, und die Straßenlaternen spiegelten sich auf der Oberfläche des Flusses. Wir schwiegen eine Weile, bis wir einen schier endlos wirkenden Park passierten.

Ich hatte jede Orientierung verloren. »In welchem Stadtteil sind wir hier?«

»Richmond. Sie haben wohl noch nicht viel von London gesehen?«

»Nein, nicht wirklich. Meine Termine haben es bisher nicht zugelassen.« Dabei hätte ich liebend gern ein wenig Zeit aufgebracht, um die üblichen Sightseeing Spots abzuklappern: Spaziergang an der Themse, Besuch des Towers, Selfies vor Big Ben ... Nun, vielleicht würde ich in ein paar Wochen die Zeit dafür finden.

Elizabeth lenkte den Wagen in eine schmale Straße und hielt vor einem kleinen hell erleuchteten Laden.

»Es dauert nicht lange«, versprach Ms Davies und löste den Anschnallgurt.

»Warten Sie, ich komme mit.« Ich stellte die Wasserflasche zurück und rückte nach vorn, um ebenfalls auszusteigen.

»Ich bin durchaus in der Lage, allein einkaufen zu gehen.« Sie klang weniger echauffiert als amüsiert.

»Natürlich. Aber mir ist eingefallen, dass ich Zahnpasta und Duschgel brauche. Oder wollen Sie für mich mit einkaufen?«

Sie kicherte. »Nein, lieber nicht.«

Ich folgte ihr in das aufgeräumte und ordentliche Innere des Geschäftes. Für einen Supermarkt war das ein ziemlich kleiner Laden. Ein älterer Herr mit Halbglatze begrüßte sie freundlich.

»Guten Abend, Sarah. Hast du heute deinen Freund mitgebracht?« Der Herr kannte Ms Davies, also ging sie hier öfter einkaufen.

»Guten Abend, Mr Jackson. Das ist Mr Stone, und nein, er ist nicht mein Freund, aber ein ... Bekannter. Er benötigt Zahnpasta und Duschgel.«

Der ältere Mann begrüßte ihn freundlich. »Schauen Sie gleich da vorn im Regal links. Wir haben eine kleine, aber feine Auswahl der gängigsten Marken.«

Ich dankte ihm und ging in die angewiesene Richtung.

Meine Mum hätte mir die Leviten gelesen, wenn sie erfahren hätte, dass ich nicht die Bioprodukte kaufte, die sie vertrieb. Aber sie war zum Glück nicht hier. Also griff ich nach einer beliebigen Zahncreme mit Minzgeschmack und einem Duschgel, das nach der Arktis benannt war. Wobei ich mich fragte, wie die Arktis wohl riechen mochte. Eis war geruchlos, oder etwa nicht?

Als ich mich umdrehte, um zur Kasse zu gehen, prallte ich gegen Sarah Davies. Instinktiv legte ich einen Arm um ihre Schultern, damit sie nicht umfiel.

»Himmel noch mal.« Sie stützte sich an meiner Brust ab. Dann sah sie auf, und für einen Moment verfingen sich unsere Blicke.

Ihre Augen waren nicht nur blau und grün, er entdeckte auch Grau und Türkis darin. Ich war von ihrem Blick gefangen.

Sie war es, die den Abstand suchte, und sie nahm ihre Hand von meinem Hemd. »Die Gänge sind etwas eng«, murmelte sie und lächelte.

Ich musste mich räuspern, um meine Stimme wiederzufinden. »Stimmt.«

Ihre Sachen waren bei dem Zusammenstoß auf den Boden gefallen. Ich bückte mich, hob das Päckchen Brot und den Cheddar auf und reichte sie ihr.

»Zum Glück keine Eier«, scherzte ich.

Sie presste fest die Lippen aufeinander. »Mhmhm«, machte sie und wandte sich von mir ab.

An der Kasse hielt sie noch ein kleines Schwätzchen mit dem Verkäufer und erkundigte sich nach dessen Tochter, die wohl Ärztin in einem Krankenhaus war.

»Richte Ben beste Grüße aus«, bat der ältere Herr noch.

Ein warmes Lächeln breitete sich auf ihrem Gesicht aus, was mich zum Nachdenken brachte.

»Werde ich machen. Danke, Mr Jackson.«

Ich zahlte und bedankte mich ebenfalls bei dem netten älteren Herrn.

Es gab also einen Ben in ihrem Leben. Ich hatte keinen Ehering an ihrem Finger gesehen, nur diesen Silberring an ihrem Zeigefinger. Womöglich hatte der eine tiefere Bedeutung. Aber, verdammt, warum machte ich mir überhaupt Gedanken darüber? Sie war nur eine Kanzleiangestellte, die mir aus der Patsche geholfen hatte. Wir würden einander höchstens noch auf den Fluren von *Black & Chase* begegnen.

Elizabeth hielt uns die Tür auf, damit wir einsteigen konnten. Ich hatte ihr schon öfter erklärt, dass sie das nicht zu machen brauchte. Doch sie hatte nur gezwinkert und gemeint, das sei im Service inbegriffen.

Das Zuhause von Ms Davies war eines dieser kleinen schmalen Häuser, das sich Seite an Seite mit anderen Häuschen in eine enge Straße mit Kopfsteinpflaster schmiegte. Im Erdgeschoss brannte noch Licht, das durch Spitzenvorhänge nach draußen fiel.

»Sie werden erwartet«, sagte ich möglichst unverfänglich.

Sie zögerte kurz und senkte den Blick. Dann trat wieder dieses warme Lächeln auf ihr Gesicht, und sie sah mich direkt an. »Ja, das werde ich. Vielen Dank für die Fahrt nach Hause, das war sehr freundlich. Danke auch an Sie, Ms …?«

»Elizabeth reicht vollkommen. Es war mir ein Vergnügen, Ms Davies.«

»Wenn Elizabeth reicht, dann reicht auch Sarah.« Die beiden Engländerinnen schienen direkt einen Draht zueinander gefunden zu haben.

Ich nickte der Kanzleiangestellten nachdenklich zu. »Danke nochmals für Ihren Einsatz.« Gott, das hörte sich so gestelzt an. Wieso brachte ich keine normale Verabschiedung zustande?

»Es ist mein Job.« Ms Davies hob die Schultern und verließ die Limousine. »Ich wünsche Ihnen ein schönes Wochenende.«

»Vielen Dank.«

Ich wartete noch, dass Ms Davies das Innere ihres Häuschens betrat, dann lehnte ich mich auf dem Sitz zurück.

»Wohin darf ich Sie nun fahren?«, fragte meine Chauffeurin.

»Einfach nur zu meinem Appartement.« Ich gähnte herzhaft. »War ein verdammt langer Tag.«

»Das stimmt.«

»Nehmen Sie sich das Wochenende frei.«

»Ganz sicher, dass Sie mich nicht brauchen?«

»Ganz sicher.« Notfalls würde ich mir ein Taxi rufen.

Während der nächtlichen Fahrt zurück ins Innere Londons bekam ich Sarah Davies nicht aus dem Kopf. Der Moment, als ich den Arm um sie gelegt hatte, um sie abzustützen, hatte all meine Beschützerinstinkte geweckt. Dabei wäre das gar nicht notwendig gewesen. Sie schien sehr gut auf sich aufpassen zu können. Außerdem war sie nicht allein.

Ich musste sie aus dem Kopf bekommen. Nun, jetzt hatte ich ein ganzes Wochenende dafür Zeit.

3. Sarah

Leise schloss ich die Tür hinter mir, legte meine Tasche auf der weißen Kommode ab, streifte die Ballerinas von meinen Füßen und hängte den Trenchcoat auf den antiken Ständer, den wir erst kürzlich auf einem Trödelmarkt ergattert hatten.

Im Wohnzimmer gleich zur Linken des schmalen Flurs brannte Licht. Schmunzelnd blieb ich in der Tür stehen und betrachtete den schlafenden Mann auf dem dunkelroten Sofa.

Auf seiner Brust lag ein aufgeschlagener Thriller, eine halbe Tasse Tee stand noch auf dem Beistelltisch. Wenigstens trug er bereits seinen Pyjama.

Leise tapste ich zu ihm, nahm die bunte Häkeldecke von der Sofalehne und breitete sie über den Schlafenden aus. Dann ging ich in die Knie und hauchte ihm einen Kuss auf die Stirn.

»Dad, ich bin jetzt daheim.«

Er reagierte mit einem Blinzeln und einem leichten Lächeln. »Bin wohl eingeschlummert.«

»Möchtest du nicht nach oben gehen?«

»Hmm?«, gab er von sich, wurde aber nicht wirklich wach.

Das Sofa war ziemlich breit und gemütlich. Also ließ ich meinen Vater weiterschlafen und schlich mich aus dem Wohnzimmer, wobei ich das Licht löschte.

Egal, wie erwachsen ich war, wie erfolgreich im Job, Dad würde stets auf mich warten. Genau wie ich auf ihn. Wir passten aufeinander auf, so wie wir es schon immer getan hatten.

Hungrig ging ich in die schmale Küche. Auf dem kleinen Tisch, der gerade einmal zwei Personen Platz bot, stand ein Gedeck bereit, und auf dem Teller klebte ein Zettel.

»Lasagne ist im Ofen. Hab dich lieb, Dad.«

Ich gab eine ordentliche Portion auf meinen Teller und schenkte mir ein Glas Rotwein ein. Nachdem ich meinen Hunger mit Dads köstlicher Lasagne gestillt hatte, füllte ich mein Glas auf und nahm es mit nach oben in mein Zimmer.

Einst hatten die Wände Pink getragen und waren mit Postern von Boybands und Filmstars plakatiert gewesen. Heute waren Taubenblau und Weiß die vorherrschenden Farben, und über dem Bett hingen gerahmte Postkarten und ein Kunstdruck mit Gänseblümchen und Vergissmeinnicht, den Lieblingsblumen meiner verstorbenen Mutter.

Ich stellte das Weinglas auf dem Nachttisch ab, schlüpfte in ein XL-Shirt, das ich am liebsten zum Schlafen trug und kuschelte mich in mein Bett.

Was für ein Tag! Was für ein Abend!

Ich konnte immer noch nicht so richtig glauben, dass ich mit Rorik Stone in einer Limousine durch London gefahren war. Mal abgesehen davon, dass er ein Millionär war, sah er auch noch verdammt gut aus. Ja, ich musste mir eingestehen, dass die breiten Schultern, das markante Kinn und die eisblauen Augen sehr anziehend auf mich wirkten. Noch faszinierender war sein Verhalten mir gegenüber. Er schien reserviert und kühl. Gleichzeitig achtete er aber darauf, dass ich sicher nach Hause kam und meine Kleinigkeiten einkaufen konnte.

Ich nippte an meinem Wein und nahm das Handy vom Nachttisch. Eigentlich wusste ich nichts über ihn. Das *eigentlich* konnte ich streichen. Also tippte ich seinen Namen ein und ließ mich überraschen, was das Internet über ihn ausspuckte.

Okay, er war Amerikaner, geboren und aufgewachsen in L. A. So viel wusste ich bereits. Außerdem war er der einzige Erbe eines amerikanischen Multimillionärs und nunmehr Teilhaber einiger großer Firmen. Der Vater war vor einem

Jahr verstorben, und Rorik Stone hatte die Geschäfte übernommen. Mit vierunddreißig Jahren gehörte er somit zu den reichsten Männern der USA.

Sein Vater war nicht nur eine große Nummer in Hollywood, er musste auch ein echter Frauenheld gewesen sein. Es gab zahlreiche Fotos des älteren Herren mit Stars und Sternchen über die Jahrzehnte hinweg. Eine der Damen war ein schwedisches Topmodel mit wunderschönem Rapunzelhaar und strahlend blauen Augen: Roriks Mutter.

Von Rorik gab es kaum Bilder. Er war zuletzt Gast bei einer Charity-Veranstaltung in New York gewesen. An seiner Seite befand sich eine Frau, der ihr Alter kaum anzusehen war. Und tatsächlich war es seine Mutter, die ihn begleitet hatte.

Andererseits gab es laut einer Klatschseite Gerüchte, dass Rorik Stone verschiedene Affären mit Profisportlerinnen und Models gehabt haben sollte. Mit einer von ihnen habe er den letzten Sommer auf Hawaii verbracht.

Eine Nachricht leuchtete auf, und ich hätte das Handy vor Schreck beinahe von mir geworfen, weil ich mich dabei ertappt fühlte, wie ich einen Mandanten stalkte.

> Hey, Sarah. Alles okay bei dir? Wir sind gerade auf dem Heimweg. War ein lustiger Abend, aber du hast gefehlt. LG, Gill.

Zu gern hätte ich ihr von meiner Begegnung mit Rorik Stone erzählt. Aber was hätte ich schreiben sollen? Der neue Mandant ist super hot? Das würde ich ihr lieber unter vier Augen erzählen.

> Alles gut, bin schon zu Hause. Das nächste Mal bin ich wieder dabei. LG, Sarah

Bevor ich meiner Neugierde noch weiter nachkommen konnte, schaltete ich das Handy aus und schob es in die Nachttischschublade. Dafür griff ich nach dem Buch, das obendrauf lag: »Stolz und Vorurteil«. Ein Klassiker, den ich fast jedes Jahr noch mal las.

Gerade befand ich mich an der Stelle, an der Mr Darcy Elizabeth Bennet zum ersten Mal seine Liebe gestand und die Heldin ihn selbstverständlich abwies. Meine Güte. Es hätte doch so einfach sein können, wenn sie von Anfang an zu ihren Gefühlen gestanden hätten. Aber dann wäre die Geschichte wohl schon nach zwei Seiten zu Ende gewesen. Aber was wusste ich schon von Liebe?

In den letzten Jahren hatten zuerst mein Studium und schließlich meine Karriere im Vordergrund gestanden. Da war keine Zeit geblieben, einen Mann näher kennenzulernen. Außer dem ein oder anderen flüchtigen Flirt war nicht viel passiert. Und wenn ich ehrlich war, dann machte es mir auch nicht viel aus.

Ich war gerade mal neunundzwanzig und hatte noch viel Zeit, den Richtigen zu finden. Wobei ich es überhaupt nicht eilig hatte. Denn die meisten Männer, die ich bisher kennengelernt hatte, waren entweder nur auf eine Affäre aus oder entwickelten bald einen besitzergreifenden Beschützerinstinkt.

Verdammt, wir lebten immerhin im einundzwanzigsten Jahrhundert. Es war noch nie so einfach gewesen, neue Menschen kennenzulernen. Gleichzeitig erschien mir dieses Kennenlernen schrecklich kompliziert und schwierig zu sein.

Gelangweilt legte ich das Buch weg. Es konnte mich heute nicht von der Realität ablenken. Ich war eine bald dreißigjährige Anwältin, die mit ihrem Dad in einem winzigen Haus in London lebte. Sobald ich eine Beförderung ergattern konnte, würde ich für uns eine neue Bleibe finden, mit etwas mehr Platz. Und damit wäre ich schon verdammt zufrieden.

Wenn da nur nicht der Moment gewesen wäre, der eine

Moment, in dem ich alles um mich herum vergessen hatte. Rorik Stone hatte mich festgehalten. Nicht besitzergreifend, nicht aufdringlich. Er hatte nur dafür gesorgt, dass ich nicht in das Regal mit den Thunfischdosen fiel. Aber ich war ihm einen kurzen Moment sehr nahe gewesen, hatte seine Brustmuskeln unter meinen Händen gespürt, hatte in seine ernsten Augen gesehen … Und für diesen winzigen Moment hatte ich gewünscht, die Zeit möge für immer stehen bleiben.

Ich trank den Rest des Weines aus, denn eines war klar: Ich musste Rorik Stone vergessen. Er war ein Millionär, ich war nur eine angestellte Anwältin. Er spielte in einer ganz anderen Liga als ich. Und das war okay, denn was wollte so ein Typ schon mit einer Person wie mir?

Erschöpft von der Arbeitswoche und leicht beseelt vom Wein schlummerte ich schließlich ein.

Der nächste Morgen begann mit Geräuschen aus der Küche, die nach oben in mein Zimmer drangen. Meine Armbanduhr zeigte zehn nach acht. Gähnend drehte ich mich auf die andere Seite, doch dann hörte ich das Klirren von Geschirr.

Ruckartig richtete ich mich auf, zog flugs ein Paar Socken an und eilte die schmale Treppe hinunter.

»Dad? Alles in Ordnung?«

Er lehnte mit der Hüfte an der Arbeitsplatte, hatte das Gesicht zur Decke gerichtet und die Augen geschlossen.

»Ja, mein Kind. Es ist alles in Ordnung.«

Zu seinen Füßen lagen die Scherben seiner Lieblingstasse. Wir hatten sie während eines Urlaubs in Wales von einer Künstlerin gekauft.

»Dad!« Schnell kniete ich nieder und sammelte die Scherben ein. »O nein, ich glaube nicht, dass wir die noch kleben können.«

Mein Vater ging ebenfalls in die Hocke. Er sah um die Nase etwas blass aus, doch er lächelte. »Wir haben mehr als genug Tassen. Ist nicht so wild. Wenigstens hatte ich noch keinen Kaffee eingeschenkt. Das wäre sonst eine große Sauerei geworden.«

Wir entsorgten die Keramikscherben in den Müll. Während er zwei Tassen aus dem Schrank holte, musterte ich ihn unauffällig. Er sah eigentlich aus wie immer, nur etwas blasser und … er war ruhiger.

»Dad, verheimlichst du mir irgendetwas?«

Er fuhr sich durch das ungekämmte graumelierte Haar. »Unsinn, alles ist wie immer.« Er schenkte Kaffee in die beiden Tassen ein, holte die Milch aus dem Kühlschrank und fügte Zucker hinzu. Dann sah er mich kritisch an. »Aber was ist mit dir? Es war recht spät gestern.«

»Mr Holden hatte einen speziellen Auftrag für mich.«

»Der Leiter eurer Kanzlei?« Dad setzte sich auf einen der beiden Stühle, und ich tat es ihm gleich. »Das klingt spannend. Erzähl mir mehr davon.«

Während wir unseren ersten Kaffee des Tages genossen, berichtete ich ihm von dem Gutachten und dass mich der Chef gebeten hatte, es dem potenziellen Mandanten persönlich zu übergeben. Natürlich ließ ich die Einzelheiten aus, die unter die anwaltliche Verschwiegenheit fielen und jenes Detail im Shop, als ich für einen Moment die Welt um mich herum vergessen hatte.

»Na, wenn da nicht eine Beförderung in der Luft liegt.« Dad seufzte und holte aus einer Schublade Notizblock und Kugelschreiber. »Und, bereit für den Wocheneinkauf?«

»Klar, was wollen wir heute kochen? Die Lasagne war übrigens köstlich.«

Wir entschieden uns für Ratatouille, und für Sonntag planten wir Steaks und einen Salat ein.

Ich genoss es, an den Wochenenden Zeit mit meinem Dad zu verbringen. Durch meine Arbeit und die vielen Überstunden blieb unter der Woche kaum die Möglichkeit dazu.

Nach einer Scheibe Toast mit Erdbeermarmelade und einem Obstsalat stieg ich unter die Dusche und machte mich für unseren Einkauf fertig. Unser letztes Auto hatte vor drei Monaten den Geist aufgegeben, weshalb wir zusammen mit dem Bus fuhren. Ich hatte mir bereits überlegt, ein Lastenfahrrad zuzulegen. Oder ein neues Auto. Aber eigentlich gelangte ich auch mit der U-Bahn überall dorthin, wo ich hinmusste.

Mit dem Bus fuhren wir zum nächsten größeren Supermarkt, und nachdem wir zu Hause dann die Einkäufe verstaut hatten, kümmerten wir uns um den Haushalt. Dabei hörten wir Rockmusik mit dem altmodischen CD-Player meines Dads, denn es war eine absolute Grundregel meines Vaters, dass mit Musik einfach alles schneller ging.

Später am Tag hatte Dad eine Verabredung mit einem alten Kumpel, und ich genoss die Zeit in Schlabberklamotten vor dem Fernseher.

Der Sonntag lief ähnlich gemütlich ab, sodass ich gut erholt in die neue Woche startete.

Ich hatte einen Kaufvertragsentwurf auf dem Tisch, den ich abschließend prüfen wollte, bevor ich ihn der Mandantschaft vorlegte. Es ging um ein süßes kleines Haus auf dem Land, das eine junge Familie zu kaufen beabsichtigte. Für andere mochte es ein wenig lukratives Mandat bedeuten, das unter ihrer Würde lag. Aber ich liebte diese Arbeit. Die Mandantin war eine alte Freundin einer Kollegin, und so taten wir ihr einen Gefallen, natürlich nicht ohne Honorar. Es fiel aber etwas geringer aus als üblich.

Die Bilder des kleinen Häuschens sahen vielversprechend aus, und wir hatten den bestmöglichen Preis ausgehandelt. Die Familie würde eine wundervolle Zeit dort verleben, dessen war ich mir sicher.

Ich hatte den Vertrag gerade an die Mandantin gemailt, da

klingelte mein Telefon. Das Display zeigte Mr Holden an. Mein Herz schlug schneller, als ich den Hörer abhob.

»Ms Davies, hätten Sie einen Moment Zeit?«

»Natürlich, Sir.«

»Gut, kommen Sie bitte in mein Büro.«

Tausend Gedanken gingen mir durch den Kopf. Stimmte etwas mit dem Gutachten vom Freitag nicht? Hatte sich Mr Stone über mich beschwert? Womöglich hatte er gegenüber Holden erwähnt, dass er mich mit seiner Limousine nach Hause gebracht hatte, und es wartete eine Rüge auf mich, weil ich es gewagt hatte, das Angebot anzunehmen. Wir sollten unseren Mandanten auf keinen Fall irgendwelche Umstände bereiten. Im Gegenteil, wir sollten Ihnen das Leben erleichtern, nicht umgekehrt.

Mit einem mulmigen Gefühl im Magen stieg ich daher in den Aufzug nach oben. Holdens Assistentin lächelte mir aufmunternd zu. Wusste sie, weshalb ich hergerufen worden war? Noch einmal atmete ich tief durch, bevor ich das Büro betrat.

»Guten Morgen, Ms Davies, setzen Sie sich, bitte.«

Er sah ernst aus. Also hatte ich recht damit, dass er mich ermahnen würde.

Ich nahm ihm gegenüber Platz. »Guten Morgen, Mr Holden. Darf ich Ihnen sagen, dass es mir leidtut? Es wird nicht wieder vorkommen. Es war nur so spät ... und es regnete.«

Er runzelte die Stirn und lehnte sich auf seinem Stuhl zurück. »Ich habe doch noch gar nicht gesagt, worum es geht. Aber reden Sie gern weiter.«

Ich presste kurz die Lippen aufeinander und sortierte meine Gedanken. »Es war sehr unangemessen, dass ich mich von Mr Stone habe nach Hause fahren lassen.«

»Ach, das meinen Sie.« Er schmunzelte leicht. »Keine Sorge. Ich durfte mir bereits von Mr Stone anhören, wie unangemessen es gewesen sei, eine junge Dame mitten in der Nacht durch London zu schicken.«

Der Millionär hatte dem Big Boss Vorwürfe deswegen gemacht? Verdammt, das machte die Situation noch schlimmer. Betreten starrte ich auf meine Fußspitzen. »Es tut mir wirklich schrecklich leid.«

»Jetzt lassen Sie mal den Kopf nicht hängen. Ich denke, Sie missverstehen da etwas. Ja, Mr Stone war nicht angetan davon, dass ich Sie zu ihm geschickt habe. Aber das Ergebnis des Gutachtens hat ihn dermaßen überzeugt, dass er uns mandatieren wird. Das hat die Kanzlei Ihnen zu verdanken.«

Es dauerte einen kurzen Moment, bis ich begriff, dass dies ein Lob war, kein Tadel. »Oh. Ich habe nur meinen Job gemacht.«

»Sie haben wirklich großen Einsatz gezeigt, und Ihre Beurteilung der Immobilie zeugte von großem Fachwissen. Genau deswegen habe ich überlegt, ob Sie Mr Stone vertreten wollen.«

Ich schnappte nach Luft. Das konnte unmöglich wahr sein. Ich? Mr Stone? Den amerikanischen Millionär?

»Natürlich müssten Sie die Arbeit nicht allein erledigen. Mr Stone ist auf der Suche nach Immobilien, in die er investieren kann. Er hat seinem Immobilienmakler gekündigt, daher wünscht er sich, dass wir ihn bei der Suche nach passenden Immobilien begleiten und sodann die Vertragsverhandlungen übernehmen.

Dieses Mandat geht also über das gewöhnliche Maß unserer Arbeit hinaus. Sie werden Mr Stone auch zu Immobilienbesichtigungen begleiten und ihm direkt Ihre rechtliche Beurteilung sowie Ihr Fachwissen zukommen lassen. Wären Sie damit einverstanden, wenn ich Ihnen einen Trainee zur Seite stelle? Natürlich steht Ihnen auch das Sekretariat jederzeit zur Verfügung. Und sollten Sie das Gefühl haben, dass die Sache noch größer wird, dann zögern Sie sich nicht, sich bei mir zu melden. Dann werde ich weitere Anwälte oder Anwältinnen von ihren Projekten abziehen.«

Ob mir die Sache zu groß war? Absolut. Ob ich das jetzt an dieser Stelle zugeben würde? Auf gar keinen Fall. Man setzte großes Vertrauen in mich. Das war der Moment, auf den ich seit Jahren hingearbeitet hatte. All die Überstunden und die Nerven, die es mich gekostet hatte, zahlten sich jetzt aus.

»Ich werde Sie nicht enttäuschen.«

»Freut ich, das zu hören. Natürlich werde ich Sie weiterhin unterstützen. Mein Büro steht jederzeit für Sie offen. Sie werden mich regelmäßig auf dem Laufenden halten. Mindestens einmal wöchentlich.«

Ich nickte. »Natürlich.«

»Sehr gut.« Er lächelte. »Wir haben gemeinsam eine Verabredung mit Mr Stone zum Lunch. Bei dieser Gelegenheit werden wir die weiteren Punkte klären und die Honorarvereinbarung besprechen.«

Mein Mund fühlte sich trocken an, und ich schluckte nervös. »Hervorragend. Ich kann es gar nicht abwarten, mit der Arbeit zu beginnen.«

Kaum hatte ich das Büro des Big Boss verlassen, eilte ich zu den Waschräumen. Tief durchatmend betrachtete ich dort mein Spiegelbild. War ich wirklich schon bereit für den Job? Das war ein richtig großes Ding. Der Karrieresprung, auf den ich die ganze Zeit hingearbeitet hatte. Ich durfte es einfach nicht vermasseln.

Wenn ich doch nur den dunkelgrauen Hosenanzug am Morgen aus dem Kleiderschrank genommen hätte, statt des dunkelblauen Rocks und der hellen Bluse. Der Anzug hätte mich bei so einem wichtigen Termin erwachsener und kompetenter wirken lassen.

In wenigen Stunden würde ich außerdem Rorik Stone ge-

genübersitzen, dem Mann mit den eisblauen Augen. Ich richtete mich auf, straffte die Schultern und nickte meinem Spiegelbild zu. Ja, ich war bereit. Ich würde als Anwältin mein
Bestes geben, genau, wie ich es immer tat.

4. Stone

Ein stechender Schmerz blitzte hinter meiner rechten Augenbraue auf. Mit einem festen Druck meines Daumens versuchte ich, ihn wegzumassieren.

Das kam davon, weil ich die halbe Nacht in einer Videokonferenz mit L.A. verbracht hatte. Aber meine Geschäftspartner hatten auf den Termin bestanden, und es ging um nichts weniger als meine Aktienanteile an einem App-Entwicklungsunternehmen in Silicon Valley. Jetzt war es später Vormittag, und die Müdigkeit schlug zu wie ein Schmied auf den Amboss.

»Ihr Kaffee, Sir.«

Blinzelnd sah ich zu meinem Assistenten auf, der direkt vor meinem Schreibtisch stand. Ich hatte ihn nicht einmal reinkommen hören.

»Wollte ich denn Kaffee?«

Der Engländer schmunzelte. »So, wie Sie aussehen, auf jeden Fall.« Er stellte den gefüllten Becher vor mir ab. »Mit einem Schuss Hafermilch, genau, wie Sie ihn mögen.«

»Danke, Sebastian. Du bist mein Lebensretter, wie so oft in den letzten Wochen.« Das war mein Ernst. Ohne meinen Assistenten wäre ich aufgeschmissen gewesen. Sebastian kannte sich hervorragend in Londons Businesswelt aus. Vorher hatte er als freier Journalist für mehre Wirtschaftszeitungen gearbeitet. Doch als Vater eines drei Monate jungen Babys bevorzugte er nun regelmäßige Arbeitszeiten und ein fixes Gehalt.

»Danken Sie mir nicht zu früh.« Er wedelte mit einem Stapel Papiere und Umschläge. »Die Post von heute.«

»Ist etwas Spannendes dabei?« Ich nippte an der Kaffeetasse und begann, die Briefe durchzusehen, die Sebastian mir hingelegt hatte.

»Es gibt zwei Interview-Anfragen und drei Einladungen zu Charity-Veranstaltungen. Außerdem Werbung und eine Anfrage zur Zusammenarbeit mit einem Mobilfunkunternehmen.«

»Meine Güte, leben die Engländer denn noch im vorletzten Jahrhundert und haben noch nie etwas von E-Mails gehört?« Ich nahm ein edel bedrucktes Papier und hob es mit spitzen Fingern in die Luft. »Wie viele Bäume mussten für diese drei Zeilen sterben? Ein Telefonanruf hätte es genauso getan.«

Sebastian kicherte und deutete auf ein Tablet, das sein ständiger Begleiter im Büro war. »Da wir gerade von Mails reden: Die Kanzlei *Black & Chase* hat den Entwurf einer Honorarvereinbarung vorab gemailt. Ist das die Kanzlei, für die Sie sich entschieden haben?«

»Genau. Danke nochmals für den Tipp.« Es war Sebastians Idee gewesen, sich direkt an *Black & Chase* zu wenden, eine der größten und erfahrensten Wirtschaftskanzleien Londons.

»Welcher der Anwälte oder Anwältinnen wird Sie vertreten? Mr Holden selbst?«

»Soweit ich das verstanden habe, steckt er selbst mitten in einem anderen Fall, und er vertraut mich einem seiner angestellten Fachanwälte für Immobilienrecht an.« Ich wandte mich meinem Computer zu und öffnete die Mail, die Sebastian mir weitergeleitet hatte. Nach wenigen Zeilen schüttelte ich den Kopf über meine eigene Voreingenommenheit.

»Alles in Ordnung, Sir?«

»Ja, allerdings bin ich verwirrt.«

Sebastian nahm auf dem Besucherstuhl Platz, und ich rieb nochmals über die schmerzende Stelle hinter der Augenbraue. »Ich habe doch von der jungen Dame erzählt, die mir in letzter Minute das Gutachten überbracht hat.«

»Das, welches Sie davon abhielt, das Gebäude in Tottenham zu kaufen?«

»Genau. Sarah Davies. Ich war davon ausgegangen, sie sei eine Assistentin von Holden. Aber Ms Davies ist die Anwältin, die mich beraten soll.«

Wieso war ich nur automatisch davon ausgegangen, sie sei eine Assistentin und keine Anwältin? Sie wirkte jünger, als sie wohl tatsächlich war, in dem karierten Rock und mit dem schulterlangen Bob.

Normalerweise versuchte ich es zu vermeiden, einen Menschen nach dem ersten Eindruck zu beurteilen. Umso mehr ärgerte ich mich, dass es mir nun doch passiert war. Sarah Davies war eine Anwältin. Nicht irgendeine, sondern meine. Sofern ich die Honorarvereinbarung unterschrieb. Ich kratzte über die Stelle zwischen meinen Augenbrauen und las den Entwurf weiter durch.

»Soll ich den Herrschaften auf ihre Mail antworten?«, fragte Sebastian.

»Nein, ich werde den Entwurf mit Holden beim Lunch besprechen.«

»Gut, dann mache ich mich wieder an die Arbeit. Es gibt mindestens drei Immobilien, die interessant für uns sein könnten.«

Kaum zu glauben, dass Sebastian erst seit drei Wochen für mich arbeitete.

Nachdem mein Assistent den Raum verlassen hatte, begab ich mich mit meinem eigenen Tablet auf das Sofa und las die Honorarvereinbarung im Liegen weiter.

Ein Klopfen an der Tür weckte mich schließlich.

Ich hörte die gedämpfte Stimme meines Assistenten und fuhr ruckartig auf. »Mr Stone, Sie kommen zu spät zu Ihrem Termin.«

Der Blick auf meine Smart Watch zeigte, dass es bereits

zehn vor eins war. Ich löste das Band, das mein schulterlanges Haar zusammengehalten hatte, und fuhr mit den Fingern durch die zerzausten Strähnen.

»Elizabeth soll den Wagen vorfahren«, rief ich nach draußen.

»Sie steht schon unten«, rief Sebastian zurück.

»Verdammt.« Ich eilte in das winzige Badezimmer, das an mein Büro angrenzte. Es hatte sich bereits mehrfach als nützlich erwiesen, um sich frisch zu machen, wenn ich mal wieder die ganze Nacht im Büro verbracht hatte. Ich wusch mir das Gesicht, benutzte Deo und kämmte die Haare durch, um sie wieder zu einem strengen Zopf zu binden.

Mein Hemd war ein wenig zerknittert, was sich aber durch das Jackett ganz gut kaschieren ließ, das ich am Morgen sorgsam über einen Bügel gehängt hatte. Im Laufschritt schnappte ich meine Arbeitsmappe, steckte das Tablet hinein und verließ das Büro.

Elizabeth wartete direkt vor dem viktorianischen Gebäude mit dem Rolls Royce. Ich bedankte mich fürs Warten und nannte ihr die Adresse des Restaurants, in dem ich mit Holden verabredet war.

»Wie lange dauert die Fahrt in etwa?«, fragte ich mit Blick auf die Uhr.

»Keine Sorge, Mr Stone, das schaffen wir in zehn Minuten. Sie kommen nur minimal zu spät.«

Elizabeth kannte sich als ehemalige Taxifahrerin hervorragend in Londons Straßen aus. Aber nicht nur deswegen hatte ich sie als Chauffeurin angestellt. Sie war locker und witzig, ohne dabei ihre Arbeit zu vernachlässigen. Das mochte ich besonders an ihr. Zudem war sie äußerst loyal. Eine Eigenschaft, die in einem Job wie dem ihren Gold wert war.

Das französische Restaurant mit dem Namen »Petit Fleur« lag nur wenige Straßen entfernt im selben Stadtteil. Ich hätte den

42

Weg also durchaus zu Fuß laufen können, wenn ich mich besser ausgekannt hätte. Nun gut, für das nächste Mal wusste ich Bescheid.

»Wann darf ich Sie wieder abholen, Mr Stone? Oder soll ich in der Nähe parken?«

»Ich werde danach zurücklaufen. Die Bewegung wird mir guttun.«

»Sicher? Es sieht nach Regen aus.«

»Es sieht jeden Tag nach Regen aus.«

»Also gut, dann schaue ich, ob Mary mich braucht.«

Mary war meine Haushälterin. Und wenn ich den Wagen nicht für Geschäftstermine oder sonstige Fahrten benötigte, dann half Elizabeth Mary beim Einkaufen und anderen Erledigungen.

»Hervorragende Idee. Ich melde mich später.«

»Lassen Sie es sich schmecken«, hörte ich Elizabeth mir nachrufen.

Das Lokal war gut besucht. Ich ließ den Blick über die anwesenden Gäste schweifen, konnte Holden aber nicht ausmachen. Also nannte ich dem Maître meinen Namen und mit wem ich verabredet war.

»Sehr wohl, Mr Stone, bitte folgen Sie mir.« Der Herr führte mich an einen Tisch, der sich in einer Nische befand, geschützt vor den Blicken neugieriger Menschen.

Holden erhob sich, als er mich erblickte.

Mir stockte kurz der Atem. Da sie meine Anwältin werden sollte, hätte ich mir denken können, dass sie ebenfalls zum Termin erscheinen würde. Sie nun wiederzusehen ließ mein Herz kurz hüpfen. Darauf war es nicht vorbereitet gewesen. Für gewöhnlich war mein Herz nicht so leicht aus dem Takt zu bringen.

Sarah Davies sah gefasst in meine Richtung, als sie sich ebenfalls erhob.

»Mr Holden, Ms Davies, entschuldigen Sie bitte die Verspätung.«

»Das macht doch nichts.« Holden deutete mit einer Handbewegung auf Sarah. »Sie erinnern sich sicher an Sarah Davies?«

Ich konnte ein Schmunzeln nicht unterdrücken. »Natürlich, meine Retterin in der Not.«

Holden runzelte die Stirn, und Sarah senkte den Blick.

Mist, die Bemerkung war überflüssig und unprofessionell. Ich überspielte meine Unsicherheit mit einem Räuspern und nahm gegenüber von Ms Davies und Holden Platz.

»Haben Sie gut hergefunden?«, plauderte der Anwalt weiter.

Small Talk war überhaupt nicht mein Ding. »Ja, ich bin zu Fuß gelaufen.« Mir fiel auf, dass die Speisekarten auf dem Tisch lagen. »Haben Sie schon bestellt?«

»Wir haben damit auf Sie gewartet«, erwiderte Holden.

Ich studierte die Karte etwas ratlos. »Was wäre Ihre Empfehlung?«

»Es gibt ein hervorragendes Boeuf Bourguignon, das Sie in das sonnige Burgund versetzen wird.«

Holden war also ein Feinschmecker. Ich sah fragend zu Sarah, die ihrerseits aufmerksam in der Karte las.

Der Kellner nahm die Bestellung auf, und ich entschied mich als Getränk für stilles Wasser. Zum Essen wählte ich eine Tian à la provençale, was als Gemüseauflauf beschrieben war.

Nun konnten wir zum geschäftlichen Part kommen.

»Haben Sie unsere Honorarvereinbarung erhalten?«, erkundigte sich Holden.

»In der Tat, das habe ich.« Es war nicht das erste Mal, dass ich mit einer Kanzlei zusammenarbeitete. Die Preise in L.A. kannte ich quasi auswendig. London war aber neues Gebiet für mich. »Das Honorar pro Stunde bezieht sich also auf die Arbeit von Ms Davies.«

»Richtig, wir haben noch einen weiteren Betrag angegeben für einen Assistenten.«

Das hatte ich gesehen. »Ist der Betrag nicht ungewöhnlich hoch für eine … junge Anwältin wie Ms Davies?« Ich versuchte, nicht in ihre Richtung zu sehen. Es wäre angenehmer gewesen, sie wäre nicht hier. Ihre Gegenwart hatte eine verwirrende Wirkung auf mich.

»Sie finden, ich sehe jung aus?« Die Anwältin lachte leise. »Vielen Dank. Aber ich mache den Job schon ein paar Jahre.«

»Das ist der übliche Satz in unserer Kanzlei für einen Anwalt oder eine Anwältin mit der Erfahrung von Ms Davies.« Holden blieb ruhig. Womöglich musste er öfter solche Diskussionen führen.

Nicht dass es mir an Geld mangelte. Aber ich hatte im Leben gelernt, vorsichtig zu sein. Außerdem brauchte ich jemanden mit Biss und Willenskraft an meiner Seite. Im Immobilienbusiness musste man sich durchsetzen können. War Ms Davies dem gewachsen?

»Wenn es Sie beruhigt: Ich stehe natürlich jederzeit beratend zur Verfügung. Ms Davies hat meine volle Unterstützung.«

Ich musterte Holden kritisch. Dann fiel mein Blick auf die junge Anwältin. Sie hatte die Arme vor der Brust verschränkt und hielt meinem Blick eisern stand.

Das Essen wurde serviert, und ich überlegte, wie ich aus der Nummer wieder rauskam. Offensichtlich war Ms Davies diejenige, die das Gutachten verfasst hatte. Das sprach durchaus für ihre analytischen Fähigkeiten.

Während wir aßen, wandte sich das Gespräch unverfänglicheren Themen zu.

Waren Sie schon einmal in Frankreich?
Wie hat Ihnen Paris gefallen?

Das war die Art von Fragen, die man eher knapp oder auch ausschweifend beantworten konnte. Ich entschied mich für die zeitsparende Variante.

Nachdem das Geschirr abgeräumt worden war, begegneten mir zwei fragende Augenpaare. Ich musste mich entscheiden.

»Nun gut, ich werde die Honorarvereinbarung unterschreiben. Schicken Sie mir eine unterzeichenbare Version zu.«

»Hervorragend.« Holden winkte den Kellner herbei. »Darauf sollten wir anstoßen.«

»Keine Umstände.« Mein Blick fiel erneut auf Ms Davies. »Wir kontaktieren uns per Mail, gehe ich von aus.«

»Sobald ich die ersten Angebote für Sie habe.«

Ich zückte bereits meine Karte, um zu zahlen, doch Holden bestand darauf, die Rechnung zu übernehmen.

Zum Abschied reichte er mir die Hand.

»Wir freuen uns, Sie als Mandant in unserer Kanzlei begrüßen zu dürfen.«

Besonders freute er sich sicher auf die erste Honorarzahlung. Ich bemühte mich um ein Lächeln. »Ich freue mich ebenfalls auf die Zusammenarbeit.« Doch als ich die Hand von Ms Davies ergriff, um mich ebenfalls von ihr zu verabschieden, wurde ich lockerer. Ihr Griff war erstaunlich fest.

»Bis bald, Mr Stone‟, sagte sie stolz mit in die Höhe gerecktem Kinn.

»Bis bald, Ms Davies.« Diesmal war mein Lächeln echt.

5. Sarah

Rorik Stone hielt mich also für zu jung und unerfahren für den Job. Das war nichts Neues für mich. Immer wieder war ich in meinem Leben unterschätzt worden. Aber ganz ehrlich, das hatte mich nur noch stärker gemacht. Ich konnte nicht ändern, was andere über mich dachten. Ich wusste, dass ich eine gute Anwältin war, auch wenn ich manchmal an mir selbst zweifelte. Sonst würde ich nicht in einer international erfolgreichen Kanzlei wie *Black & Chase* arbeiten.

Ganz bestimmt hatte sich Mr Stone einen erfahrenen Mann gewünscht. Für sexistisch hätte ich ihn nicht gehalten. Das war wie ein Schlag ins Gesicht. Andererseits sollte es mich nicht überraschen. Sein Vater war ein Hollywood-Magnat gewesen. Wie es dort zuging, war mittlerweile bekannt. Sexismus gehörte zum guten Ton.

Dass es in der normalen Welt anders lief, musste Mr Stone noch lernen. Offensichtlich hatte mir das Schicksal die Rolle derjenigen zugedacht, die Rorik Stone die Augen öffnen würde.

»Nehmen Sie Stones Bedenken bitte nicht persönlich«, sagte Holden im Taxi auf dem Rückweg in die Kanzlei.

»Natürlich nicht, Mr Holden.«

»Ich finde, Sie sind genau die Richtige für den Job. Sollten Sie aber das Gefühl haben, dass Sie nicht mit Stone klarkommen, dann werde ich meine Entscheidung überdenken und einen der anderen Anwälte beauftragen.«

Einen der anderen Anwälte? Einen Mann, meinte er das? »Nein, Sir. Ich werde mich professionell verhalten, genau wie Sie es von mir gewohnt sind.«

»Das weiß ich, und das schätze ich sehr an Ihnen.«

Überrascht sah ich ihn an. Er war einer der Senior-Partner der Kanzlei, der oberste Boss des Londoner Büros. Ihm unterstand eine Vielzahl von Angestellten. Wie sollte er mich denn so gut kennen? Sicher hatte er das nur so dahergesagt.

»Danke«, brachte ich hervor.

Er seufzte und sah aus dem Fenster. »Ich habe einmal den Fehler gemacht, eine gute Anwältin gehen zu lassen. Das wird mir nicht noch mal passieren.«

Das Kommen und Gehen in großen Kanzleien war eigentlich nicht ungewöhnlich. Ich fragte mich, wen er damit meinte, aber ich wollte nicht zu neugierig sein.

Auf dem Weg ins Büro verkündete Holden, welche Referendarin er mir zur Unterstützung zuteilen würde.

»Sie kennen doch sicher Rebecca Moore?«

Erleichtert lächelte ich. Becks gehörte zu dem engeren Kreis an Kolleginnen, mit denen Gill und ich freitags ausgingen. »Ja, ich kenne und schätze sie sehr.«

»Das dachte ich mir schon. Sie ist ebenso tüchtig wie Sie. Vielleicht noch etwas unsicher, aber Sie können ihr sicher hilfreich zur Seite stehen und ihr ein Vorbild sein.«

»Ich werde mir Mühe geben.«

»Gut, Sie müsste schon in Ihrem Büro auf Sie warten.« Damit verabschiedete er sich im Fahrstuhl von mir, und ich verließ ihn auf meiner Etage.

Mr Holden hatte recht. Rebecca wartete mit einem breiten Grinsen auf dem Besucherstuhl in meinem Büro auf mich.

»Hey, Sarah, sieht so aus, als hättest du eine Assistentin.«

»Und ich freue mich sehr darüber. Kaffee? Dann besprechen wir, was zu tun ist.«

»Direkt ran an die Arbeit? Das gefällt mir.«

Wir beantragten für Rebecca bei der Büro-Orga einen eigenen Schreibtisch mit Stuhl. Arbeiten konnte sie an dem

Laptop, der ihr bereits durch die Kanzlei zur Verfügung gestellt worden war.

Dann stellten wir eine Liste mit Immobilienmaklern zusammen, mit denen die Kanzlei gute Erfahrungen gemacht hatte.

Außerdem erstellten wir einen Fragenkatalog, anhand dessen wir die Wünsche unseres Mandanten herausfinden und uns gezielter nach passenden Objekten umsehen konnten. Ich mailte beides an Mr Stone, und wir vereinbarten einen Termin für den nächsten Tag.

Eigentlich dachte ich, er würde zu uns in die Kanzlei kommen, doch der Millionär schlug einen anderen Treffpunkt vor: Den Eingang zum Holland Park.

Zum Termin trug ich diesmal den grauen Hosenanzug. Mit Trenchcoat und Tasche begab ich mich zum verabredeten Ort. Er war schon vor mir dort und wartete mit zwei Bechern Kaffee auf mich.

Er sah verboten gut aus, das musste ich zugeben. Heute hatte er eine schwarze Stoffhose an, ein weißes Hemd, dessen obere beiden Knöpfe offen standen, und ein dickeres Tweed-Jackett. Alles selbstverständlich auf seine Figur angepasst. Dazu trug er diesen strengen Zopf, der die kantigen Linien seines Gesichts betonte. Ich fragte mich, wie er mit offenen Haaren aussehen würde …

»Guten Tag, Ms Davies. Ich wusste nicht, wie Sie Ihren Kaffee trinken.« Er reichte mir einen der Becher, griff in die Tasche seiner Jacke und holte Milch und Zucker hervor.

»Das ist sehr freundlich von Ihnen.« Ich nahm den Zucker und die Milch entgegen, stellte den Becher auf einer Empore ab und gab den kompletten Zucker hinein.

»*Jeez*, wirklich?«

»Drei Stück Zucker für gewöhnlich.« Ich erwähnte lieber nicht meine Vorliebe für Süßes. »Schönes Wetter heute.«

»Genau. Deswegen wollte ich mich hier mit Ihnen treffen, zu einem Spaziergang an der frischen Luft.«

»Ungewöhnlich, aber gut.«

Er deutete mit einem Kopfnicken auf den Park. »Wollen wir?«

»Gerne.«

Während wir durch den Park spazierten, spürte ich, wie meine Anspannung allmählich nachließ. »Haben Sie einen Blick auf den Fragenkatalog geworfen?«

»Habe ich. Er ist sehr ausführlich.«

»Ich habe ihn zusammen mit meiner Assistentin erstellt.«

»Gute Arbeit.«

»Danke.«

»Sorry wegen gestern. Ich war etwas überrascht.«

Ich gab einen belustigten Laut von mir. »Weil ich Anwältin bin? Falls Sie sich erinnern: Sie hatten meine Visitenkarte in der Hand. Es stand auf der Rückseite mit allen Kanzleidaten.«

»Oh.«

»Hmm, wie auch immer. Ich würde gerne wissen, welche Vorstellungen Sie von Ihren künftigen Immobilien haben.«

»Das ist ein Problem.«

Verwirrt blieb ich stehen. »Wie kann das ein Problem sein? Sie müssen doch wissen, welche Immobilien sie suchen?«

»Die Immobilie muss etwas Besonderes sein, sie muss mich direkt einfangen, eine Vision in mir auslösen.«

Ach, du Schande. Ich dachte, er wollte alte Immobilien kaufen, sie restaurieren und dann teuer verkaufen. Seine Angaben aber waren kryptisch und erleichterten die Arbeit nicht gerade.

Eine Stimme erklang hinter uns. »Mr Stone, warten Sie doch bitte einen kurzen Moment!«

Er gab ein genervtes Stöhnen von sich, und ich drehte

mich überrascht in die Richtung der Frau, die uns hinterherlief. Sie tat es auf eine sehr elegante Weise, das musste ich zugeben. Das pastellfarbene Kostüm betonte ihre Vorzüge, und ihre blonde Frisur saß perfekt. Sie kam in Begleitung eines Fotografen, der eher gelangweilt in der Gegend herumschaute.

»Alisha Arnold vom *Wonder Magazine*.«

»Ich weiß, wer Sie sind«, knurrte er.

Das hielt die Frau aber nicht davon ab, ein umwerfendes Lächeln aufzusetzen. »Sie schmeicheln mir, Mr Stone. Hätten Sie denn fünf Minuten Zeit für ein kurzes Interview?«

»Nein. Reichen Ihnen die fünf Absagen nicht, die Sie bisher von meinem Büro erhalten haben?«

Ich bemerkte, dass sich sein Gesicht anspannte.

»Ich bin davon ausgegangen, dass die Absagen von einer voreiligen Assistentin kommen.« Ihr Blick fiel nun auf mich, und sie musterte mich von oben bis unten. »Ms …?«

»Sie ist nicht meine Assistentin, sondern meine Anwältin«, stellte Mr Stone klar und hob eine Augenbraue.

»Wirklich?« Die Reporterin musterte mich erneut. »Sie sehen gar nicht aus wie eine Anwältin.«

»Wie sollte denn Ihrer Meinung nach eine Anwältin aussehen?«, gab ich amüsiert zurück.

»Sie tragen ja nicht mal High Heels, und wo ist ihre Perücke und der Talar?«

O Gott, wo sollte ich da nur anfangen? Ich straffte die Schultern. »Lassen Sie meinen Mandanten einfach in Ruhe. Er hat mehrfach deutlich gemacht, dass er kein Interview mit Ihnen wünscht.«

»Es geht doch nur um ein paar lockere Fragen. Die Leserschaft ist begierig auf Informationen über den Grund Ihres längeren Besuchs in London. Sind Sie geschäftlich oder privat in der Stadt? Auf welchem der nächsten Events wird man Sie antreffen?«

»Kein Kommentar«, gab Rorik zurück und wandte sich ab.

Die Reporterin streckte die Hand aus, als wollte sie ihn davon abhalten, einfach wegzugehen.

Instinktiv schob ich mich dazwischen und sah mich Auge in Auge mit der wissbegierigen Lady. »Hören Sie, Ms Arnold, Sie werden Mr Stone jetzt in Ruhe lassen. Ansonsten werde ich eine einstweilige Verfügung gegen Sie erwirken, dass Sie sich meinem Mandanten auf keine zehn Meter nähern dürfen. Verstanden?«

Meine Worte erzeugten die beabsichtigte Wirkung, und sie machte zwei Schritte zurück.

»Meine Güte, Sie sind ja giftig.«

»Gehört zu meinem Job.«

Sie schaute pikiert an mir vorbei. »Das ist also Ihre letzte Antwort?«

Ich drehte mich ebenfalls zu Mr Stone um. Hoffentlich knickte er nicht ein, sonst wäre mein Einschreiten ganz umsonst und auch noch peinlich gewesen.

»Sie haben meine Anwältin gehört«, antwortete er ernst. »Sie sollten sich besser nicht mit ihr anlegen.«

Ms Arnold gab ein empörtes Schnaufen von sich. »Sie können sich nicht ewig vor der Presse verstecken. Wenn Sie uns keine Informationen liefern, arbeiten wir mit denen, die wir bereits haben.« Schwungvoll wandte sie sich ab und marschierte mit ihrem Fotografen in die andere Richtung davon.

»Danke.« Mr Stone lächelte mich an.

Mein Herz hüpfte vor Freude. »Keine Ursache. Und es ist so, wie ich es sagte: Es gehört zu meinem Job. Ich kann eine einstweilige Verfügung erwirken, wenn Sie das möchten.«

Er winkte ab. »Nicht der Mühe wert. Es gibt Hunderte wie sie. Wenn ich mich über jede Person, die Unsinn über mich schreibt, aufregen wollte, hätte ich nichts anderes mehr zu tun.«

Das war eine gesunde Einstellung als Promi. Wahrscheinlich hatte er sein gesamtes Leben schon mit der Presse zu tun.

»Kommen Sie.« Er berührte mich leicht an der Schulter. »Ich zeige Ihnen mein Büro und stelle Ihnen meine Angestellten vor.«

Seine Nähe benebelte mich ein wenig, als strömte er eine unsichtbare Droge aus, die dafür sorgte, dass ich mich wohlig warm und gleichzeitig kribbelig aufgeregt fühlte. Ich trat einen halben Schritt zur Seite in der Hoffnung, dem Sog zu entkommen.

Rorik schien es nicht einmal bemerkt zu haben und ging voran zu einem Seitenausgang. Zwei Straßen weiter betrat er die Stufen zu einer dunklen Holztür, die zu einem viktorianischen Haus gehörte.

»Gefallen Ihnen historische Gebäude?«, erkundigte ich mich im Plauderton und war stolz auf mich, wie unbefangen ich klang.

»Mich interessieren alle Arten von Gebäuden. Aber tatsächlich jene mit Geschichte. Dieses hier soll einmal das Stadthaus einer wohlhabenden Adelsfamilie gewesen sein.«

Neben der Eingangstür war eine Glastafel angebracht, auf der weitere Firmennamen zu lesen waren. Stone teilte sich das Gebäude demnach mit einem Steuerberater und einem IT-Unternehmen.

Durch das Foyer, in dem uns eine Empfangskraft hinter ihrem Pult freundlich lächelnd zunickte, gelangten wir zur breiten Treppe.

Die Stone Ltd. hatte ihre Büros im zweiten Stockwerk. Durch zwei offen stehende Flügeltüren betraten wir den mit Marmor ausgelegten Flur. Hier erwartete uns eine weitere Empfangskraft, eine junge Frau mit dunklen Locken und einem strahlenden Lächeln.

»Hi, Mr Stone, wie war Ihr Lunch?«

»Sehr gut, danke, Cecilia. Konntest du deine Mittagspause ebenfalls genießen?«

»Ich war mit einer Freundin in einem neuen persischen Restaurant. Mega lecker.«

»Also empfehlenswert?«

»Aber so was von.« Ihr Blick fiel auf mich. »Ich wusste nicht, dass Sie heute noch einen Termin haben.«

»Das ist Ms Davies, Fachanwältin für Immobilienrecht bei *Black & Chase.*«

»Ah, natürlich. Willkommen Ms Davies, ich bin Cecilia Martin.«

»Die gute Seele des Büros«, fügte er hinzu.

»Freut mich sehr.« Ich konnte nicht anders, als den Umgang von Mr Stone mit seinen Angestellten zu bewundern. Obwohl Sie ihn mit großem Respekt behandelten, lag Wärme im Umgang miteinander. Es war mir schon an unserem ersten Abend aufgefallen, als Elizabeth uns durch London gefahren hatte.

»Ms Davies und ich haben einiges in meinem Büro zu besprechen. Bitte stelle keine Anrufe durch.«

»Möchten Sie einen Kaffee? Kekse?« Cecilia sah von ihrem Vorgesetzten zu mir und wieder zurück.

»Machen Sie sich keine Umstände.« Ich hob meinen Kaffeebecher in die Höhe. »Wir hatten gerade schon Kaffee.«

Rorik führte mich durch weitere Räume, die allerdings leer standen. »Wenn die Geschäfte gut laufen, werde ich weitere Angestellte benötigen«, erklärte er.

»Sie werden sich also dauerhaft in London niederlassen?«

Er warf mir einen amüsierten Blick zu. »So ist der Plan.«

»Ich kann mir gar nicht vorstellen, dass jemand freiwillig das sonnige Kalifornien verlässt, um im verregneten London zu wohnen.«

»Ich mag Regen.« Rorik zwinkerte mir zu, und das Grinsen auf seinem markanten Gesicht wurde breiter.

Verdammt, wieso fühlte sich das wie Flirten an? Ich hatte nur ein wenig Small Talk führen wollen.

Ich widmete mich dem Inhalt meiner Handtasche. »Ich habe übrigens eine weitere Liste erstellt von Immobilienmaklern, mit denen wir bereits gute Erfahrungen gemacht haben.«

Er zog eine Braue hoch, eine Mimik, die mich stets wundern ließ, ob sie vor dem Spiegel einstudiert worden war, denn ich selbst konnte nur beide Brauen gleichzeitig heben.

»Sie sind wirklich fleißig. Okay, lassen Sie uns in mein Büro gehen, dann schaue ich mir die Liste an.«

Auf dem Flur begegneten wir einem schmalen Mann, der sich eine braune Locke aus dem Gesicht strich und freundlich lächelte, als er uns erblickte.

»Könntest du uns die Exposés zu den drei Immobilien bringen, die du gefunden hast?«, fragte Mr Stone direkt.

»Natürlich, kommen sofort.« Der Engländer schaute mich neugierig an.

»Sebastian, das ist Sarah Davies. Sarah Davies, das ist Sebastian Baker, mein persönlicher Assistent. Sie werden sicher noch öfter voneinander hören.«

»Ich freue mich darauf.« Der junge Mann nickte mir zu.

Er war mir direkt sympathisch. »Danke, ich ebenso.«

Rorik brachte mich zu seinem Büro, das zur Straße hin lag. Es war geräumig, aber nicht so groß wie das Büro von Mr Holden, minimalistisch eingerichtet mit einem Schreibtisch aus grauem Aluminium, der aussah, als sei er aus einem einzigen Stück gefertigt. Dazu gab es einen Drehstuhl mit schwarzem Lederbezug, zwei Besucherstühle, ebenfalls mit schwarzem Lederbezug, und ein Sideboard in Grau und Schwarz. Rechts von der Tür befand sich ein breites Sofa mit grauem Samtbezug und eine weitere Tür.

»Setzen Sie sich bitte.« Er begab sich hinter seinen Schreibtisch und sah kurz aus dem Fenster.

Während ich mich setzte, hatte ich einen hervorragenden Blick auf seine Kehrseite, und ich bewunderte, wie der Schneider es geschafft hatte, den Stoff an Stones Maße anzupassen, die ziemlich athletisch wirkten.

Rorik zog das Jackett aus, hängte es über die Lehne seines Stuhls und rollte die Hemdsärmel auf. Als Kalifornier war er braun gebrannt, was seine stahlblauen Augen noch mehr betonte.

Ich stellte mir vor, wie er am Strand von L.A. in der Sonne badete. Oder zum Surfen ging. Ob ein Mann wie Mr Stone surfte? Irgendeine Sportart übte er definitiv aus. Irgendwoher mussten diese Muskeln ja kommen.

Als sich unsere Blicke trafen wurde mir heiß. Himmel, er konnte ganz sicher keine Gedanken lesen, aber ich fühlte mich dennoch ertappt. Ich nahm schnell ein Notizbuch und einen Kugelschreiber aus meiner Tasche, um die ersten Wünsche meines Mandanten zu notieren:

Alt
Charmant
Visionen auslösend

Langsam bekam ich ein Bild davon, was Mr Stone vorschwebte. Ich holte meinen Laptop hervor und stellte ihn auf den Schreibtisch. Kaum hatte ich ihn aufgeklappt, tippte ich auf einen meiner Lesezeichen-Marker des Browsers.

»Mr Stone, ich glaube, ich hätte eine Idee für eine erste Besichtigung.«

Er kam um den Schreibtisch herum und beugte sich über mich, damit er auf den Bildschirm meines Laptops sehen konnte. Dabei stützte er eine Hand auf der Lehne des Stuhls ab, auf dem ich saß. Er roch nach einer Mischung aus Aftershave, Kaffee und etwas anderem, was ich nicht ganz zuordnen konnte.

Konzentration, rief ich mir in Erinnerung.

»Mit diesem Maklerbüro haben wir noch nicht oft zusammengearbeitet, doch mir ist bekannt, dass die Verkäufer, also deren Auftraggeber, meist Leute aus Adelskreisen sind.«

Stone wirkte interessiert. »Können Sie mir den Link schicken? Dann schaue ich es mir selbst einmal an.«

Sein Atem streichelte meinen Nacken, und eine wohlige Gänsehaut überkam mich. »Ja«, krächzte ich und musste mich räuspern. »Natürlich.« Ich schickte ihm den Link per Mail, und Mr Stone entfernte sich von mir.

Ich war enttäuscht und schalt mich selbst dafür. Die Wirkung, die er auf mich hatte, war ganz und gar nicht gut. Ich sollte mich also auf meine Arbeit konzentrieren.

»Das Haus befindet sich übrigens in Chelsea«, merkte ich an. Meine Stimme klang jetzt wieder normal. »Gar nicht weit von hier. Mit der U-Bahn eventuell zwei Stationen.«

Mr Stone runzelte die Stirn. »Ich bin noch nie U-Bahn gefahren.«

»Meine Güte, ist das wahr?«

»Ich hatte noch nie … einen Anlass dazu.«

»Sie sollten unbedingt öffentliche Verkehrsmittel nutzen. Damit lernt man eine neue Stadt am besten kennen.«

Er wirkte nun etwas amüsiert. »Sie möchten wir die Stadt per U-Bahn zeigen? Die unterirdisch fährt?«

»Kommen Sie, das wird spannend. Die meisten Menschen fahren mit der U-Bahn. Das ist in London das schnellste Verkehrsmittel.«

»Ich überlege es mir.« Er klang wenig begeistert.

»Okay, ich werde den Makler kontaktieren und einen Termin ausmachen.«

»Nein, das veranlasse ich selbst. Ihr Fleiß in allen Ehren, aber Sebastian kennt meinen Terminkalender besser als ich selbst. Also lassen wir den Termin von ihm vereinbaren. In der Zwischenzeit sehe ich mir die Liste der Makler an, die Sie mir per Mail haben zukommen lassen.«

»Guter Plan.« Ich packte meine Tasche, da ich vermutlich nun für heute entlassen war.

»Ms Davies. Danke noch mal wegen der Reporterin.«

»Gern geschehen.«

Mit einem wohligen Gefühl im Magen verließ ich das Büro von Stone Ltd. Irgendwie freute ich mich auf unser nächstes Treffen, was mich doch sehr verwirrte, denn ich kannte ihn schließlich kaum, und es war nicht meine Art, mich zu einem Mandanten so hingezogen zu fühlen.

6. Stone

Wenig begeistert betrachtete ich die Rolltreppe, die in das Dunkel der U-Bahn-Station führte. Menschen eilten an mir vorüber, einer rempelte mich an, entschuldigte sich und hastete weiter.

»Hey, Mr Stone.«

Sarahs Stimme erlöste mich von der irrationalen Vorstellung, dass die Erde über der Station nachgeben und uns unter sich begraben würde.

»Hey, Ms Davies.«

Sie winkte mit zwei Plastikkarten in der Größe von Kreditkarten. »Sind Sie bereit für das Abenteuer U-Bahn?«

»Sicher.« Meine Stimme klang kühler als beabsichtigt.

Sie führte mich durch die Zugangsschranken, dann fuhren wir mit der Rolltreppe eine gefühlte Ewigkeit nach unten.

Doch der Ausflug mit der Bahn erwies sich als überraschend komplikationslos. Keine Erde stürzte über uns ein. Die Bahn entgleiste auch nicht, sondern brachte uns zuverlässig an unser Ziel. Dennoch atmete ich tief durch, als ich mich wieder an der frischen Luft befand und das Tageslicht sehen konnte.

»War doch gar nicht schlimm«, flötete meine Anwältin vergnügt.

»Mhmhm.« Ich zückte mein Handy und schaltete den Routenplaner ein. In zehn Gehminuten hatten wir das Ziel erreicht.

Der Spaziergang war ideal, um sich einen Eindruck von der Umgebung zu verschaffen. Die meisten Häuser drängten sich Reihe an Reihe aneinander, doch sie wirkten sehr gepflegt, und überall war Grün zu sehen.

Schließlich kamen wir an eine kleinere Straße, die an einem Park entlangführte. Vor einem Haus, das etwas zurückgesetzt von der Straße lag, blieben wir stehen. Der Routenplaner zeigte an, dass wir angekommen waren.

Ich betrachtete das Anwesen und verglich es mit den Fotos, die ich noch in Erinnerung hatte. Zwei alte Bäume standen im Vorgarten und versperrten die Sicht auf das Haus. Mit Blick auf meine Smartwatch stellte ich fest, dass wir pünktlich waren, aber vom Makler fehlte noch jede Spur.

Sarah schaute sich ebenfalls um. »Sind wir an der richtigen Adresse?«

»Sind wir.« Ich steckte das Handy in die Brusttasche meines Jacketts und widmete mich dem, was man von dem Grundstück sehen konnte. Der Vorgarten wirkte ungepflegt, als hätte sich schon lange keiner mehr um den Rasen und die wuchernden Büsche gekümmert. Langsam ging ich auf das Gebäude zu.

»Womöglich wartet der Makler im Haus auf uns.« Sarah kam mir nach.

Die Eingangstür benötigte dringend eine Sanierung. Der Lack blätterte an einigen Stellen ab, und Risse hatten sich im Holz gebildet. Das hatte ich aber auch schon auf den Fotos entdeckt. Die Fenster mit den weißen Rahmen machten einen soliden Eindruck. Dennoch würde ich sie prüfen lassen. Während meine Anwältin sich um das Rechtliche kümmerte, würde ich einen Architekten durch das Haus schicken, der sich das Bauliche betrachtete.

Ms Davies drückte auf die Klingel. Nichts war zu hören. Sicherheitshalber betätigte ich den Türklopfer. Keine Reaktion von Innen. Meine Smartwatch vibrierte und zeigte einen Anruf von einer unbekannten Nummer.

»Hallo?«

»Mr Stone, hier ist Ludwigs. Mir ist leider etwas dazwischengekommen. Ich kann den Termin nicht wahrnehmen.«

»Ihr Ernst?« Ich keuchte auf. »Ihnen ist schon klar, dass ich hier vor der Tür stehe zusammen mit meiner Anwältin.«

»Ich … ich kann den Termin leider nicht wahrnehmen. Bitte haben Sie Verständnis.«

Schnaufend legte ich auf. Warum hatte ich in London so viel Pech?

Ms Davies schaute mich argwöhnisch an. »Das war der Makler, oder?«

Ich nickte und betrachtete das Haus. »Er hat den Termin gerade abgesagt.«

»Hat er eine Begründung genannt?«

»Nein.«

Sie seufzte. »Schade. Das Haus macht einen zwar mitgenommenen, aber sehr interessanten Eindruck.«

»Das finde ich auch.« Ich legte den Kopf schief und sah zur linken Seite des Hauses. Wenn ich es richtig einschätzte, befand sich dort ein zugewachsener Pfad zur Rückseite des Hauses. Ohne weiter nachzudenken, ging ich in diese Richtung.

»Mr Stone, was machen Sie da?«

»Ich sehe mir das Haus an«, erklärte ich knapp.

Ich hatte recht mit dem Weg und kam in einem zugewucherten Garten an. Dieser war noch größer, als es die Bilder im Internet vermuten ließen.

»Wow.« Ms Davies war direkt hinter mir. »Das sieht sehr ursprünglich aus.«

»So kann man es ausdrücken.« Neugierig begab ich mich zur weiß gestrichenen Hintertür, die natürlich verschlossen war. Auch die Fenster sahen einbruchssicher aus.

»Mr Stone, wir sollten gehen, bevor wir den Argwohn der Nachbarschaft wecken.«

Ich schaute mich prüfend um. »Niemand kann uns sehen, das Grundstück ist vollkommen zugewachsen.«

»Trotzdem könnte jemand mitbekommen haben, dass wir in den Garten geschlichen sind.«

»Wir sind doch nicht geschlichen. Außerdem haben wir einen Besichtigungstermin. Wir befinden uns also aus ganz legitimen Gründen hier.«

Sie verschränkte die Arme vor der Brust. »Nein. So ganz stimmt das nicht. Der Termin ist abgesagt worden. Wenn Sie sich also das Haus unbedingt ansehen wollen, dann machen wir einen neuen Termin aus.«

»Nein.«

Sie hüstelte. »Wie bitte?«

»Nein, ich werde jetzt nicht gehen. Ich habe vor, mir dieses Haus anzusehen, ob mit oder ohne Makler. Wenn meine Erwartungen nicht erfüllt werden, kann ich mir den neuen Termin sparen.«

»Was haben Sie vor? Wollen Sie da wirklich einbrechen?«

»Ich würde es nicht einbrechen nennen.« Zu dem Garten gehörte ein Schuppen. Glücklicherweise war dessen Tür nicht verschlossen. Und noch praktischer war, dass sich altes Werkzeug darin befand, zwar mit reichlich Rost, aber für meine Absichten vollkommen ausreichend. Mit Hammer und Stechbeitel kehrte ich zurück.

Ms Davies hatte den Mumm, sich zwischen mich und die Hintertür zu stellen. »Nein! Ich protestiere. Sie werden nicht in dieses Haus einsteigen. Als Ihre Anwältin rate ich dringend davon ab.«

»Es ist kein Einbruch. Ich verschaffe mir lediglich den Zugang, den mir der Makler versprochen hat.«

Entsetzen lag in ihren weit geöffneten Augen. »Das kann doch unmöglich Ihr Ernst sein! Wissen Sie, dass Sie sich strafbar machen? Das ist zumindest Hausfriedensbruch.«

»Zur Kenntnis genommen.« Ich wollte mich an ihr vorbeischieben, doch sie packte mich erstaunlich kräftig an den Oberarmen und hielt mich davon ab, weiterzugehen.

»Keinen Schritt weiter.«

Ich seufzte tief. »Wenn es für Sie zu unangenehm ist, dann gehen Sie bitte. Aber ich werde mir dieses Haus nun von innen ansehen.« Vorsichtig, aber sehr bestimmt schüttelte ich ihre Hände ab und drängte sie mit der Hüfte zur Seite.

Es brauchte nur zwei Schläge gegen den Beitel, den ich zwischen den leicht morschen Türrahmen und die erstaunlich widerstandsfähige Tür gesteckt hatte, da sprang das alte Ding auf. Ich legte das Werkzeug auf den Boden und klopfte zufrieden die Hände an der Hose ab.

»Sehen Sie, hat sicher niemand mitbekommen.«

Sie war bleich, doch sie hatte die Lippen entschlossen aufeinandergepresst.

»Wollen Sie mit hereinkommen oder stehen Sie lieber Schmiere?«

»Ich komme mit rein«, brachte sie zähneknirschend hervor. »Und wenn es nur dazu ist, Sie vor weiteren Dummheiten zu bewahren.«

Vorsichtig betrat ich das Innere des Hauses. Dabei versuchte ich, mir alle Details einzuprägen. Ein Kribbeln regte sich in mir. Diese alte Villa versprühte einen ganz eigenen Charme. Der Flur, durch den wir schritten, war mit Mosaiksteinen ausgelegt. An einigen Stellen fehlten Steine, sodass das Motiv nicht mehr ganz zu erkennen war. Ein Profi würde den Boden ganz sicher restaurieren können.

Links von mir befand sich die Küche. Als einziges Möbelstück stand ein alter Aga-Herd an der Wand. Der Boden war mit PVC ausgelegt. Ich ging in die Knie und knibbelte ein Stück des Bodens ab. Triumphierend lachte ich auf.

»Befindet sich unter dem PVC auch Mosaik?« Ms Davies schaute mir neugierig über die Schulter.

»Jupp. Wenn wir Glück haben, ist es in der Küche sogar besser erhalten als im Flur, da das PVC es geschützt hat.«

»Aber welcher Banause verlegt bitte Plastik über wunderbaren Steinen?«

»Keine Ahnung, dazu müssten wir mehr über die Geschichte des Hauses wissen. Was wir erfahren hätten, wenn der Makler zum Termin erschienen wäre.«

Sie wandte sich von mir ab und der Tür auf der anderen Seite des Flures zu. Ich schmunzelte. Sie hatte wohl ihre rechtlichen Bedenken zur Seite geschoben und ließ ihrer Neugier freien Lauf. Das gefiel mir. Noch mehr gefiel mir der begeisterte Laut, den sie von sich gab, als sie die Tür geöffnet hatte. »Mr Stone, sehen Sie sich das an.«

Sie ging voran, und ich folgte ihr in einen Raum, der die ganze Länge des Hauses einnahm. Fenster lagen sowohl zur rückwärtigen Seite des Hauses als auch zur vorderen, sodass es von beiden Seiten erhellt wurde. Doch die Flanke war fensterlos. Dafür zeichneten sich an der vergilbten Tapete Umrisse von zahlreichen Regalen ab. In der Mitte dieser Wand befand sich ein riesiger Kamin, über dem einst ein Gemälde hing, den Umrissen an der Wand nach zu urteilen.

»Das muss die Bibliothek gewesen sein«, rief sie. »Eine sehr große Bibliothek mit einem wundervollen Kamin. Sehen Sie sich die Schnitzereien an.«

Ich trat an ihre Seite, um ebenfalls die Schnitzereien zu betrachten. Im oberen Rahmen waren klein die Initialen W. und M. eingeschnitzt.

Sarahs und meine Finger berührten sich, als wir beide über das glatte, makellos gestaltete Holz strichen. Mein Herz schlug schneller, als ich in Sarahs schillernde Augen sah. Ihre Wangen waren leicht gerötet vor Aufregung, ihre Lippen geöffnet. Wonach würde sie schmecken, wenn ich sie nun küsste?

Sie blinzelte und wich zurück. Ich trat einen Schritt von ihr fort und zwang mich, den Blick von ihr abzuwenden. Sie war meine Anwältin, verdammt. Ich sollte mich professionell verhalten. Seit wann fiel mir das so schwer?

»Sehen wir mal, was es noch zu entdecken gibt«, murmelte ich und verließ mit ein wenig Bedauern die Bibliothek. Ich hätte nichts dagegen gehabt, noch etwas mehr Zeit mit meiner Anwältin in diesem faszinierenden Raum zu verbringen.

Im Flur führte eine breite Treppe ins obere Stockwerk. Unterhalb dieser Treppe gab es eine weitere Tür. Neugierig betätigte ich den mehr als wackligen Knauf. Vermutlich verbarg sich dahinter Stauraum.

Die Tür ließ sich nur schwer öffnen. Sicher waren die Scharniere angerostet. Als ich es geschafft hatte, tat sich vor mir eine Treppe auf, die nach unten und somit in den Keller führte.

»Sollten wir uns nicht lieber zuerst die oberen Stockwerke ansehen?« Ms Davies blieb mit ein wenig Abstand von mir stehen.

Ich warf ihr einen amüsierten Blick über die Schulter zu. »Haben Sie Angst?«

»Natürlich nicht. Aber das Dach ist von großer Wichtigkeit bei der Beurteilung einer Immobilie.«

»Genauso wichtig wie der Keller«, erwiderte ich. »Wenn sich im Haus Feuchtigkeit bildet, werden wir sie hier zuerst entdecken.« Ich zückte mein Handy und schaltete die Taschenlampe ein. »Halten Sie die Tür fest. Ich gehe voran. Aber Vorsicht, sie ist sehr schwer.«

»Ich bin stärker, als ich aussehe.«

Das hatte ich bereits bei unserer ersten Begegnung festgestellt. Aber ich sollte mich auf das Haus konzentrieren, nicht auf die zahlreichen Facetten von Sarah Davies' Augenfarbe und ihres Charakters.

7. Sarah

Entsetzt starrte ich den Knauf in meiner Hand an.

»Mr Stone.« Meine Stimme klang unnatürlich schrill, und ich räusperte mich. »Ich denke, wir haben ein Problem.«

Gerade eben noch hatte ich die Tür von außen festgehalten. Aber der wacklige Knauf war runtergefallen, und ich hatte versucht, das Gegenstück auf der inneren Seite zu greifen, wobei ich einen Satz nach innen machte. Ein fataler Fehler, wie sich nun herausstellte, nachdem die Tür hinter mir zugefallen war.

Er leuchtete mit seinem Handy in meine Richtung. »Scheiße.«

»Ähm, ja.« Ich versuchte, das Ding zurück in das entsprechende Loch zu stecken und drehte es hin und her.

Mit wenigen Schritten war er bei mir, legte seine Hand über meine und versuchte es ebenso. Sein Oberarm streifte meinen Körper, seine Wärme strahlte auf mich über, und ich nahm den Duft seines frischen Aftershaves wahr. Ein zartes Kribbeln bildete sich in meinem Magen. Seine Nähe hatte diese benebelnde Wirkung auf mich. Nie zuvor hatte ich das bei einem Mann so sehr gespürt. Schon gar nicht, wenn ich es gar nicht wollte.

»Das wird nichts.« Ich seufzte und entzog ihm meine Hand.

Der Knauf fiel scheppernd die Kellertreppe hinunter.

Mr Stone rüttelte nun an der Tür. Aber das Mistding ging nach innen auf und war so robust, dass es einem Bombenangriff standgehalten hätte.

»Vielleicht könnten wir die Tür aus den Scharnieren heben.« Ich hegte Hoffnung, dass das funktionieren könnte. Immerhin sahen die Scharniere etwas rostig aus.

»Das wäre lebensmüde, oder wollen Sie rückwärts mit dem schweren Teil die Treppe runterfallen?« Er leuchtete mich mit dem Handy an. »Wir sind gefangen.«

»Ja, sind wir.« Ich blinzelte und wandte den Blick ab in die Finsternis. Etwas raschelte irgendwo weiter hinten. »Und wir sind nicht allein.«

Mr Stone leuchtete mit dem Handy in die Richtung, aus der das Rascheln gekommen war. »Ratten?«

»Oder Mäuse. Mäuse sind süß. Sie haben diese entzückenden kleinen Öhrchen und Näschen.«

Er lachte leise, und in mir vibrierte es.

»Haben Sie gar keine Angst?«

»Ich gestehe, es hat etwas von einem Horrorfilm. Sollte sich in der Finsternis ein Monster oder ein Serienmörder ... oder womöglich auch ein Alien aus einer anderen Dimension verbergen, wäre jetzt der geeignete Zeitpunkt, uns anzugreifen.«

Wir lauschten gemeinschaftlich in die Stille. Nichts. Was auch immer das Rascheln verursacht hatte, hatte ein neues Versteck gefunden.

Ich holte mein eigenes Handy aus der Tasche und prüfte den Empfang. Natürlich: kein Balken. Wäre ja auch zu einfach gewesen, jetzt Hilfe herbeizutelefonieren.

»Wir hätten wohl doch einen neuen Termin mit dem Makler vereinbaren sollen.«

Ich verkniff mir das »Hab ich doch gleich gesagt« und leuchtete mit dem Handy in den finsteren Raum. »Nun, wenn wir schon einmal hier sind, können wir uns den Keller auch in Ruhe ansehen. Irgendwann wird uns jemand vermissen und hier rausholen. Sie haben doch bestimmt Ihrem Assistenten Bescheid gegeben, wohin Sie unterwegs sind?«

»Sebastian hat heute einen halben Tag frei. Er sieht sich

mit seiner Frau eine Kinderkrippe an. Und bevor Sie fragen: Cecilia hat sich für heute krankgemeldet. Sie wird mich also auch nicht vermissen. Elizabeth wird sicher die Erste sein, der auffällt, dass ich verschwunden bin.«

Die verputzten Wände machten unter meinen Fingern einen trockenen Eindruck, zumindest soweit ich das ertasten konnte. Ich kniete mich hin und befühlte den Boden. Auch hier war alles trocken.

»Was ist mit Ihnen?«, erkundigte sich Mr Stone. »Ihr … Partner oder ihre Partnerin wird Sie sicher bald vermissen.«

»Wer?« Ich stand auf und versuchte, Stones Gesicht zu erkennen.

»Ihr Mann? Ich habe keinen Ehering an Ihrem Finger gesehen, tut mir leid.«

»Das liegt daran, dass ich nicht verheiratet bin.«

»Oh.« Er beleuchtete die Decke, als würde er sich ebenfalls vom Zustand des Kellers überzeugen. Ein einzelnes Kabel baumelte in der Mitte, ohne Glühbirne. »Aber jemand hat auf sie gewartet, als ich Sie nach Hause gebracht habe.«

Allmählich fiel der Groschen, und ich hätte am liebsten laut losgelacht. »Ben«, brachte ich schmunzelnd hervor. »Er heißt Ben Davies und ist mein Dad.«

Er ließ das Handy sinken. »Sie wohnen also mit Ihrem Vater zusammen?«

»Genau. Meine Mum ist verstorben, als ich noch klein war. Wir haben quasi nur uns, und als ich mit dem Studium fertig war, sind wir wieder zusammengezogen.«

Schweigen. Oh, verdammt, ich hätte nicht so viel von mir erzählen sollen. Aber es war nun einmal Fakt, dass Wohnraum in London verdammt teuer war. Da ich mit meinem Dad in einer WG wohnte, konnte ich viel Geld sparen. Außerdem verstanden wir uns prima, und wenn ich mir andere Familienkonstellationen ansah, war das heutzutage beinahe schon eine Seltenheit.

Da er nichts mehr sagte, lenkte ich das Gesprächsthema zurück auf den Job. »Ein Stromanschluss erscheint mir herzlich wenig für einen so großen Raum wie diesen.«

»Stimmt. Warten Sie, ich nehme eine Sprachnotiz auf, damit wir nichts vergessen.«

»Gute Idee. Die Wände und der Boden scheinen auf den ersten Blick in Ordnung zu sein.«

Er sprach ein paar Notizen in sein Handy, bevor er sich seufzend umwandte. »Was ist mit den Möbeln da hinten?«

Ein Sekretär und eine alte Küchenanrichte standen an der Außenwand. »Dahinter könnte sich Feuchtigkeit sammeln.«

Stone nahm auch hierzu eine Notiz auf. Dann steckte er das Handy in sein Jackett und stemmte die Hände in die Hüfte. »Wie lange wird es dauern, bis Ihr Dad Sie vermisst?«

»Vermutlich genauso lange, wie Ihre Chauffeurin braucht, bis sie nach Ihnen sucht.«

Er gab ein leises Grummeln von sich. Die Situation schien ihm ganz und gar nicht zu gefallen. Aber wer wollte auch gern in einem alten finsteren Keller eingesperrt sein? Andererseits war er selbst schuld. Ich hatte ihn davon abhalten wollen, ohne Makler in das Haus zu gehen, aber er hatte nicht auf mich gehört.

Wieder war ein Rascheln zu hören. Schnell leuchtete ich mit meinem Handy in die Richtung des Küchenschranks. »Das kam eindeutig von dort.«

»Vielleicht stärkt sich eine Ratte an alten Brotresten.«

»Na, hoffentlich reichen die Brotreste, bevor ihr Hunger sie an Menschenfleisch denken lässt.«

Er lachte leise, was mir einen wohligen Schauer über den Rücken jagte. Ich mochte es sehr, wenn er lachte. Viel zu sehr.

Ich räusperte mich und begab mich zu der Wand gegenüber den alten Möbeln, möglichst weit weg von dem verdächtigen Rascheln. Ich zog meinen Trenchcoat aus und legte ihn auf den Boden.

»Was haben Sie vor?«, fragte Stone.

»Möchten Sie die ganze Zeit herumstehen, bis Hilfe naht? Ich jedenfalls nicht.« Meine Antwort kam schnippischer rüber als beabsichtigt. »Sorry. Aber die Aussicht, hier stundenlang festzusitzen, nervt ein wenig.«

»›Ein wenig‹ ist deutlich untertrieben.« Er kam zu mir. »Stört es Sie, wenn ich mich zu Ihnen setze?«

Ich rückte zur Seite. »Ganz und gar nicht, ist genug Platz für uns beide.« Ich lehnte mich an die nackte Wand, musste feststellen, dass die Kälte durch den Stoff der dünnen Bluse drang und verschränkte die Arme vor der Brust.

Doch kaum hatte sich Stone neben mich gesetzt, wurde mir wärmer. Seine Schulter berührte meine leicht, und er strahlte eine wohlige Wärme aus. Wie es sich wohl anfühlte, sich an seine starke Schulter zu schmiegen?

O verdammt, ich durfte auf gar keinen Fall auch nur ansatzweise in eine solche Richtung denken! Rorik Stone war mein Mandant. Mal abgesehen davon war ich sicherlich überhaupt nicht sein Typ. Es wäre vollkommen irrsinnig, sich an ihn zu schmiegen wie eine sehnsüchtig schmachtende Liebesromanheldin.

Ich musste mich ablenken. Ganz schnell. »Wenn wir nun in einem Horrorfilm gefangen wären, würde gleich ein Zombie hinter dem Schrank hervorkriechen.« Wow, was Besseres war mir nicht eingefallen. *Tolle Leistung, Sarah, wirklich.*

»Zombies? Ich glaube nicht, dass ich in der letzten Zeit von irgendeinem neuen Virus gehört hätte.« Er hielt kurz inne und zog die Beine an. »In dunklen Kellern verbergen sich doch eher Ghule.«

»Nein, die leben auf Friedhöfen, wo sie sich von dem Fleisch der Toten ernähren.«

Er nahm eine weitere Sprachnotiz auf: »Checken, wie weit der nächste Friedhof entfernt ist.«

Nun war ich es, die lachte. »Das nächste Objekt sollte vielleicht lieber ein Neubau sein.«

»Ja, da stimme ich zu.«

Wir schwiegen, was sich nicht unangenehm anfühlte. Keine Ahnung, wie lange dieses Schweigen dauerte. Es erinnerte mich an lange Autofahrten mit meinem Dad, wenn wir in die Ferien nach Wales unterwegs gewesen waren. Manchmal hatten wir geschwiegen, manchmal die Songs im Radio mitgesungen. Ganz oft hatten wir Ratespiele gespielt, um uns die Zeit zu verkürzen.

»Okay, also, wenn Sie die Wahl hätten zwischen einer Zombieapokalypse und einem Meteor, der auf die Erde einzuschlagen droht ... Was wäre Ihnen lieber?«

»Wie kommen Sie denn darauf?«

»Einfach so zum Spaß, um die Zeit schneller vergehen zu lassen. Oder mögen Sie solche Spiele nicht?«

»Verstehe.« Er schwieg.

Mist, ich hätte nicht mit so einem Kinderspiel kommen sollen. Womöglich fand er mich nun schräg und unprofessionell.

»Zombies«, antwortete er überraschend. »Die Überlebenschance ist eindeutig höher. Und Sie?«

»Dito. Ich habe so ziemlich jeden Zombiefilm gesehen, der je produziert wurde. Zombies sind ausgesprochen dumm und langsam. Es sollte nicht so schwer sein, ihnen zu entkommen.«

»Sehe ich auch so. Okay, wenn Sie die Wahl hätten zwischen Zombies und Vampiren?«

»O nein!« Ich lachte. »Sie denken doch nicht etwa, ich stehe auf glitzernde Blutsauger? Zombies. Jederzeit Zombies. Und Sie? Möchten Sie sich von einer verführerischen Vampir-Lady beißen lassen?«

»Kommt auf die Vampir-Lady an. Möglicherweise hat sie

sich gar nicht ausgesucht, zum Vampir zu werden. Ich achte eher auf die inneren Werte.«

Das Gespräch war so schräg ... und doch herrlich leicht. »Vampire oder Außerirdische?«

»Welche Außerirdische? E. T. oder Alien?«

»Da wir bei Horrorfilmen sind: natürlich Alien.«

»Ich bleibe bei Vampiren. Und Sie?«

»Predator. Wäre es nicht sehr praktisch, Predator zum Freund zu haben?«

»Keine Ahnung, ich hab die Predator-Filme nie gesehen.«

»O nein, das ist schade. Die sind gar nicht so schlecht. Besonders die Alien-vs.-Predator-Filme haben mir gut gefallen.«

»Das bedeutet also, ich sollte diese Bildungslücke schließen. Welches Getränk wählen Sie zum Filmabend? Wein oder Bier?«

»Kommt auf den Film an. Grundsätzlich lieber Bier. Und Sie?«

»Bier. Popcorn oder Chips?«

»Erdnüsse im Teigmantel. Oder Chips mit Sour-Cream-Geschmack. Ich kann mich da selten entscheiden. Pizza wäre schön.«

»Dann wohl Pizza und Bier.«

»Klingt nach einem Plan.« Er lachte erneut, und wieder überkam mich ein kleiner Schauer.

»Ihnen ist kalt. Kommen Sie, ich wärme Sie.«

»Nein ... das ... das ist nicht notwendig.«

»Ich möchte aber nicht, dass Sie sich erkälten. Immerhin ist es meine Schuld, dass wir hier festsitzen.« Er zog sein Jackett aus und legte es mir über die Schultern.

Der Stoff war herrlich aufgewärmt, und ich kuschelte mich wohlig hinein. Außerdem duftete das Jackett nach dem Aftershave, das Mr Stone benutzte. Am liebsten hätte ich beglückt aufgeseufzt. Stattdessen räusperte ich mich und konzentrierte mich auf unser Frage-Antwort-Spiel.

»Pyjama oder Alltagskleidung vor dem Fernseher?«

»Jogginghose und T-Shirt.«

Warum hatte ich diese Frage gestellt? Nun erschien vor meinem inneren Auge Rorik Stone in einer lockeren Sweathose, die gerade mal seine Hüftknochen bedeckte und einem Shirt, unter dessen kurzen Ärmeln seine Oberarmmuskeln hervortraten. Verdammtes Kopfkino.

»Waren Sie früher eigentlich in einem Sportteam? Während Ihrer Schulzeit, meine ich.«

»Ich war Quarterback.«

Football natürlich, was sonst? »Das kann ich mir gut vorstellen.«

»Der Sport war für mich alles. Mein großer Traum war es, Profi zu werden. Aber dann kam mir eine Schulterverletzung dazwischen.«

»Das tut mir leid.« Niemand sollte seinen Traum wegen eines dummen Unfalls aufgeben müssen. Immerhin hatte er nun das Imperium seines Vaters übernommen und brauchte sich finanziell bis ans Ende seines Lebens keine Sorgen mehr zu machen.

»Ja, mir tut es auch leid. Ich war echt gut.« Er sagte es, ohne dabei überheblich zu wirken, eher klang er wehmütig. »Daher kommt mein Name, wissen Sie.«

»Stone?« Ich hatte also recht, dass es nicht sein wirklicher Name war.

»Meine Kumpels fanden, ich sei hart wie Stein, also nannten sie mich Stone.«

»Aber wie heißen Sie wirklich?« Ich versuchte, mich an den Namen seines Vaters zu erinnern, den ich bei Google gefunden hatte, aber er wollte mir nicht einfallen.

Er gab ein leises Schnaufen von sich. »Wollen Sie das wirklich wissen?«

Ich stieß ihm in die Seite, auf ganz freundschaftliche Weise. »Ich finde es spätestens dann heraus, wenn ich den Immobilienkaufvertrag entwerfe und dabei Ihre vollständigen Daten einpflege.«

»Ich gehe davon aus, dass unser Gespräch dem Anwaltsgeheimnis unterliegt.«

»Selbstverständlich.« Ich presste die Lippen aufeinander, um nicht laut loszulachen.

»Roderick Jameson Fitzgerald der Dritte.«

»Wirklich?«

»Sie klingen überrascht.«

»Es klingt überhaupt nicht …« Wie sollte ich es ausdrücken?

»Es klingt nicht amerikanisch, meinen Sie. Meine Wurzeln liegen in England, väterlicherseits zumindest. Meine Mum kommt aus Schweden.«

Ich verkniff mir die Anmerkung, dass ich bereits herausgefunden hatte, dass seine Mutter ein schwedisches Supermodel war. »Nett, Sie kennenzulernen, Mr Fitzgerald.« Ich reichte ihm die Hand. »Sarah Lenora Davies, Tochter von Ben Davies und Francis Berman.«

Stone ergriff meine Hand und drückte sie leicht, was sich mehr als angenehm anfühlte. »Freut mich ebenso. Was halten Sie davon, wenn wir uns beim Vornamen nennen? Nur, falls es zu den Spielregeln Ihrer Kanzlei passt.«

Mir war aufgefallen, dass keiner seiner Angestellten ihn mit Vornamen ansprach, obwohl das in Amerika doch üblich war. Das Angebot ehrte mich. »Sehr gern, Roderick.«

»Rorik reicht … oder Stone. Das wäre mir sogar noch lieber.«

»Dann nennen Sie … *du* mich bitte Sarah.«

»Sarah«, sagte er, und erneut überkam mich eine Gänsehaut. Seine Stimme klang angenehm rau. Dann ließ er meine Hand los, und ich fühlte mich seltsam beseelt.

Aus seiner Richtung war ein leises Grummeln zu hören.

Stone hielt sich den Magen. »Verzeihung, ich habe heute noch nicht viel gegessen.«

»Da kann ich weiterhelfen.« Ich kramte in meiner Handtasche und holte einen etwas verbeulten Müsliriegel hervor, den ich ihm hinhielt. »Hier, ich habe immer etwas zu essen dabei. Für den Notfall.«

Er nahm ihn schmunzelnd entgegen. »Sie sitzen also öfter mit Mandanten in dunklen Kellern fest?«

»Nein, nur mit den besonderen.« Ich selbst nahm einen Schluck aus der Wasserflasche, die ebenfalls in meiner Tasche steckte. Schon als Studentin hatte ich die Vorteile einer großen Handtasche zu schätzen gewusst und verließ nie ohne sie das Haus. Wenn ich mich recht erinnerte, musste auch irgendwo noch ein Schokoriegel zu finden sein. Ich wühlte in der Tasche und fand die Süßigkeit, die ich triumphierend in die Höhe hob.

Erst jetzt merkte ich, dass Stone mich nachdenklich ansah. Er hielt mich jetzt bestimmt für verrückt und fragte sich, was ich noch so mit mir herumschleppte.

»Keine Sorge, da sind keine gefährlichen Gegenstände drin«, versicherte ich. »Es sei denn, man betrachtet Deo als Waffe.«

Er legte den Kopf schief, öffnete kurz den Mund, als wollte er etwas sagen, biss dann aber doch in den Müsliriegel.

Ich beschloss, lieber den Mund zu halten, bevor ich noch mehr belangloses Zeug plapperte. Die Schokolade erfüllte jedenfalls ihren Zweck, und ich fühlte mich gleich besser.

Stone schaute auf seine Smartwatch, die so aufleuchtete, dass ich das Display ebenfalls sehen konnte. Wir saßen schon fast eine Stunde hier fest. Komisch, mir war die Zeit gar nicht so lange vorgekommen.

»Ich hoffe, Sie verpassen keine wichtigen Termine«, sagte ich leise.

»Nachher habe ich noch einen Videocall mit L.A.« Er rieb sich über den Dreitagebart. »Es ist noch Zeit.«

»Ist das nicht anstrengend mit der Zeitverschiebung?«

»Ist es.« Er hob die Schultern. »Aber wenn man ein so großes Business führt, muss man flexibel sein.«

Ich betrachtete sein attraktives Profil mit der geraden Nase und dem markanten Kinn. »Ihr Vater wäre sicher stolz auf sie.«

Er fuhr zu mir herum, die Lippen aufeinandergepresst.

Stone war mir jetzt so nahe, dass beinahe seine Lippen meine Stirn streiften. Aber seine Haltung ließ mich zurückschrecken, dabei war ich mir keiner Schuld bewusst. Ich hatte nichts Falsches gesagt ... oder doch?

»Das wäre er ganz bestimmt«, murmelte Stone, wobei ich meinte, Sarkasmus zu hören.

Mit der Bemerkung über seinen Vater war ich wohl mit Anlauf ins Fettnäpfchen gesprungen. Na toll.

8. Sarah

Das Rascheln erklang erneut, und Stone stand auf, wobei er die Hände an seiner Hose abklopfte. »Wir sollten nachsehen, was das ist.« Seine Stimme klang merklich angespannt. Die Ablenkung war ihm wohl zum rechten Zeitpunkt gekommen, damit er sich von mir entfernen konnte. Unser trautes Picknick war nun also zu Ende.

Ich erhob mich ebenfalls und schaltete die Taschenlampe meines Handys wieder ein. Das Rascheln erklang nach wie vor aus der Richtung der alten Möbelstücke. Seite an Seite begaben Stone und ich uns dorthin, und ich leuchtete alles ab, von oben bis unten. »Es wühlt sich scheinbar hinter dem Küchenschrank durch.«

»Denkst du an einen Maulwurf?«

»Womöglich gibt es ein Loch im Boden, durch welches das Tier reingekommen ist.« Das wäre jedenfalls eine Erklärung für das Rascheln.

Stone packte den Schrank an den Seiten.

»Was hast du vor?« War das Ding nicht schwer?

»Wonach sieht es aus?« Er begann, das Möbelstück zu bewegen. Zunächst schien es nicht zu klappen, doch dann schaffte er es, das Teil ein wenig nach vorn zu ziehen.

»Warte!« Ich drängte mich an ihm vorbei, wobei mein Bein versehentlich seinen angespannten Oberschenkel streifte. Die Berührung fühlte sich nicht unangenehm an. »Nicht dass du gleich von einer tollwütigen Ratte gebissen wirst.«

»Sehr fürsorglich. Aber ich kann ganz gut auf mich aufpassen.«

Ich warf ihm einen kritischen Blick zu. Warum klang er so

genervt? »Hast du das Kleingedruckte in der Vollmacht nicht gelesen? Ich bin für dein Wohlergehen verantwortlich.« Es sollte ein Scherz sein, doch er lachte nicht. War er noch immer sauer auf mich, weil ich seinen Vater erwähnt hatte?

Ich richtete meine Aufmerksamkeit auf den nun geschaffenen Raum hinter dem Schrank. »Moment mal«, murmelte ich und wandte mich zu Stone um. »Kannst du den Schrank noch ein klein wenig nach vorn ziehen?«

Er schob mich zur Seite und quetschte sich zwischen Schrank und Wand. Mit einem leichten Ächzen rückte er das schwere Möbelstück nach vorn.

Triumphierend lachte ich auf. »Sieh doch, da ist ein Fenster!«

Er wischte sich den Schweiß von der Stirn. »Die kleine Luke ist wohl kaum als Fenster zu bezeichnen, eher als Lüftungsschacht.«

»Ach was, das ist ein echtes Fenster.« Zufrieden stemmte ich die Hände in die Hüfte. »Und weißt du, was der Vorteil meiner Statur ist? Ich passe durch diese Luke.«

»Das ist nicht dein Ernst!«

»Natürlich. Du musst mir nur helfen, da hochzukommen.«

»Und wenn ich mich weigere?« Er verschränkte die Arme vor der Brust. »Du könntest dich verletzen.«

»Du musst tüchtig anpacken, oder schaffst du das nicht?«

Ich konnte förmlich sehen, wie er mit den Zähnen knirschte, und musste schmunzeln. »Ein kluger Schachzug, an meine Muskelkraft zu appellieren.«

»Ja, das sehe ich auch so. Also?«

Er schüttelte den Kopf. »Wenn du dich verletzt …«

»… zücke ich mein Handy und rufe Hilfe, sobald ich Empfang habe.« Ich steckte das Telefon in die Gesäßtasche meines Rocks. Ausgerechnet heute hatte ich mich wieder für einen Rock entschieden. Dann nahm ich das Jackett ab, das er mir geliehen hatte, und drückte es ihm gegen die Brust. »Nicht, dass ich den Stoff zerreiße. Den Schadenersatz könnte ich mir nicht leisten.«

»Sarah.« Wieder diese Gänsehaut. Er hatte doch nur meinen Namen gesagt. Verdammt.

»Stone, bitte, lass mich die Heldin in dieser Notlage sein.« Ich zwinkerte ihm zu.

»Mist.« Er pfefferte sein sündhaft teures Designerjackett auf den Boden. »Irgendwie habe ich das Gefühl, dass es keine gute Idee ist.«

»Es ist die Einzige, die mir einfällt, um hier schnellstmöglich herauszukommen. Oder hast du eine bessere?«

Er brummte vor sich hin und trat auf mich zu, um mich um die Hüfte zu packen.

Lachend schob ich seine Hände von mir. »Ich dachte eher an eine Räuberleiter, statt an eine Eiskunstlauffigur.«

Stone faltete die Finger ineinander und beugte sich nach vorn. »Hättest du auch gleich sagen können.«

Ich sparte mir die Antwort, stellte meinen Fuß in die dargebotenen Handflächen und stützte mich an Stones breiten Schultern ab. »Bereit?«

»Jederzeit.«

Die Situation erinnerte mich an die Turnübungen in meiner Schulzeit. Mal sehen, ob ich noch genauso gelenkig war wie damals. Allerdings hatte ich noch nie einen solch attraktiven Partner beim Turnen gehabt. Mir stieg die Hitze in die Wangen, und das hatte nichts mit der körperlichen Anstrengung zu tun. Ich stieß mich nach oben ab und erreichte die Fensterluke gerade so. »Etwas höher noch.« Ich ächzte.

»Mhmhm«, machte es unter mir.

Tatsächlich konnte ich das Fenster nun aufstoßen, doch ich suchte nach Halt. Vergebens, meine Finger rutschten ab, und ich verlor das Gleichgewicht. Starke Arme hielten mich fest und verhinderten, dass ich zu Boden fiel. Stones Hände lagen direkt unter meinem Gesäß, und er hielt mich fest an sich gedrückt. Meine Wange streifte seine Lippen.

»Alles okay?«, raunte er mit heiserer Stimme.

Ich spürte jeden seiner Muskeln durch meine Bluse. »Ja«, hauchte ich und hob den Blick.

Sein Mund war leicht geöffnet, sein Atem streifte zart meine Haut. Meine Hände wanderten in seinen Nacken. Mein Herz raste. Ihm so nahe zu sein, ließ die Welt um mich herum versinken. Waren es nur Sekunden, die er mich hielt ... oder gar Stunden? Ich wünschte, er würde mich nie wieder loslassen.

»Möchtest du es noch einmal versuchen?«, flüsterte er. Ich nickte benommen. Langsam ließ er mich an seinem Körper herunterrutschen, bis ich auf meinen Füßen stand. Schnell zupfte ich meinen Rock zurecht. Hätte ich mich doch bloß für einen Hosenanzug an diesem Morgen entschieden! Ich atmete tief durch und dehnte meine Arme und Beine.

»Das sieht sehr professionell aus«, merkte er an.

»Zehn Jahre Leistungsturnen«, erklärte ich. »Okay, zweiter Versuch.«

Er faltete seine Hände erneut zur Räuberleiter, und ich stieg ohne Zögern hinein, stützte mich an ihm ab und nutzte den Schwung, um nach oben zu kommen. Diesmal schaffte ich es, mich am Fenstersims festzuhalten, und zog mich nach oben, wobei ich mich nun ganz von Stone abstieß und das Fenster vollständig öffnete. Meine Hüftknochen landeten schmerzhaft auf der Fensterkante. Ich biss die Zähne aufeinander und hievte mich weiter hoch. Meine Strumpfhose blieb am Fensterrahmen hängen, doch ich kroch weiter. Mit einem erleichterten Seufzen landete ich im Gras.

Das Fenster hatte zur Hinterseite des Hauses geführt, dem zugewucherten Garten.

»Ich hab es geschafft!«, rief ich triumphierend. Ich zog mein Handy aus der Rocktasche und zögerte. Wen sollte ich um Hilfe bitten? Dad würde ich ganz bestimmt nicht damit belasten. Und erst recht nicht meinen Chef. Die Situation war schon peinlich genug. Wenn Holden davon Wind bekam, dass ich mit einem Mandanten in ein Haus eingebrochen war … Ich schüttelte den Gedanken schnell ab.

Ich steckte das Handy weg und sah mich im Garten um. Der Rasen war sicher schon seit Monaten nicht mehr gemäht worden. Das passte zum Gesamteindruck des Objektes. Dabei hätte man so viel daraus machen können …

»Sarah?«, rief Stone von innen.

»Moment noch, ich gehe rein und versuche die Tür vom Flur aus zu öffnen!«

Ich eilte zurück in die Villa und betrachtete die schwere Tür zum Keller. Zunächst stemmte ich die Hände dagegen. Nichts. Ich brauchte Werkzeug. Wo waren nur dieser Hammer und der Stechbeitel, mit dem Stone die Hintertür aufgestemmt hatte?

»Einen kleinen Moment noch!«, rief ich durch die geschlossene Tür.

Ich lief wieder nach draußen in den Garten. Das Werkzeug lag direkt neben der Tür.

Als ich mich bückte, bemerkte ich, dass meine Strumpfhose komplett aufgerissen war. Meine Hände waren schmutzig, und ich hatte keine Ahnung, wie der Rest von mir aussah.

»Verdammt!« Mehr brachte ich nicht zustande, als ich erkannte, dass ich mich nicht mehr allein im Garten befand.

»Ganz ruhig, Madam.« Der Polizist und seine Kollegin, die über den Pfad auf die hintere Seite des Hauses gekommen waren, musterten mich ernst. »Die Nachbarn haben uns darüber informiert, dass sich zwei Personen Zugang zum Haus verschafft haben.«

»Das ist ein Missverständnis.« Ich hätte mich am liebsten sofort für diese dämliche Antwort geohrfeigt. Abwehrend hob ich die Hände, in denen sich noch immer Hammer und Beitel befanden. So ein verdammter Mist! »Nein, wirklich. Ich bin Anwältin.«

Der männliche Uniformierte runzelte die Stirn, während seine Kollegin so aussah, als würde sie gleich loslachen. »Würden Sie bitte das Werkezeug weglegen?«

»Natürlich.« Langsam, um keine Bewegung zu machen, die man hätte falsch verstehen können, ging ich in die Knie, legte Hammer und Spatel ab und machte zwei Schritte davon weg.

Das beruhigte die Beamten schon einmal. Die Polizistin nickte. »Können Sie sich ausweisen?«

»Natürlich.« Mist. Mein Ausweis befand sich natürlich in meiner Tasche, die wiederum im Keller bei Stone lag. »Meine Handtasche ist noch im Haus«, erklärte ich kleinlaut.

»Und wo ist die andere Person, die uns gemeldet wurde?«, wollte nun die Polizistin wissen.

»Auch drin. Wenn Sie mir zwei Minuten Ihrer Zeit schenken, kann ich Ihnen die Lage erklären.«

»Ist das Ihr Haus?«, fragte der Mann harsch.

»Nein, natürlich nicht. Wir wollten es uns ansehen, da es zum Verkauf steht. Ich sagte doch, dass ich Anwältin bin.«

»Und die andere Person?«

»Ist mein Mandant.«

Die Beamten tauschten kritische Blicke. Glaubten sie mir etwa nicht?

»Sehen Sie mich doch mal an. Würde eine Einbrecherin so herumlaufen?«

»Wir haben schon alles Mögliche erlebt«, erwiderte der Polizist. »Janett, bring die Dame in den Wagen. Danach sehen wir uns im Haus nach der zweiten Person um.«

»Er ist im Keller eingesperrt«, sagte ich direkt. »Der Türknopf war defekt und ...«

Okay, das klang alles ziemlich verrückt.

»Würden Sie mir bitte folgen?«, fragte die Polizistin.

Am liebsten hätte ich den beiden Beamten Flüche und Schimpfworte an den Kopf geworfen. Die Situation war einfach absurd. Aber ich schluckte meinen Ärger runter und folgte ihnen aus dem Garten.

Direkt vor dem Anwesen stand der Streifenwagen. Die Beamtin hielt mir die Tür auf, und ich setzte mich auf die Rückbank.

Durch das Fenster beobachtete ich, wie die Polizistin wieder nach hinten ging. Während sie das Innere absuchten, zog ich das Handy wieder heraus. Sollte ich Gill anrufen? Sie wäre sicher sofort bereit, mir zu helfen. Andererseits wäre es unfair gewesen, sie da reinzuziehen.

Die Polizisten kehrten durch die Vordertür zurück. Sie hatten Stone in ihre Mitte genommen. Er wirkte mehr als zerknirscht. In seinen Armen hielt er sein zusammengeknülltes Jackett. Die Polizistin trug meine Handtasche. Ihr Kollege führte Stone zum Wagen und befahl ihm, sich neben mich auf die Rückbank zu setzen.

»Die Nachbarn haben die Polizei gerufen«, flüsterte ich.

»Ich weiß«, erwiderte er zähneknirschend. »Sie haben mich darüber aufgeklärt.«

Vorsichtig breitete er sein Jackett aus. »Ich habe übrigens die Ursache des Raschelns gefunden.«

Ein graues Etwas kam zum Vorschein. Es hatte graue Stacheln und atmete hektisch.

»Ein Igel? O nein! Er muss durch das gekippte Fenster gefallen sein.«

»Das vermute ich auch. Er sieht ziemlich mager aus. Wer weiß, wie lange er da unten schon festsaß.«

Die Polizistin setzte sich auf den Fahrersitz und wandte sich zu mir um. »So, hier ist Ihre Tasche. Leider kann ich sie Ihnen nicht geben. Aber wenn Sie mir die Erlaubnis erteilen, dass ich sie durchsuche und den Ausweis daraus hervorhole, können wir das alles etwas schneller hinter uns bringen.«

Ihr Kollege stand noch draußen und telefonierte. Womöglich mit dem Revier. Er hielt Stones Ausweis in der Hand, das konnte ich sogar von hier erkennen. Also wollten sie erst einmal unsere Personalien abgleichen.

»Natürlich. Mein Portemonnaie steckt in der Innentasche. Dort finden sie meine ID und auch meinen Anwaltsausweis.«

Der Blick der Polizistin fiel auf den Igel. »Der arme kleine Kerl sieht dehydriert aus. Wir werden ihn zu einem Tierarzt bringen, sobald wir hier fertig sind.«

Stone nickte und hüllte den Igel wieder in sein Jackett. »Sie sollten den Makler anrufen, er wird bestätigen, was Ms Davies und ich Ihnen gesagt haben.«

»Trotzdem weise ich Sie darauf hin, dass Sie in fremdes Eigentum eingedrungen sind. Wenn der Makler Ihre Geschichte nicht bestätigt, werden wir Sie beide mit aufs Revier nehmen.«

Natürlich wusste ich das.

»Haben wir nicht einen Anruf frei oder so was?«, sagte Stone ungeduldig.

»Da hat wohl jemand zu viele Krimiserien geschaut.« Die Polizistin schmunzelte. »Außerdem, wen wollen Sie anrufen? Ihre Anwältin sitzt neben Ihnen.« Sie winkte mit meinem Anwaltsausweis.

Stone grummelte in sich hinein und starrte aus dem Fenster. »Fuck! Wer hat die denn herbestellt?«

Ich versuchte zu erkennen, wen er sah, konnte aber nur ein paar Neugierige erkennen, die etwas weiter weg standen. Dann nahm ich einen Schatten auf der anderen Seite des Fahrzeugs wahr. Und als ich dorthin schaute, blitzte eine Kamera auf.

»Die Presse? Ernsthaft?!« Das hatte uns noch gefehlt.

»Woher wissen die, dass wir hier sind?«, brachte Stone hervor.

9. Stone

Der männliche Polizist setzte sich zu uns in den Wagen. »Die sind wohl wegen Ihnen hier, Mr Stone.«

»Ja, leider.«

»Das Revier hat ihre Daten bestätigt. Den Makler habe ich ebenfalls angerufen. Er war überhaupt nicht wütend, sondern mehr als amüsiert über die ganze Story.«

»Das kann ich mir denken.«

»Und er verzichtet auf eine Anzeige. Vorerst. Da wir Ihre Daten bereits aufgenommen haben, brauchen wir Sie nicht mit aufs Revier zu nehmen. Aber sie sollten für Rückfragen jederzeit zur Verfügung stehen.«

»Selbstverständlich«, sagte Sarah, die sich mit dem Kram deutlich besser auskannte.

Der Beamte setzte sich so zurecht, dass er uns auf der Rückbank ansehen konnte. »Sollen wir Sie irgendwo hinfahren? Weg von diesen Blutsaugern? Es wäre wohl fahrlässig, wenn wir Sie hier einfach stehen lassen würden.«

Erneut blitzte die Kamera auf. Wenn wir hier noch länger saßen, würde sich ein ganzer Pulk von Neugierigen versammeln.

»Wenn Sie uns zu meinem Appartement fahren könnten, wäre ich Ihnen sehr verbunden.«

Der Polizist tauschte einen Blick mit seiner Kollegin und nickte dann. »Klar, die Adresse haben wir ja.«

Sarah rutschte unruhig hin und her. Sie war offensichtlich solche Situationen nicht gewohnt, und ich hätte mich selbst ohrfeigen können, dass ich dafür verantwortlich war. Das

Mindeste war nun, dass ich dafür sorgte, dass sie sicher nach Hause kam.

Es dämmerte bereits, und Nieselregen setzte sein.

Nun da ich ebenfalls wieder Handyempfang hatte, schrieb ich eine Nachricht an Sebastian. Wer hatte Kenntnis davon, dass ich an diesem Nachmittag das Haus besichtigte? Hatte irgendwer die Info weitergegeben? Ich war stinksauer. Hatte die Presse in London nichts Wichtigeres zu tun, als mir bei einem Geschäftstermin aufzulauern? Wenn sie sich um die Charity-Veranstaltungen tummelten, war mir das recht. Aber aus meinem Geschäftsleben hatten sich die sensationsgeilen Reporter gefälligst rauszuhalten.

Genervt checkte ich meine Mails. Der nächste Videocall mit L.A. stand in einer Stunde an. Wenn ich Glück hatte, konnte ich vorher noch saubere Klamotten anziehen. Mein Hemd wies eindeutige Spuren des Kelleraufenthaltes auf, und mein Jackett diente als Igelhöhle.

»Ich werde mir von deinem Appartement ein Taxi nach Hause nehmen«, sagte Sarah.

Kopfschüttelnd sah ich sie an. »Das Thema schon wieder? Nein, Elizabeth wird dich nach Hause fahren. Sie kennt den Weg, und ich wiederhole mich gerne: Es ist das Mindeste.«

»Unsinn, es war doch meine Idee, mit der Bahn zu fahren.«

»Und es war meine Idee, in das Objekt ...« Er hätte beinahe ›eindringen‹ gesagt. Aber das war in der Gegenwart der Polizisten wohl eher nachteilig. »... hineinzuschauen.«

Sie lächelte in sich hinein, und ihre grünblauen Augen schillerten faszinierend. Ich hätte in diesen Augen versinken können ...

Der Igel bewegte sich in meinem Jackett. In dem ganzen Stress hatte ich ihn fast vergessen. »Halte durch, Kumpel«, flüsterte ich dem Kleinen zu.

Die Polizistin begegnete meinem Blick im Rückspiegel. »Alles okay da hinten?«

»Der kleine Kerl hier macht einen ziemlich geschwächten Eindruck.« Ich schaute hinaus in das verregnete London und fasste einen Entschluss. »Ach, verdammt. Nun fahren Sie schon zum nächsten Tierarzt. Auf ein paar Minuten Umweg kommt es mir jetzt auch nicht mehr an.«

Mir war klar, dass ich nicht in der Lage war, irgendwem Befehle zu geben, schon gar nicht der Polizei. Aber die Beamten schienen sehr hilfsbereit zu sein, und der nächste Tierarzt war vermutlich näher als mein Appartement. So konnten die beiden sich schneller wichtigeren Aufgaben widmen.

»Sicher?«, fragte die Polizistin.

»Ja, sicher. Ms Davies und ich warten dort auf meine Chauffeurin. Das macht am meisten Sinn.«

Sie wechselte einen Blick mit ihrem Kollegen, dann nickte sie. »Alles klar.«

Damit Elizabeth uns abholen konnte, schickte ich ihr meinen Live-Standort.

Die Tierarztpraxis war eine etwa zwanzigminütige Autofahrt entfernt. Vor dem kleinen Gebäude aus rotem Sandstein, das von zwei Eichen und etwas Grünfläche umgeben war, hielt der Polizeiwagen an.

»Wir sind in Richmond«, erklärte Sarah, da sie wohl seinen irritierten Blick bemerkt hatte. »Gar nicht weit von meinem Zuhause.«

Die Polizisten verabschiedeten sich eilig von uns beiden, da sie bereits zum nächsten Einsatz gerufen worden waren. Glücklicherweise hatte es Elizabeth schnell durch den Verkehr geschafft. Sie erwartete uns bereits mit einem Schirm in der Hand, unter den locker eine fünfköpfige Familie gepasst hätte.

»Na, Sie sehen aber mitgenommen aus, Boss.« Elizabeths

Blick fiel auf Sarah. »Und Sie erst. Was haben Sie nur getrieben?«

»Lange Geschichte.« Ich winkte ab. »Allerdings habe ich es etwas eilig. In zehn Minuten startet mein Videocall mit L.A.«

»Ups, das schaffen wir nicht so schnell nach Hause.«

»Ich weiß.« Ich presste die Zähne aufeinander.

»Wenn du es eilig hast, übergib mir den Kleinen«, schlug Sarah vor. »Ich übernehme das mit dem Tierarzt.«

Kopfschüttelnd lehnte ich ab. »Nein, das mache ich. L.A. kann ein paar Momente warten. Den Videocall nehme ich im Auto entgegen.«

»Alles klar, Boss. Ich warte hier.«

»Steig ein, Sarah. Wir haben deinen Trenchcoat im Keller vergessen, und ich möchte nicht auch noch dafür verantwortlich sein, dass du dich erkältest …«

Zu meinem Unmut rollte sie mit den Augen. »Sorry, Stone, aber ich bin nicht aus Zucker. Falls Elizabeth noch einen Regenschirm übrig hätte, laufe ich den Rest des Weges nach Hause. Ist wirklich nicht weit.«

»Warten Sie«, warf Elizabeth ein. »Ich habe sogar noch eine Strickjacke.«

Versorgt mit Strickjacke und Ersatzschirm strahlte Sarah mich vergnügt an. Es schien ihr überhaupt nichts auszumachen, dass ihre Strumpfhose aufgerissen war. Ich wusste nicht, ob ich sie für ihre Starrköpfigkeit am liebsten geküsst oder verflucht hätte.

Der Igel in meinen Armen bewegte sich. »Okay, ich gehe jetzt rein.« Mehr brachte ich nicht mehr zustande.

Ich war noch immer stinksauer auf diese dämlichen Reporter, auf die noch dämlichere Story, die sie in den nächsten Tagen in ihren Schmierblättern bringen würden und den Makler, der nicht zum Termin erschienen war. Am meisten jedoch war ich wütend auf mich selbst, weil ich Sarah in diese lächerliche Situation gebracht hatte. Obwohl sie es locker zu nehmen schien, dachte sie von mir vermutlich insgeheim, dass ich ein verwöhnter Millionär war, der immer bekam, was er wollte.

Und irgendwie beschäftigte mich sehr, dass sie so von mir denken könnte …

Ohne mich noch einmal umzusehen, wandte ich mich der Tierarztpraxis zu.

Im Wartezimmer befanden sich ein älterer Herr mit einem Welsh Corgi, dessen Vorderpfote eingegipst war und eine Frau mit ihrem Kind sowie einem Bastkorb, aus dem es miaute.

An der Anmeldung saß eine Frau, die einen türkisfarbenen Kittel trug.

»Guten Tag, was ich kann ich für Sie tun?«

»Guten Tag. Ich habe diesen kleinen Igel gefunden, und ich befürchte, es geht ihm nicht sehr gut.«

Sie stand sofort auf und kam hinter dem Anmeldepult hervor. »Lassen Sie mich mal sehen. Oh, gut, dass Sie so schnell gehandelt haben.«

»Ich übernehme gerne die Kosten für seine Behandlung.«

Sie lächelte mich warmherzig an. »Das müssen Sie nicht. Wir behandeln Igel auf unsere eigenen Kosten. Igel stehen unter besonderem Schutz.«

Vermutlich waren die Polizisten deswegen genau zu dieser Tierarztpraxis gefahren, und das war nicht der erste »Igel-Einsatz« für sie gewesen.

Die Tierarzthelferin nahm das Tierchen entgegen und steckte mir eine Visitenkarte zu, die auf dem Empfangstresen auslagen.

»Wenn Sie noch etwas Gutes tun wollen, dann spenden Sie gerne an die Hedgehog Society, mit der wir zusammenarbeiten. Die können jeden Pence gebrauchen.«

Sie erklärte mir außerdem, dass der arme Kleine wohl schon merklich dehydriert war und keine zwei Stunden mehr überlebt hätte. Nun aber konnte er medizinisch versorgt und aufgepäppelt werden.

Noch einmal streichelte ich dem Igel über das Köpfchen. »Leb wohl, Kleiner. Hab ein schönes Leben.«

Dann verabschiedete ich mich von der Arzthelferin und verließ die Tierarztpraxis.

»Scheiß auf L.A.«, murmelte ich, als ich mich in den Wagen setzte.

Elizabeth sah mich aufmerksam über den Rückspiegel an. »Alles klar, Boss?«

Ich rollte die Ärmel meines schmutzigen Hemdes hoch und löste den Zopf, um mein Haar durchzuwuscheln. Was hätte ich in diesem Moment nicht alles für ein heißes Bad und ein Glas Scotch gegeben. Aber die Arbeit wartete.

»Jetzt schon, Elizabeth. Du kannst losfahren.«

Sie nickte und fädelte sich in den Verkehr ein.

Als ich auf mein Handy sah, löste sich die Anspannung in meinem Kiefer.

> Bin gerade zu Hause angekommen. Schönen Abend noch. Arbeite nicht zu viel. Grüße, Sarah.

Wärme breitete sich in mir aus.

Sie schien also doch nicht wütend auf mich zu sein.

Entspannt band ich einen akkuraten Zopf, lockerte die Nackenmuskulatur und steckte das Ladekabel ins Handy, bevor ich mich in den Zoomcall mit meinen Partnern einwählte.

Stunden später lag ich endlich im heiß ersehnten Bad, ein Glas Scotch in der Hand, den Nacken gegen den Rand der Wanne gelehnt, und atmete tief durch. Wenn ich mich ganz auf meine Arbeit in London konzentrieren wollte, musste ich die Firmenanteile in L.A. aufgeben, so viel war mir an diesem Tag klar geworden. Auf Dauer konnte ich die Doppelbelastung nicht aushalten. Aber das bedeutete, meiner alten Heimat für immer den Rücken zu kehren.

Noch war ich hierzu nicht bereit. Wenn die Geschäfte in London nicht liefen, bedeutete das zwar nicht, dass ich einen Standort in Europa aufgeben würde, aber dass ich mich anderswo umsehen würde. Vielleicht in Irland. Oder gar in Schweden, der Heimat meiner Mutter.

Als ich die Augen schloss und sich meine Muskeln langsam entspannten, sah ich das zarte Gesicht von Sarah Davies vor mir. Es war vorstellbar, dass sie in vielen Männern einen Beschützerinstinkt auslöste, da sie auf den ersten Blick zerbrechlich wirkte. Aber das war sie ganz und gar nicht.

Schmunzelnd dachte ich daran zurück, wie sie nach oben zum Fenster geklettert war … und daran, wie sie abgerutscht war und in meinen Armen gelegen hatte. Ihre Nähe hatte mich mehr als verwirrt. Nein, nicht verwirrt … erregt.

Verdammte Scheiße. Wie konnte ich so von meiner Anwältin denken?! Sie versuchte nur ihren Job zu erledigen, was ich ihr ganz gewiss nicht einfach machte. Wie kam ich dazu, anders als beruflich an sie zu denken?

Weil sie mich berührte.

Nicht ihr Körper, nicht ihr Äußeres, obwohl es äußerst anziehend wirkte. Nein, es waren ihre Augen. *Die Augen sind der Spiegel zur Seele.* Sagte man das nicht so? In Sarahs Augen schillerte ein Kosmos an Farben, und ich konnte es gar nicht erwarten, erneut darin zu versinken.

10. Sarah

Als ich Stones Nachricht auf meinem Handy las, konnte ich nicht anders, als in mich hineinzulächeln.

> Ich schulde dir ein Abendessen. Zur Wiedergutmachung.

Ich sollte ablehnen. Es war nicht angemessen, ein Date mit einem Mandanten zu haben. Andererseits, wer sagte, dass es ein Date war? Es war ein Geschäftsessen. Am Abend. Er würde sich schon nichts Romantisches einfallen lassen. Warum auch?

Es war seine Art der Entschuldigung. Ich hatte mir immerhin einen neuen Mantel deswegen zulegen müssen, also durfte er mich auch schick ausführen.

> An welchem Abend?

Drei Punkte blinkten auf, was bedeutete, dass er eine Antwort tippte, und mein Herz passte sich dem Takt an, während ich auf das Erscheinen seiner Nachricht wartete.

> Heute Abend.

»Wem schreibst du?«

Mir wäre vor Schreck beinahe das Handy aus der Hand gefallen, als Rebecca plötzlich in der Tür stand.

»Ähm, das war nur eine kurze Rückversicherung mit Mr Stone. Der Termin steht noch.«

Puh, es war nicht ganz gelogen.

»Dann sollten wir aber langsam mal los.« Becks schaute auf ihr Handy. »Das Taxi müsste auch gleich da sein.«

Der heutige Besichtigungstermin fand im Südosten Londons in einer Lagerhalle statt.

Ich war mir nicht sicher, weshalb Stone ausgerechnet dieses Objekt ausgesucht hatte, aber es stammte aus dem Portfolio eines Maklerbüros, mit dem wir schon oft zusammengearbeitet hatten. Also war ich guter Dinge, dass das Objekt für ihn interessant sein könnte.

Schon von Weitem erkannte ich Stones Rolls Royce vor der Halle, der hier deplatziert wirkte. Unser Mandant selbst befand sich im Gespräch mit dem Herrn vom Maklerbüro. Als er uns bemerkte, kam er zu uns. Wir begrüßten einander höflich. Nichts deutete darauf hin, dass er mich vor wenigen Minuten zum Abendessen eingeladen hatte.

»Guten Tag, Mr Stone«, begrüßte ich ihn. »Darf ich Ihnen meine Assistentin Rebecca Moore vorstellen?«

Er ergriff ihre Hand und sah sie prüfend an. »Nett, Sie kennenzulernen, Ms Moore.« Meine Güte, er hatte wirklich diese Art, jemanden anzusehen, als seien seine Augen Röntgenstrahlen.

Becks aber hielt sich wacker. »Ebenfalls sehr erfreut, Mr Stone.«

Während Stone nun mit dem Makler in das Innere der Halle voranging, trottete ich mit Rebecca hinterher.

»Wow!«, machte sie. »Den ersten Part habe ich schon mal überlebt.«

Ich wusste, dass sie die Begegnung mit Stone meinte, und lächelte in mich hinein. Wir sollten uns auf unsere Arbeit konzentrieren.

»Notiere alles, was uns auffällt. Wir machen am besten

auch Bilder. So ist es später einfacher, unsere Eindrücke zu sortieren.«

Rebecca hörte eifrig zu und wedelte mit ihrem Handy. »Bin bereit.«

Stone befragte den Makler ausgiebig zu den Sanierungsmaßnahmen der letzten Jahre. So richtig konnte ich mich selbst nicht auf die Besichtigung konzentrieren. Immer wieder wanderte mein Blick zu Stone.

»Achtung, Sarah, da liegt ein Balken direkt vor deinen Füßen.«

Überrascht sah ich auf. Zwei Schritte weiter, und ich hätte heute Abend noch ein paar blaue Flecken mehr ertragen dürfen.

»Danke«, sagte ich erleichtert.

Rebecca lächelte leicht. »Brauchst du einen Kaffee? Um die Ecke habe ich einen Food Truck gesehen. Ich könnte schnell losgehen.«

Ich winkte ab. »Nicht notwendig.«

Mein Blick fiel erneut auf den Metallbalken, der gut drei Meter lang und fünfzehn Zentimeter hoch war.

Becks sah nach oben. »Ich hoffe, der kommt nicht von der Decke. Das würde zu der Frage führen, warum er nicht an seinem Platz ist. Ist er runtergefallen? Fällt noch mehr von oben runter?«

»Wir sollten einen Statiker beauftragen«, dachte ich laut nach.

»Ist notiert.«

Während sie die entsprechende Notiz in ihr Handy tippte, schlenderte ich um den Balken herum zu unserem Mandanten und dem Makler.

Der Mann räusperte sich nervös, als Stone ihn mit seinem Blick fixierte. Daher wandte sich der arme Kerl nun offenbar schnell an mich. »Ist alles zu Ihrer Zufriedenheit, Ms Davies?

Zögern Sie nicht, jede Frage zu stellen, die Ihnen auf dem Herzen liegt.«

»Was wissen wir über den Balken dort drüben?«

Der untersetzte Mann mit den Schweißperlen auf der Stirn blätterte in seinen Unterlagen. »Ähm ... warten Sie ... also, eigentlich ist mir der Gegenstand auch heute erst aufgefallen.«

»Der ›Gegenstand‹ ist ein Dachbalken von drei Metern Länge.« Ich schüttelte den Kopf. »Sagen Sie nicht, dass Sie vorher nie hier waren.«

Die Gesichtsfarbe des Maklers wechselte zu ungesundem Purpur. »Ich vertrete eine Kollegin, die überraschend krank geworden ist. Aber ich kann Sie gerne anrufen.«

Das war mir bereits bekannt.

Stone wirkte nun noch angespannter. »Ich bitte darum.«

»Jetzt sofort?«

»Ja, natürlich!« Rorik schüttelte ermüdet den Kopf.

Dieses Maklerbüro war von mir ausgesucht worden. Er hatte daher sicher mehr erwartet. Er verschränkte die Arme vor der Brust und schaute mich abwartend an.

»Es stimmt, die ursprüngliche Maklerin ist krank geworden«, bestätigte ich. »Sehr schade, denn ich habe schon oft mit ihr zusammengearbeitet. Ich bin mir sicher, dass Mr Shawn unsere offenen Fragen umgehend mit ihr klären wird, sobald es seiner Kollegin besser geht, nicht wahr, Mr Shawn?«

Der Makler nickte eifrig, und ich lächelte zufrieden. »In der Zwischenzeit könnten wir uns das Grundstück hinter dem Lager ansehen.«

»Natürlich, Ms Davies. Folgen Sie mir, bitte.«

Es folgte ein Rundgang um das Lager herum sowie eine Besichtigung des Grundstücks.

Stone schüttelte den Kopf.

»Sind Sie nicht zufrieden mit der Immobilie?«, fragte der Makler. »Wir haben auch noch andere Gewerbeobjekte im Angebot.«

»Sparen Sie sich die Mühe«, sagte Stone entnervt. »Ich habe gerade entschieden, dass ich keine weiteren Gewerbeobjekte ansehen werde.«

Dem Mann klappte die Kinnlade herunter.

Ich berührte Stone sacht am Ellbogen. »Würden Sie kurz mit mir mitkommen?« Ich lächelte zwar, doch ich hoffte, dass mein Blick eisern genug war.

Wir entfernten uns vom Makler, sodass er uns nicht hören konnte.

»Was ist los? Ich dachte, genau so etwas suchst du? Alte Bestände, die du sanieren kannst.«

»Zu Wohn- und Geschäftszwecken.« Stone schüttelte den Kopf. »Die Lagerhalle ist nutzlos. Ich hätte es schon am Exposé erkennen sollen. Viel zu abgelegen und inmitten anderer Lager.«

»Das stimmt, das hätte dir auffallen können.« Ich verschränkte ebenfalls die Arme vor der Brust. »Vielleicht solltest du mir noch einmal eine Aufstellung zukommen lassen mit deinen genauen Vorstellungen. Sonst fischen wir noch wochenlang im Trüben. Ich habe dir doch den Fragebogen geschickt.«

»Ich kann es schwer beschreiben … Aber ich suche das Besondere. Es muss ›Klick‹ machen, verstehst du?«

Ich legte den Kopf schief und betrachtete ihn nachdenklich. »Und du kannst nicht beschreiben, wie das Besondere aussieht?«

Stone machte einen Schritt von mir fort. »Ich muss noch einmal in mich gehen. Dann werde ich dir die Aufstellung zukommen lassen.«

»Gut, wir werden unser Bestes geben, Ihre Wünsche zu erfüllen, Mr Stone.« Ich meinte es teils im Scherz, aber größtenteils ernst.

Er hob eine Braue, und sein Blick verschleierte sich. »Das hoffe ich.« Seine Stimme klang rau.

Ich hob ebenfalls die Brauen, ohne etwas dazu zu sagen.

»Sarah?« Rebecca war aus der Lagerhalle gekommen. »Der Makler lässt fragen, ob wir die Besichtigung abbrechen wollen.«

»Wollen wir«, antwortete Stone, bevor ich es tun konnte.

»Okay, ich gebe ihm Bescheid.«

Bevor ich ihr nachgehen konnte, hielt mich Stone mit einer Berührung an der Schulter davon ab. »Bleibt es bei unserer Verabredung für heute Abend?«

»Ein Essen im nobelsten Restaurant der Stadt? Wie sollte ich da ablehnen?«

Er runzelte die Stirn. »Ich habe nicht gesagt, wo wir hingehen.«

Ich konnte nicht anders, als ihn breit anzugrinsen. Es tat gut, ihn zu necken. Und irgendwie schien es ihm zu gefallen.

»Du wirst um sieben Uhr abgeholt«, sagte er mit diesem noch immer rauen Ton in der Stimme.

»Ich werde bereit sein.«

11. Sarah

Kritisch betrachtete ich mein Spiegelbild. Ich hatte keine Ahnung, in welches Restaurant wir gehen würden. Stone hatte weiterhin ein Geheimnis daraus gemacht. Demnach war ich auch unsicher gewesen, was ich an diesem Abend anziehen sollte.

Ich entschied mich schließlich für ein kleines Schwarzes. Damit lag man selten falsch. Mein Kleid reichte bis zum Knie, war eng geschnitten, ohne mich einzuschnüren. Der elastische Stoff schmiegte sich an meinen Körper und wirkte dennoch klassisch elegant. Der Ausschnitt war asymmetrisch geschnitten und ließ meine linke Schulter frei. Allerdings war ich mir unsicher, ob ich dazu einen schicken Blazer oder eine Jeansjacke tragen sollte. Schließlich entschied ich mich für eine schwarze Grobstrickjacke. Sie wärmte und passte zu jeder Gelegenheit.

Mit meinen Haaren war nicht viel anzufangen. Sie hingen einfach glatt an mir herunter. Wie immer. Jeder Versuch, eine Locke oder Welle hineinzubekommen war zum Scheitern verurteilt. Also gab ich ein leichtes Glanzöl hinein und bürstete sie durch. Dann legte ich ein leichtes Make-up auf, nur ein wenig Kajal, um die Augen zu betonen, und etwas altrosa Lipgloss. Dazu noch ein paar Spritzer meines Lieblingsparfüms.

»Sarah«, rief mein Vater nach oben. »Da hält ein stattlicher Rolls Royce vor der Tür!«

Ich hopste die Treppe nach unten wie ein Teenager, der auf dem Weg zum Abschlussball war. Dabei fiel mir auf, dass ich noch keine Schuhe anhatte.

»Dad, schnell, ich brauche deine Hilfe.« Ich holte meine

Ballerinas sowie Pumps aus dem Schuhregal im Flur. »Welche soll ich tragen? Bequem oder schick?«

Mein Vater tippte nachdenklich an sein Kinn. »Hattest du nicht mal diese Stiefeletten?«

»Die aus Wildleder?«

Er nickte. »Die meine ich.«

Ich bückte mich und holte sie ganz hinten aus dem Schuhschrank. Irgendwie hatte ich noch nicht oft Gelegenheit dazu gehabt, sie zu tragen, weil ich im Büro lieber mit flachen Schuhen herumlief. Aber ich war so begeistert von ihnen gewesen, als ich sie im Schaufenster gesehen hatte, dass ich sie unbedingt haben musste.

»Du siehst wunderschön aus.« Dad seufzte.

Jetzt kam ich mir erst recht vor wie eine Schülerin. Ich drückte ihm einen festen Kuss auf die Wange. »Danke, Dad.«

Die Klingel ließ mich zusammenschrecken. Mein Herz klopfte wie wild, als ich die Haustür öffnete. Vor mir stand nicht Stone, sondern Elizabeth mit ihrem silbern gefärbten Schopf und einem kecken Lächeln auf den Lippen.

»Guten Abend, Sarah. Ich darf dich heute abholen und zu Mr Stone bringen.«

Er war also nicht persönlich gekommen, was mich etwas enttäuschte.

»Prima, ich bin gleich so weit. Elizabeth, darf ich dir meinen Vater vorstellen? Das ist Ben Davies. Dad, das ist Elizabeth.«

»Mr Stones persönliche Kutschiererin«, fügte sie zwinkernd hinzu und begrüßte meinen Vater mit einem Handschlag.

»Freut mich sehr.« Dad trat zur Seite. »Möchten Sie hereinkommen? Ich koche uns gerne einen Tee.«

»O nein, ich befürchte, ich muss Ihre Tochter direkt entführen. Mr Stone wartet bereits.«

Nun wurde ich neugierig. »Wo erwartet er mich?«

»Das ist eine Überraschung.« Sie zwinkerte mir zu. »Aber du wirst es gleich erfahren.«

Dad sah mich an. »Na los, geh mit ihr. Nicht dass du Mr Stone verärgerst.«

Ich drückte ihn nochmals ganz fest, und er lachte leise.

»Ich wünsche dir einen wundervollen Abend, mein Liebstes.«

Die Fahrt mit der Limousine dauerte nicht lange. Elizabeth hielt in der Nähe des botanischen Gartens direkt an der Themse.

Irritiert schaute ich aus dem Fenster. Hatte hier ein neues Restaurant eröffnet, von dem ich nichts wusste? Aber ich sah nur ein Ausflugsboot, das tagsüber Touristen und Ausflügler über den Fluss schipperte. Es war hell erleuchtet. Oben auf dem Deck hingen sogar Lichterketten, die sich in der Wasseroberfläche spiegelten.

Elizabeth stieg aus und hielt mir die Tür auf.

»Danke«, sagte ich.

»Viel Vergnügen«, gab sie zurück, und ich konnte das Lächeln in ihrer Stimme hören. »Er wartet am Steg auf dich.«

Ich wickelte die Strickjacke fester um mich und drückte die Handtasche an meine Brust, als ich den Wagen verließ. Ein Windstoß fuhr durch mein Haar, und ich war froh, dass die Wolle mich wärmte.

Mein Herz tänzelte wie ein Pony über eine Frühlingswiese. Stone erwartete mich am Steg, genau wie Elizabeth es gesagt hatte. Er trug einen Smoking, in dem er verboten gut aussah. Sein Haar war wie so oft zu einem strengen Zopf gebunden, was die markanten Linien seines Gesichts betonte. Noch nie war ich einem Mann begegnet, der diese anziehende Wirkung auf mich hatte.

»Hallo, Sarah«, sagte er mit seiner angenehm tiefen Stimme. »Ich hoffe, mein Entschuldigungsessen erfüllt deine Erwartungen.«

Ich ließ meinen Blick über das Wassergefährt schweifen. Nur die Besatzung schien uns zu erwarten, keine anderen Gäste. »Hast du etwa das ganze Boot gebucht?«

»Ich konnte mich für kein Restaurant in der Stadt entscheiden. Es sollte eine besondere Location sein, dafür dass wir im Keller festgesessen haben und von der Polizei erwischt wurden. Also dachte ich mir, ganz London wäre eine angemessene Entschädigung.«

»Ganz London?!«

Er nickte, und ein kleines Lächeln zeigte sich auf seinem attraktiven Gesicht. »Die Überraschung ist mir also gelungen?«

»Aber … das ist doch …« *Übertrieben* wäre das Wort gewesen, was mir eingefallen wäre, wenn es mir nicht absolut die Sprache verschlagen hätte.

»Wir können auch vor Ort bleiben, wenn es dir lieber ist? Was wiederum eine Verschwendung wäre, da ich das Boot für die nächsten vier Stunden gebucht habe und ich mir eine ganz neue Perspektive von der Stadt erhofft hatte.«

Ich blinzelte, und mein Verstand kehrte langsam zurück. Er wollte mehr von London sehen. Es war also nicht nur ein Gefallen mir gegenüber … oder eine Wiedergutmachung. Wir hatten demnach beide etwas von der Bootsfahrt. Damit konnte ich tatsächlich besser leben.

Stone streckte die Hand nach mir aus. »Möchtest du dich an Deck umsehen?«

Ich trat auf ihn zu und ergriff seine Hand. »Sehr gern.«

Sein Griff war stark, und die Wärme seiner Haut überraschte mich. Sicher führte er mich über den Steg an Bord des Schiffes.

Ein Mann in Kapitänsuniform begrüßte uns mit einem Nicken. »Willkommen auf der MV Sparrow. Mein Name ist

Captain Landon. Ich hoffe, Sie werden sich an Bord wohlfühlen. Sollten Sie Anmerkungen oder Fragen haben, stehe ich Ihnen jederzeit zur Verfügung.«

Er deutete in Richtung einer jungen Dame, die mit einer weißen Rüschenschürze bekleidet war und ein Tablett in den Händen hielt. »Jenny wird heute Abend außerdem dafür sorgen, dass es Ihnen an nichts fehlt. Bitte genießen Sie Ihren Aufenthalt.«

»Das werden wir ganz sicher. Danke, Captain Landon.«

Ich bedankte mich ebenfalls, und Stone überließ mir den Vortritt. Klaviermusik erfüllte den Raum. Jenny bot uns Sektgläser mit perlender Flüssigkeit an.

Als ich daran nippte, bemerkte ich, dass es kein Sekt war, sondern Champagner. Stone hatte sich diesen Abend wirklich einiges kosten lassen.

Nur ein einziger Tisch im Salon war gedeckt, und der stand am Panoramafenster, sodass man während des Essens den Blick auf das nächtliche London genießen konnte.

»Wow, das nenne ich eine Aussicht.« Stone nahm gegenüber von mir Platz und sah hinaus. »Hast du schon einmal eine Themsefahrt gemacht?«

»Nein, noch nie.« Wir teilten diese erste Erfahrung, und ich hatte das Bedürfnis, die Hand auszustrecken und seine zu halten. Stattdessen spielte ich mit der Stoffserviette und nippte am Champagner.

Jenny trat an den Tisch. »Darf ich Ihnen einen kleinen Appetizer servieren? Wir haben hier Lachs- und Kaviar-Canapés sowie eine vegane Variante mit Bärlauch-Pesto.« Sie stellte eine Etagere zwischen uns ab, bei deren Anblick mir das Wasser im Mund zusammenlief. »Die Vorspeise wird zudem gerade vorbereitet. Es gibt eine Fenchelcreme mit Weißwein und Kokos verfeinert. Dazu frische Garnelen und Baguette.«

Bevor ich von den kleinen Häppchen probierte, schenkte

ich mir stilles Wasser aus der bereitstehenden Flasche in ein Glas. Der Champagner stieg mir bereits zu Kopf, und ich hatte vor, jeden der kostbaren Gänge mit allen Sinnen zu genießen. »O Gott, die sind verdammt gut«, nuschelte ich mit einem halben Lachshappen im Mund.

Stone griff zu einem Canapé mit Pesto und nickte zustimmend.

Der Motor des Schiffes wurde etwas lauter, und es setzte sich allmählich in Bewegung, jedoch übertönten die Klaviertöne vom Band das Motorengeräusch. Ich bestaunte den Ausblick.

»Ich denke, ich werde das Haus kaufen«, sagte Stone unvermittelt.

Ich kaute etwas schneller und spülte mit Wasser nach. »Das alte Haus in Chelsea?«

Er nickte. »Es hat viel Potenzial.«

»Das stimmt. Weißt du denn schon, was du daraus machen wirst?« Vermutlich irgendeine schicke Wohnanlage, die er an reiche Menschen weiterverkaufen konnte. Der Gedanke schmerzte auf sonderbare Weise.

»Das werden wir sehen.« Er kippte den Rest seines Champagners in einem Zug hinunter und starrte wieder hinaus auf die Themse.

Manchmal wurde ich nicht schlau aus diesem Mann. Er vereinte so viele Widersprüche in sich. Meistens wirkte er unnahbar … so wie jetzt. Aber hin und wieder erhaschte ich einen Blick auf den echten Rorik Stone. Den, der sich um seine Mitarbeiter kümmerte, der dafür sorgte, dass ich sicher nach Hause kam, und seine wertvolle Zeit für einen Igel opferte. Ich hätte gerne mehr von diesem Rorik gesehen.

Aber ich war nur seine Anwältin. Das hier war – so romantisch es auch anmuten mochte – offensichtlich ein Geschäftsessen.

»Dann werde ich mit Rebecca zusammen einen Kaufvertragsentwurf vorbereiten.« Nun brauchte ich doch noch einen Schluck Champagner. Mir war warm genug, und ich zog die Strickjacke aus.

Stone musterte mich nachdenklich mit diesen eisblauen Augen, sagte jedoch nichts.

Die Suppe wurde serviert, gerade zum rechten Zeitpunkt, um den unangenehmen Moment zu unterbrechen. Zur Suppe gab es zwei verschiedene Weißweine zur Auswahl. Stone entschied sich für einen französischen Tropfen, dessen Name mir nichts sagte, was nicht viel zu bedeuten hatte, denn ich war keine Weinkennerin. Er schmeckte jedoch sehr gut, nicht zu trocken für meinen Geschmack, und passte hervorragend zur köstlichen Suppe. Mittlerweile hatten wir die Kew Railway Bridge erreicht, und zahlreiche Bäume säumten das Ufer.

»Wo siehst du dich in zehn Jahren?«

Die Frage war so plötzlich gekommen, dass ich fast meinen Löffel hätte fallen lassen. Eine schöne Schweinerei hätte das mit der hellen Suppe auf meinem dunklen Kleid gegeben. »Befinden wir uns in einem Vorstellungsgespräch?« Ich versuchte mich an einem Lächeln.

»Nein, es interessiert mich nur, was du in deinem Leben vorhast.« Er sagte es fordernd, als wäre die Information für ihn wichtig.

»Lass mich mal nachdenken. In zehn Jahren befinde ich mich in meinen Dreißigern. Es wäre schön, einen Partner an meiner Seite zu haben, möglicherweise auch Kinder, aber damit habe ich es nicht eilig.«

Der Hauptgang wurde serviert: Filo-Törtchen mit einer Zucchini-Walnuss-Füllung und dazu ein Zitronen-Risotto. Der Wein wurde nachgeschenkt, und ich gönnte mir einen großen Schluck davon.

Mit Stone hier zu sitzen, hauptsächlich schweigend, war überaus merkwürdig. Warum hatte ich diese Einladung überhaupt angenommen? Ich war davon ausgegangen, dass wir in ein Restaurant gehen würden, um uns nett zu unterhalten. Im unangenehmen Fall hätte ich mich kurz nach dem Dessert verabschieden können.

Hier saß ich für die nächsten Stunden mit Stone fest, der beschlossen hatte, nachdenklich aus dem Fenster zu starren. Wenigstens konnte ich so das Essen in Ruhe genießen, das war nämlich hervorragend. Ob es wohl unangemessen war, Jenny den Koch nach dem Rezept für die Filo-Törtchen fragen zu lassen?

Dad hätte sich darüber ganz sicher gefreut. Verdammt, ich wagte es nicht einmal, mein Handy aus der Tasche zu holen, um ein Foto davon zu machen. Ich merkte mir die einzelnen Komponenten, so gut es ging, und hoffte, später ein Rezept im Internet zu finden.

»Die Lagerhalle war echt ein Reinfall«, sagte er unvermittelt. Schon wieder ging es um den Job.

Ich brauchte mehr Champagner, um das ertragen zu können und nahm einen großzügigen Schluck. »Was wolltest du überhaupt mit der Immobilie? Sie in einen schicken Wohnkomplex umwandeln?«

»Hmm.« Er widmete sich den letzten Resten seiner Hauptspeise, als schien er über meine Frage genau nachdenken zu müssen. »Eigentlich dachte ich mir, ich könnte sie in eine Art Jugendzentrum umbauen lassen. Für Jugendliche, die nicht die Möglichkeit haben, an den Angeboten von teuren Sportvereinen teilzunehmen. Ich dachte an so was wie eine Boxhalle, einen Fitnessbereich und eventuell Tischtennis.« Er hob den Blick. Seine Augen waren nicht mehr ganz so eisig. In ihnen lag ein Funkeln, das mir sehr gefiel.

»Hast du das schon mal gemacht?«, fragte ich interessiert.

»In L.A. habe ich einen solchen Komplex bauen lassen. Ich hoffte, damit ein paar junge Leute von der Straße holen zu können. Und was ich von London bisher mitbekommen habe …«, er hob die Schultern, »geht es vielen Jugendlichen ganz ähnlich wie in L.A.«

Ich blinzelte und versuchte, das gerade Gehörte zu verarbeiten. Jetzt ergab es Sinn, dass er die Halle schließlich abgelehnt hatte. Welcher Jugendliche sollte gefahrlos durch dieses Gewerbegebiet laufen? Es gab ja nicht einmal eine Bushaltestelle in der Nähe. Zumindest war mir keine aufgefallen.

»Es geht dir gar nicht darum, Gewinn zu machen?« Diese Info hätte er mir ruhig vorher zukommen lassen können. Und doch sah ich nun wieder den Stone, den ich so schätzte. Den mitfühlenden und aufmerksamen Rorik Stone.

»Darum geht es mir selten«, sagte er leise und sah hinaus auf die Themse.

»Möchtest du an Deck gehen?«, fragte er unvermittelt.

»Wie bitte?« Ich hatte mich ganz sicher verhört. In der Konzentration auf das Essen und unser Gespräch hatte ich verpasst, dass wir demnächst Westminster erreichten und somit Big Ben. »Jetzt? Wir hatten noch gar kein Dessert.«

Er schmunzelte, und sein Gesicht wirkte noch attraktiver. »Das Dessert läuft uns nicht weg. Aber ich würde Big Ben gerne in seiner ganzen Pracht sehen.«

Jenny kam zu uns an den Tisch. »Darf ich Ihnen ein Getränk auf dem Deck servieren?« Offensichtlich war sie eine sehr aufmerksame Kellnerin.

»Haben Sie einen Scotch?«

»Natürlich.«

Sie sah mich fragend an.

Scotch vor dem Dessert war sportlich. Aber bei einem flüssigen Nachtisch war ich gerne dabei. »Haben Sie auch Irish Cream auf Eis?«

»Ich werde gerne nachsehen.«

Stone stand auf und bot mir einen Arm an, damit ich mich bei ihm unterhaken konnte.

Oben an Deck war es etwas frisch, und ich legte die Arme

um meinen Oberkörper, da ich meine Strickjacke unten vergessen hatte. Stone bemerkte es sofort, zog sein Jackett aus und legte es mir um. Dankbar lächelte ich ihn an und steckte meine Arme in das Kleidungsstück. Es roch nach seinem frischen Aftershave, und ich seufzte zufrieden.

Stone kratzte sich am Kinn, und ich bemerkte, dass seine Muskeln unter dem Hemd hervortraten. Doch etwas anderes lenkte mich von seinem zugegeben verführerischen Anblick ab.

»Oh, sieh doch, das London Eye!« Es leuchtete rötlich, und die Gondeln bewegten sich in gemächlichem Tempo.

Auf der anderen Seite des Flusses war der Elizabeth Tower, der Uhrenturm, in dem Big Ben hing, in zurückhaltender Beleuchtung zu sehen.

»Ist das nicht ein magischer Anblick?« Ich konnte mich von den Eindrücken, die sich uns boten, gar nicht losreißen.

»In der Tat, zauberhaft.«

Ich schaute zu ihm auf und bemerkte, dass er mich ansah und nicht Londons Wahrzeichen. Hitze stieg in meine Wangen. Es sollte sich verdammt noch mal nicht so gut anfühlen, hier neben ihm zu stehen und die leuchtenden Gebäude zu betrachten. Ich war seine Anwältin. Und doch konnte ich mir in diesem Moment nichts Wundervolleres vorstellen.

»Mr Stone, Ms Davies, Ihre Getränke.« Jenny hatte für mich tatsächlich einen Baileys auf Eis gebracht, und ich nahm ihn dankbar entgegen. Das Getränk eignete sich perfekt, um meine erhitzten Wangen zu kühlen.

»Hattest du zwischenzeitlich Gelegenheit für Sightseeing?«

»Ein wenig. Ich war im Tower, habe mir ein paar Museen angesehen. Aber das London Eye steht noch auf meiner Liste. London von oben muss auch besonders sein.«

»Ja, das stelle ich mir auch spannend vor.« Ich trank vom Baileys und genoss dessen Süße und Cremigkeit in meinem Mund, während wir die Wahrzeichen Londons passierten.

Trotz des Jacketts wurde mir kälter. Ich verschränkte die Arme vor der Brust.

»Darf ich dich wärmen?« Er sah mich ernst an, ohne zu lächeln. Diese harte Schale musste er sich über Jahre hinweg antrainiert haben. Ich weigerte mich, anzunehmen, dass sie zu seinem angeborenen Charakter gehörte.

Ich nickte und rückte näher an ihn heran. Er legte seinen Arm um mich, und sofort wurde mir wärmer. Gemeinsam bestaunten wir die Gebäude und die Lichter auf der Wasseroberfläche. Wir passierten angestrahlte Brücken, die London Bridge leuchtete sogar in Regenbogenfarben. Kurz darauf kamen der Tower und die Tower Bridge in Sichtweite.

Ich hatte schon lange nicht mehr etwas so Schönes erlebt. Ohne darüber nachzudenken, stellte ich mich auf die Zehenspitzen und hauchte Stone einen Kuss auf die Wange. »Danke für dieses wunderbare Erlebnis.«

Ich ließ mich zurück auf die Fersen sinken und presste fest die Lippen aufeinander, hielt seinem verwirrten Blick jedoch stand. Verdammt, was hatte ich getan? Wie war ich auf die Idee gekommen …

Er drehte sich ganz zu mir um und zog mich fester an ihn. Unsere Körper schmiegten sich aneinander, als seien sie für nichts anderes gemacht worden. Ich genoss es, von ihm gehalten zu werden. Eine Hand lag auf meinem Rücken. Er ließ sie über meine Schulter nach oben zu meiner Wange gleiten. Mit dem Daumen fuhr er über meinen Mund. Ich hielt den Atem an und schloss die Augen, die Berührung mit jeder Faser genießend.

Kurz darauf lagen seine Lippen auf meinen, warm und sanft, verlockend. Ich lechzte nach mehr und legte meine freie Hand in seinen Nacken. Unter meinen Fingern spürte ich seine Gänsehaut.

Seine Zunge stieß gegen meine Lippen. Ich öffnete meinen

Mund und ließ ihn gewähren, drängte mich noch fester an ihn. Ich wollte das hier genauso sehr wie er.

Mein Busen drückte sich an seinen muskulösen Oberkörper. Er hielt mich in seinen starken Armen und küsste mich mit einer Sanftheit, die alles überragte, was ich jemals erlebt hatte.

Als er sich schließlich von mir löste, seufzte ich auf. Seine Wärme fehlte mir sofort, und ich verschränkte schützend die Arme vor der Brust. Mein Verstand war berauscht von unserem Kuss, als hätte ich eine starke Droge zu mir genommen.

Stone kratzte sich im Nacken und wich meinem Blick aus. »Verzeih mir.« Seine Stimme klang heiser, kaum hörbar. Nur langsam drangen seine Worte zu mir durch.

Benommen nickte ich, ohne zu begreifen, zu was ich zustimmte.

Ein Räuspern ließ mich zusammenzucken. »Ich möchte nicht stören, doch das Dessert ist angerichtet.«

»Danke, Jenny.« Stone trat noch weiter von mir zurück und überließ es mir, voranzugehen.

Im Salon nahm ich Stones Jackett ab und zog meine Strickjacke über. Rasch nahm ich Platz, ließ Stone aber nicht aus den Augen, als er sich ebenfalls setzte.

Er bereute unseren Kuss. Anders konnte ich mir nicht erklären, dass er meinem Blick auswich. Ich versuchte, meine Aufmerksamkeit dem Nachtisch zu widmen, einer hervorragend zubereiteten Crème Brûlée. Doch ich schmeckte kaum, was ich aß. Zu sehr hing ich noch in dem Moment fest, in dem Stones Lippen meine berührten.

Für einen Moment hatte die Zeit stillgestanden. Ich hatte alles um uns herum vergessen: die strahlenden Lichter Londons, das Schiff ... dass ich eine Anwältin und Stone mein Mandant war.

Stone verlor kein Wort darüber, er schien in seinen eigenen Gedanken versunken.

»Darf ich Ihnen noch etwas bringen?« Jenny räumte die Dessertschälchen ab. »Einen Espresso oder noch ein Glas Champagner?«

Stone runzelte die Stirn. »Mir nicht, danke. Aber sagen Sie dem Captain bitte, dass sich meine Pläne geändert haben. Wo ist die nächste Anlegestelle?«

Jenny machte einen verwirrten Eindruck. »Stimmt etwas nicht? Sind Sie nicht zufrieden?«

»Ich bin mehr als zufrieden. Aber wichtige geschäftliche Anliegen zwingen mich dazu, den Abend vorzeitig zu beenden.«

Jenny sah verunsichert zu mir, und ich lächelte sie an. Sie konnte ja nicht ahnen, was gerade geschehen war.

»Wie Sie wünschen, Mr Stone.«

Rorik wartete, bis sie außer Hörweite war. »Es tut mir wirklich leid.«

»Ist in Ordnung.« Es war keine Lüge. Denn plötzlich sehnte ich mich nach nichts mehr als meinem kuscheligen Pyjama und meinem Bett. Dieser Abend war die schlechteste Idee aller Zeiten gewesen. Das war Stone genauso bewusst wie mir.

Er zückte sein Handy und telefonierte kurz mit Elizabeth, um seiner Fahrerin entsprechende Anweisungen zu geben. Ursprünglich war geplant gewesen, die Themse wieder hinauf nach Richmond zu fahren, wo Elizabeth mit der Limousine auf uns wartete.

Der Kuss hatte alles verändert …

Wie von ihm angeordnet, war Elizabeth zum Butler's Wharf Pier gekommen. Sie hatte den Wagen so nah wie möglich am Steg geparkt.

Kaum hatten wir den Steg betreten, grellte Blitzlicht auf.

»Verdammt.« Rorik legte einen Arm schützend um mich.

»Schon wieder die Presse?!« Das konnte doch unmöglich wahr sein.

»Sieh nicht zu ihnen. Wir gehen so schnell wie möglich zur Limousine.«

Stone sorgte dafür, dass ich sicher zum Wagen kam und schloss die Tür hinter mir. Kein Wort des Abschiedes. Stattdessen gab er Elizabeth die Anweisung, mich nach Hause zu fahren.

»Aber was ist mit Ihnen, Boss?«

»Ich nehme ein Taxi.«

»Sicher?«

Er hatte bereits sein Handy gezückt. Weitere Kameralichter blitzten in der Dunkelheit auf. »Fahren Sie jetzt«, befahl Stone und eilte zurück zum Boot, wo der Captain auf ihn wartete.

Ich lehnte mich erschöpft zurück.

Elizabeth sah mich besorgt an. »Alles in Ordnung?«

»Ja.« Eigentlich war nichts in Ordnung. »Ich bin nur … verwirrt.«

»Ich fahre dich nach Hause, keine Sorge. Das wird schon.«

Genau das glaubte ich nicht. »Danke«, murmelte ich dennoch.

Als ich die Augen schloss, sah ich Stone vor mir. Nicht den kalten Stone, den lächelnden. Warum konnte ich ihm nicht öfter begegnen? Zaghaft berührte ich meine Lippen. Sein Kuss war so sanft gewesen. Und ich fragte mich, was er vor mir verbarg.

12. Sarah

»Verdammt noch mal, Ms Davies! Sie sind doch keine blutige Anfängerin!«

Betreten starrte ich auf den Ausdruck des Online-Artikels, den mir Holden gerade vor die Nase geschoben hatte. Seine Sekretärin hatte sich sogar die Mühe gemacht, das Ganze farbig auszudrucken. So erkannte man wirklich schön, wie mitgenommen ich mit der zerfetzten Strumpfhose und den Schmutzstreifen wirkte. Der Kratzer an meinem Oberschenkel war mir erst aufgefallen, als ich zu Hause angekommen war und mir eine heiße Dusche gegönnt hatte. Auf dem Foto leuchtete er rot. Das war doch ganz bestimmt bearbeitet.

»Es ... es war eine sehr ungünstige Aneinanderreihung von Missgeschicken.«

»Was? Missgeschick nennen Sie das?«

Er zeigte auf ein anderes Foto, auf dem ich neben Stone den Bootssteg herunterkam.

»Es war ein Abendessen, nichts weiter.« Ich hielt nun seinem zornigen Blick stand. »Wenn Sie Mr Stone fragen, was passiert ist, wird er meine Worte bestätigen. Es ist nämlich rein gar nichts passiert, außer dass wir im Keller dieser Immobilie eingesperrt gewesen waren und versucht haben, wieder rauszukommen. Anschließend hat er mich zum Essen eingeladen, um sich bei mir zu entschuldigen.«

»Jemanden anzurufen war keine Option in Zeiten des Handys?«

»Wir hatten keinen Empfang.«

Er schnaubte. »Unglaublich. Ich halte wirklich viel von Ihnen. Aber das hier ... das ist absolut inakzeptabel.«

»Das weiß ich doch.«

»Sie können froh sein, dass der Besitzer der Villa in Chelsea auf eine Anzeige gegen Sie verzichtet. Sonst säßen Sie jetzt in Teufelsküche! Sie haben Ihre Anwaltszulassung aufs Spiel gesetzt.«

Ich schluckte. Den Gedanken hatte ich bisher weit von mir geschoben. Was hätte ich gemacht, wenn ich nicht mehr als Anwältin hätte arbeiten dürfen?

Holden polterte weiter. »Die Story wirft nicht nur ein schlechtes Licht auf Sie und unsere Kanzlei, auch auf unseren Mandanten. Unsere Aufgabe ist es, unsere Mandanten vor Ärger zu bewahren, nicht, sie in einen noch tieferen Schlamassel zu ziehen.«

»Ich habe versucht, Mr Stone davon abzuhalten, dieses Gebäude ohne den Makler zu betreten. Er ließ nicht mit sich reden. Aber nun weiß ich, wie ... eigensinnig ... er sein kann und bin für künftige Situationen vorbereitet.« Ich biss mir auf die Unterlippe. Sofern es überhaupt eine künftige Situation geben würde. Es wäre durchaus nachvollziehbar, wenn Holden mich nun von dem Fall abzöge. Eine Abmahnung wäre wohl auch fällig.

Er fuhr sich durch das silbrig melierte Haar, als er meine Befürchtungen bestätigte. »Ich sollte den Fall einem anderen Anwalt übergeben.«

Ich nickte betreten.

Der Boss musterte mich. »Aber ich werde es nicht tun. Stone hat eine Mail geschrieben, dass ich nicht Ihnen die Schuld geben soll.«

Ich schnappte nach Luft. »Wie bitte?«

»Richtig. Er schätzt Ihre Arbeit und wäre nicht erfreut, wenn ich Sie durch jemand anderen ersetze. Außerdem besteht er darauf, dass wir ihm auch die Zeit im Keller in Rechnung stellen.«

»Das ist nicht sein Ernst.«

»Ist es.« Holden kniff die Augen zusammen. »Was läuft da zwischen Ihnen?«

»Gar nichts!« Meine Stimme hatte sich überschlagen. Ich räusperte mich. »Wie ich sagte, es war eine dumme Situation, die nicht wieder vorkommen wird. Ich werde darauf achten.«

Holden nickte langsam, sah dabei aber aus, als würde er mir kein Wort glauben. »Ich gebe Ihnen eine letzte Chance, Ms Davies, verstanden? Noch so eine Aktion, und ich versetze Sie ins Archiv, wo Sie erst einmal Akten ablegen.«

Das war ein typischer Job für unsere studentischen Aushilfen. Mein Mund fühlte sich trocken an. »Ja, Mr Holden.«

»Gut, dann gehen Sie jetzt in Ihr Büro und schreiben mir einen aktuellen Sachstand, was die Immobiliensuche angeht.«

»Werde ich umgehend tun.«

Erst im Aufzug wagte ich es, tief durchzuatmen.

Stones Mail an Holden hatte eher Schaden angerichtet, als hilfreich zu sein. Ich hätte die Situation auch so klären können. Jetzt wirkte der Vorfall verdächtiger, als er war. Es war absolut gar nichts zwischen Rorik Stone und mir. Ich kannte den Mann kaum. Und es würde auch nie etwas anderes zwischen uns sein als ein geschäftliches Verhältnis. Der Kuss war ein Fehler, geschuldet den leuchtenden Lichtern Londons.

»Scheiße«, murmelte ich. Am liebsten hätte ich gegen die Fahrstuhltür getreten, wenn ich nicht gewusst hätte, dass hier Überwachungskameras hingen.

Mit hängenden Schultern eilte ich in mein Büro. Es sollte mich jetzt bloß niemand schief ansehen, oder ich würde der Person etwas geigen. Keine Ahnung was, aber irgendetwas Unverschämtes. Also mied ich jeden Blickkontakt und schloss sorgfältig die Tür hinter mir.

Wie war ich nur in eine solche Situation gelangt? Und vor allem: Wie kam ich da wieder heraus? Ich würde weiter für Stone arbeiten, so viel war klar. Aber ich musste strengstens darauf achten, dass wir uns nicht zu nahe kamen. So ein Moment, wie auf dem Schiff durfte sich nie wieder ereignen. Und in der Öffentlichkeit würde ich darauf achten, mindestens zwei Schritte Abstand von ihm zu halten.

Wenn es nur um mich ginge, könnte die Presse schreiben, was sie wollte. Aber es ging um meinen Job und den Ruf der Kanzlei.

Es klopfte an meiner Tür.

»Ja?« Eigentlich wollte ich jetzt niemanden sehen. Ich musste erst meine Gedanken sortieren.

Gill steckte ihren braunen Schopf herein. »Hi, Sarah, alles okay bei dir?«

Ich lächelte traurig. »Nicht wirklich.«

»Kaffee?«

»Lieber 'ne ganze Flasche Schnaps.«

»Oh.« Sie trat ein und schloss die Tür hinter sich. »Es geht sicher um diesen bescheuerten Artikel in der Klatschpresse.«

»Richtig. Holden hat mir gerade eine eiskalte Kopfwäsche verpasst.«

»Wenn du jemanden zum Reden brauchst ... oder auch einfach nur, um Dampf abzulassen: Ich bin da.«

Ich war überzeugt, sie meinte es ernst, und sagte es nicht, weil sie unbedingt mehr erfahren wollte.

»Danke.« Ich bemühte mich um ein Lächeln.

In diesem Moment schneite Rebecca herein. »Was ist los?« Fragend schaute sie von mir zu Gill und wieder zurück.

»Nichts, nur etwas heiße Luft.« Es war besser, sich auf die Arbeit zu konzentrieren.

»Übrigens haben wir heute früh den Grundbuchauszug für das Objekt in Chelsea erhalten.« Sie winkte mit dem Stapel Papiere, den sie offenbar gerade aus dem Drucker geholt hatte. »Die Mail war an uns beide gerichtet. Ich habe mir die Unterlagen angeschaut. Scheint alles in Ordnung zu sein. Eigentümer ist der Duke of Harlington.«

Gill verabschiedete sich. »Ich geh auch wieder an die Arbeit. Habe eine schlimme Scheidungssache auf dem Tisch.«

»Viel Durchhaltevermögen!«, rief ich ihr nach.

»Danke, ebenso!«

Interessiert nahm ich die Unterlagen entgegen und blätterte sie durch. »Das alte Ding gehört einem Duke?«

Sie setzte sich auf den Platz gegenüber von mir, und ihre hellen Augen leuchteten auf. »Ich habe ihn gegoogelt. Er hat den Titel erst kürzlich von seinem Großvater geerbt. Vielleicht braucht er Geld?«

»Hmm, dann könnten wir den Preis drücken.«

Sie zwinkerte mir zu. »Genau das habe ich auch gedacht.«

Rebecca hatte es geschafft, die gute alte Sarah in mir hervorzuholen, die Kämpferin, die niemals aufgab. »Alles klar, finde mehr über diesen Duke heraus. Auch die nicht so feinen Sachen. Alles, was unserem Mandanten helfen kann, einen guten Preis auszuhandeln.«

»Du bist ganz schön gerissen«, erklärte sie nicht ohne Bewunderung in der Stimme.

Ich grinste verschwörerisch. »Manchmal gehört das zum Job.«

Sie setzte sich nun an ihren eigenen Schreibtisch und klappte den Laptop auf. »Wie wäre es mit Drinks heute Abend? Einfach, um ein bisschen den Ärger rauszulassen.«

»Ist denn schon Freitag?«

»Nope, aber die anderen Mädels brennen darauf, die Wahrheit über die zerrissene Strumpfhose zu erfahren.«

Ich hätte sauer sein sollen, aber Rebecca war ein Goldstück, und ich konnte es ihr nicht übel nehmen, den anderen auch nicht.

»Gill und Kate?«

»Genau die beiden.«

Das bedeutete, wir würden einen lustigen Abend verbringen. Etwas Ablenkung konnte ich gerade wirklich gebrauchen. »Sehr gern, ich bin dabei.«

Wir gingen in unsere Lieblingsbar, den Sunshine Pub, nicht weit entfernt vom Büro. Obwohl es unter der Woche war, hatten wir Mühe, einen Platz für uns vier zu finden. Der Pub war als Feierabend-Location sehr beliebt. Er verströmte mit den dunklen Holzmöbeln und dunkelgrünen Wänden, an denen Bilder aus Irland hingen, einen urigen Charme.

Auf dem Weg zur Toilette war noch ein Plätzchen frei. Ich quetschte mich mit Rebecca und Gill auf die Bank, während Kate vom Nebentisch einen freien Stuhl ergatterte.

Wir bestellten eine Runde Cocktails, wobei ich mich für einen Whiskey Sour entschied, entgegen meiner sonstigen Vorliebe für Süßes.

Nachdem wir angestoßen hatten, trommelte Gill mit den Fingern auf die Tischplatte. »Also, wie schlimm war es bei Holden? Du lebst offensichtlich noch.«

Ich rollte mit den Augen. »Hat sich das so schnell rumgesprochen?«

Rebecca lachte laut. »Bei uns bleibt doch selten was geheim, oder?«

»Leider«, fügte Kate hinzu und nippte an ihrem Manhattan. Sie hob eine hübsch geschwungene, schwarze Braue und musterte mich aufmerksam. »Ich gehe davon aus, dass nichts an der Story dran ist, die in der Presse zu lesen ist.«

Rebecca hob beide Hände und schloss die Augen. »O bitte, lasst mich noch einen Moment in der Hoffnung, dass Sarah und Mr Stone eine heiße Affäre haben.«

»Becks!«, rief Gill.

»Wir sind nicht mehr im Büro. Ich kann sagen, was ich denke.« Rebecca schmollte ein wenig. »Außerdem ist Mr Stone schon sehr attraktiv, das müsst ihr doch zugeben.«

Gill pflichtete ihr bei: »Das stimmt allerdings.«

»Ihr seid schrecklich.« Kate seufzte.

»Die Strumpfhose ist zerrissen, als ich aus dem Kellerfenster gekrochen bin!«

Becks prostete mir mit ihrem Margherita zu. »Sehr schade, aber sehr anständig von dir, Sarah.«

»Rebecca findet aber auch alles hot, was irgendwie ansatzweise ein Sixpack vorweisen kann.« Gill schob ihre Brille zurecht. »Mr Stone hat doch ein Sixpack, oder?«

Becks brach in lautes Lachen aus. Kate nippte lieber noch einmal an ihrem Getränk. Sie war eine wohlerzogene Dame aus gutem Hause, nicht so wie wir Normalbürgerinnen. Ihr Vater war bereits Anwalt gewesen, und ihre Mutter entstammte einer indischen Diplomatenfamilie.

Ich nahm einen großen Schluck von meinem Cocktail. Da ich nicht wirklich viel gegessen hatte, stieg mir der Alkohol direkt in den Kopf. »Stone hat früher American Football gespielt.«

Gill verzog das Gesicht. »Wer tut sich so was an?«

»Sportliche Menschen.« Becks hob die Schultern. »Der Bruder einer meiner Mitbewohnerinnen spielt Rugby. Girls, diese Muskeln, dieser Nacken!«

Das Gespräch drehte sich nun ganz um besagten Bruder von Rebeccas Mitbewohnerin, worüber ich überhaupt nicht böse war. Selbst Kate musste über die ein oder andere Anmerkung von Rebecca lachen.

Danach quatschten wir noch über die Mietpreise in London, die wirklich eine Qual waren, und über die Filme, die aktuell im Kino liefen.

Doch dann kam das Gespräch zurück auf Stone.

Gill schwenkte die Reste ihres Cocktails. »Sarah, du musst uns unbedingt sagen, ob Mr Stone wirklich so unnahbar und stolz ist, wie er in der Öffentlichkeit wirkt.«

Ich dachte sofort an den Igel und daran, dass Stone darauf bestanden hatte, den kleinen Kerl zum Tierarzt zu bringen.

Ein Mensch, der so handelte, hatte einen weichen Kern. Sein Stolz schien nur eine Fassade zu sein, um sein Inneres zu schützen.

Aber ich wollte nicht darüber reden. Es stand mir einfach nicht zu, über Stones Gefühlsleben zu plaudern. Ich schaute in mein fast leeres Glas und rührte mit dem Strohhalm darin herum. »Dazu kenne ich ihn zu wenig«, erklärte ich.

Gill seufzte. »Schade. Er ist schon ziemlich interessant.«

Kate kam mir zu Hilfe. »Jetzt lass sie doch. Sie hat es schon schwer genug mit Holden im Nacken. Außerdem sollten wir langsam gehen. Morgen müssen wir wieder alle früh im Büro sein.«

Rebecca zog eine Schnute. »Du bist immer so streng. Als wärest du unsere Nanny.«

Kate nahm es mit Humor. »Na, wenn ich recht darüber nachdenke, könntest du eine Nanny gut gebrauchen, die dir ein paar Manieren beibringt.«

Aber Kate hatte recht. Es war schon spät, und der nächste Freitag, an dem wir lange zusammensitzen und uns unterhalten konnten, war ja nicht mehr fern.

Mein Vater wartete in seinem Pyjama auf dem Sofa auf mich. Ich hatte ihm von unterwegs mitgeteilt, dass ich etwas später kommen würde.

Er hatte sich eine Tasse Tee gemacht und eine dicke Decke über die Beine gelegt. Im kleinen Kamin brannte ein gemütliches Feuer.

»Ist dir kalt?«

»Ein wenig. Aber jetzt geht es wieder.« Er lächelte mich müde an und wollte aufstehen. »Möchtest du auch eine Tasse Tee?«

»Bleib bitte sitzen. Ich schaffe das allein.« Ich ging zu ihm und drückte ihm einen festen Kuss auf die Stirn. Fieber schien er nicht zu haben. So weit, so gut.

Nachdem ich meine Bürokleidung gegen eine Leggings und einen Sweater getauscht hatte, machte ich mir ebenfalls einen Tee und setzte mich zu Dad auf das Sofa. Ich zog die Beine an und schaute in das prasselnde Feuer.

»War dein Tag sehr anstrengend?«, fragte Dad.

»Hmm, ja. Ich habe Ärger bekommen.«

»Wegen des Zeitungsartikels?«

Überrascht fuhr ich auf. »Du hast davon mitbekommen?«

Er lachte leise. »In Pauls Laden gibt es doch diese Klatschzeitschriften. Ich habe zufällig ein Bild von dir entdeckt. Wer ist der Mann an deiner Seite?«

Ich verzog das Gesicht. Wenn bei Mr Jackson eine Zeitschrift mit meinem Bild auslag, dann wusste es schon die ganze Nachbarschaft. »Er ist ein Mandant. Wir hatte einen kleinen Unfall.«

»Die Presse fragt sich, ob du seine neue Freundin bist.«

Ja, das hatte ich gelesen und mich mehr als geärgert. »Dad, da ist nichts dran. Die erfinden irgendwelche Geschichten, um die Leute zu unterhalten und ihre Zeitungen zu verkaufen.«

»Schade, ich hätte dir das Glück gegönnt.«

Ich hätte mich fast an meinem Tee verschluckt. »Wie meinst du das?«

Er tätschelte meine Hand, und ich war überrascht, wie kalt sich seine Haut anfühlte. »Eines Tages werde ich nicht mehr sein, und es wäre sehr traurig, wenn du dann allein wärest.«

»Dad!« Wie kam er nur auf solche Gedanken?! »Was ist los? Geht es dir nicht gut?«

»Ich glaube, es kündigt sich eine leichte Erkältung an, nichts weiter. Aber sieh doch, andere Frauen in deinem Alter genießen ihr Leben, ziehen in die weite Welt hinaus oder gründen eine Familie.«

»Es gibt auch Frauen, die sich keine Kinder wünschen. Mal abgesehen davon, habe ich eine Familie.« Ich schmiegte mich an seine Schulter. »Du bist meine Familie. Und wir leben in

London. Das ist die große weite Welt. Spaß habe ich genauso, gerade war ich mit meinen Freundinnen aus. Im Moment gibt es nichts, was mich glücklicher machen könnte. Ich bin sehr zufrieden mit meinem Leben.«

»Ich mache mir ja nur Sorgen.«

»Ich weiß, Dad. Aber das musst du nicht. Alles ist genauso, wie es sein soll. Okay, eine Beförderung wäre schön, aber das bekomme ich auch noch hin.«

»Du arbeitest zu viel.«

»Weil ich meine Arbeit liebe.« Ich seufzte. »Das Haus, vor dem dieses dämliche Klatschpressenbild entstanden ist ... Es wäre ein Traum dort zu wohnen, weißt du? Es ist etwas verfallen, aber man könnte so viel daraus machen. Der Garten ist riesig. Eines Tages werde ich uns so ein Haus kaufen, und dann kannst du dich im Garten austoben, wie damals in Wales.«

»Das ist Ewigkeiten her.«

»Wir sollten mal wieder hinfahren. In ein paar Wochen, wenn das Mandat vorüber ist, dann nehme ich mir Urlaub, und wir fahren ans Meer. Würde dir das gefallen?«

Er holte tief Luft, und seine Schulter bebte.

Ich richtete mich auf und musterte ihn.

Doch er weinte nicht, er lächelte. »Ja, Sarah, das wäre sehr schön.«

Wir überlegten gemeinsam, was wir zusammen im Urlaub unternehmen wollten, und gerieten ins Schwärmen von Angelas Café, in dem es die besten Welsh Cakes der Welt gab.

13. Stone

Es gab keine Worte dafür, wie sehr ich die Klatschpresse verachtete. Schon immer hatte sie mich verfolgt. Seit ich denken konnte, hatte man mir Kameralinsen vor die Nase gehalten und neugierige Fragen gestellt. Weil ich der Spross eines Millionärs war. Nicht irgendeines Millionärs, nein, ausgerechnet von einem, der keinen Skandal ausließ und ständig für neue Storys sorgte, über welche die schreibende Zunft berichten konnte. Meine Mutter wäre daran beinahe zugrunde gegangen und ich selbst auch.

Ich hatte gehofft, dass es in England ruhiger zugehen würde. Doch eine dieser Personen mit ihrer Giftfeder hatte mich ins Visier genommen. Und irgendwer hatte ihr geholfen. Jemand, der meine Termine kannte.

Kritisch betrachtete ich meinen Online-Kalender. Das Problem war nur, dass alle meine Mitarbeitenden Zugang dazu hatten, sowohl die Belegschaft in L.A. als auch die in London. Es würde echt schwer werden, die Plaudertasche unter ihnen ausfindig zu machen und vor die Tür zu setzen.

Andererseits ... wer konnte gewusst haben, dass ich die Bootsfahrt auf der Themse vorzeitig abbrechen würde? Das hatte ich nicht einmal selbst geahnt. Nur Elizabeth hatte davon gewusst. Für sie hätte ich meine Hand ins Feuer gelegt. Nein, nicht Elizabeth.

Womöglich war es doch jemand vom Schiff gewesen? Irgendein Angestellter, der sich dort mit einem Tipp an die Presse ein paar Pfund extra verdienen wollte.

Alles wäre halb so wild, wenn nicht auch noch Sarah mit hineingezogen worden wäre. Wie stand sie nun da, als meine

Anwältin, wenn die Schmierenpresse aus ihr meine Geliebte machte?

Es sei denn ... *sie* war es.

Zuerst die Situation vor der Villa, dann das Boot. Sarah hatte ausreichend Zeit gehabt, irgendwen bei der Presse anzurufen, nachdem sie aus dem Keller geklettert war.

Und auf dem Boot? Sie hatte doch auf ihr Handy geschaut, oder nicht? Hatte sie eine Nachricht an jemanden getippt?

Aber warum sollte sie so etwas tun? Welches Motiv mochte sie dafür haben? Hatte sie den Tipp für Geld verkauft? Sie wohnte immerhin mit ihrem Dad zusammen. Womöglich hatte sie Geldsorgen. Oder sie wollte im Mittelpunkt stehen, Aufmerksamkeit auf sich ziehen. So wie die meisten Starlets, die sich in Hollywood mir an den Hals geschmissen hatten.

Ich zuckte zusammen, als der Bleistift, mit dem ich eben noch Notizen auf einen Block gekritzelt hatte, zwischen meinen Fingern zerbrach. Wütend knallte ich die Bruchstücke auf den Schreibtisch. Wenn mein Verdacht über Sarah wirklich stimmte, dann hatte ich mich in ihr mehr als getäuscht. Alles, was ich gedacht hatte, über sie zu wissen, war falsch.

Das Klingeln des Telefons riss mich aus meinen Gedanken, und Cecilia meldete, dass Ms Davies um ein persönliches Gespräch bat.

Ich richtete mich auf. »Ist sie etwa hier?«

»Ja. Sie hat allerdings keinen Termin.«

Hatten etwa meine Gedanken Sarah herbeigerufen? Nun gut, so konnte ich sie direkt mit meinem Verdacht konfrontieren. »Schick sie zu mir.«

»Sie haben in einer halben Stunde –«

»Ich weiß«, unterbrach ich Cecilia, da ich keine Lust hatte, über den anderen Termin nachzudenken. Ich warf den zerbrochenen Bleistift in den Papierkorb und erhob mich, um Sarah entgegenzugehen.

Wir begegneten uns an meiner Bürotür, und Sarah sah

überrascht zu mir auf. Ihre Wangen waren leicht gerötet, und ein verführerischer Glanz lag auf ihren Lippen.

Verdammt, wie sollte ich wütend auf sie sein, wenn sie so unwiderstehlich aussah? Ich widerstand dem Drang, sie an mich zu ziehen und sie zu küssen. Stattdessen schritt ich zurück und atmete tief durch. Sie trug ein schwarzes Kostüm, das sehr nach Business aussah. Und genau darauf sollte ich mich jetzt auch konzentrieren.

»Habe ich einen Termin vergessen?«, fragte ich kühl.

Sie hob die Brauen. Offensichtlich beeindruckte sie mein Ton nicht. »Nein. Aber ich habe hier das Gutachten zu dem alten Haus. Ich war ohnehin in der Nähe und dachte, dass ich es genauso gut persönlich abgeben könnte.«

Stirnrunzelnd nahm ich die Mappe an mich, die Sarah aus ihrer überdimensionalen Handtasche gezogen hatte.

»Danke.« Mein Blick haftete weiterhin auf Sarah. »Es gibt etwas, was wir klären sollten.«

Sie schüttelte den Kopf. »Ich bin gleich verabredet, also können wir das eventuell verschieben?«

Sie wollte mich auf später vertrösten. Nicht gerade vertrauenerweckend. Mir fiel auf, dass wir noch immer in der Bürotür standen, und ich winkte Sarah herein. »Bitte setz dich.«

»Ich habe wirklich nicht viel Zeit.«

Ich rückte einen der Besucherstühle zurecht. »Nur für einen Moment.«

Sie kam meiner Bitte zögerlich nach.

Die Mappe legte ich unbeachtet auf den Schreibtisch, dann lehnte ich mich im Sessel zurück. »Die Presse hätte niemals dort sein dürfen.«

»Ich weiß.« Es war ihr nicht anzumerken, ob das Thema sie überhaupt beschäftigte.

Sie musste wissen, dass er mit Holden telefoniert hatte, nachdem die Fotos aufgetaucht waren. Sarah mit zerfetzter

Strumpfhose, so zart und zerbrechlich, obwohl sie eine wahre Kämpferin war. Hatte ich sie in diese Situation gebracht, weil ich darauf bestanden hatte, in das alte Haus zu gehen? Oder war sie dafür selbst verantwortlich, weil sie die Presse angerufen hatte?

»Ich habe mit Holden gesprochen, damit du keinen Ärger bekommst.«

»Auch das weiß ich.« Sie spielte mit dem Griff ihrer Handtasche, die auf ihrem Schoß lag. »Stone, ich muss wieder los. Es macht nichts. Wirklich.«

Doch, für mich machte es etwas. Sie spielte die Situation herunter. War das ein weiteres Indiz für ihre Schuld?

»Ich hoffe, du hast keinen Ärger bekommen von Holden.«

»Nein, nur eine freundliche Erinnerung an die Aufgaben einer Anwältin.« Ihre Worte klangen ernst.

Ich nickte. Verdammte Scheiße. Wie sollte ich meinen Verdacht nun aussprechen? Dadurch dass die Bilder in der Presse waren, war ihr Job in Gefahr geraten. Ich hatte mit Holden telefoniert, um ihm zu versichern, dass alles meine Schuld war und er Sarah nicht dafür zur Rechenschaft ziehen sollte. War ich zu voreilig gewesen, sie in Schutz zu nehmen?

Mein Blick fiel auf die Mappe mit dem Exposé. »Das ging schnell.«

»Ich hatte Unterstützung. Meine Assistentin ist sehr flink.«

Stirnrunzelnd versuchte ich, mich an den Namen der Assistentin zu erinnern. Rebecca Moore … wir waren einander bereits vorgestellt worden. Ob die Assistentin womöglich das Leck in der Geschichte war? Ich hasste es, wenn ich so im Trüben fischte. »Ich würde gern mehr über Ms Moore erfahren, denn ich möchte über die Menschen, mit denen ich zusammenarbeite, Bescheid wissen.«

Sarah runzelte die Stirn. »Natürlich. Ich werde sie beim nächsten Termin wieder mitbringen.«

Ein seltsames Schweigen entstand zwischen uns. Die Luft

knisterte. Bevor ich irgendetwas Unangemessenes sagte, hielt ich lieber den Mund.

Sarah erhob sich. »Lies dir das Exposé in Ruhe durch. Wenn du Fragen dazu hast, schick sie mir per Mail, dann werden wir diese bearbeiten. Sobald du so weit bist, sollten wir gemeinsam ein Angebot erstellen, das wir dem Verkäufer der Immobilie unterbreiten können.«

Ich erhob mich ebenfalls. »Danke.«

Sie nickte und begab sich zur Tür.

In diesem Moment klingelte erneut das Telefon.

»Mr Stone, es tut mir schrecklich leid. Die Herrschaften von der Presse sind bereits da. Soll ich sie in den Besprechungsraum geleiten?«

Sie waren zu früh. Verdammte Blutsauger. »Ja. Bieten Sie ihnen Kaffee an.«

Ich legte auf und blickte zu Sarah. In diesem Moment hatte ich eine Idee. »Sarah, wäre es dir möglich, deinen folgenden Termin zu verschieben?«

»Gibt es einen Notfall?«

»So was in der Art. Sebastian hat Kontakt zu einem Reporter hergestellt, der hoffentlich auf professionelle Art berichten wird.«

Sie legte den Kopf schief. »Warum sollte ich dabei sein? Mein Fachgebiet sind Immobilien, nicht Medien.«

»Um klarzustellen, dass du genau das bist: meine Anwältin.«

Sie schaute auf ihre Schuhspitzen. »Ich werde dir die Zeit in Rechnung stellen müssen.«

»Natürlich.« Sie verhielt sich professionell, das musste ich ihr lassen, ganz die gefasste Anwältin. Sie ließ sich weder anmerken, ob sie selbst Ursprung der Pressüberfälle gewesen war, noch, ob sie an jenen Moment im Keller dachte … oder unseren Kuss auf dem Boot. Sie konzentrierte sich auf ihren Job, genau so, wie ich es ebenfalls tun sollte.

Warum aber spürte ich diese Schwere in meinem Herzen?

Im Besprechungszimmer warteten drei Damen. Eine davon mit einer Kamera, eine andere tippte in ihr Handy, und die dritte zog sich gerade den Lippenstift nach.

Ich atmete tief durch und hatte das merkwürdige Gefühl, dass mich diese drei Ladys gleich ordentlich in die Mangel nehmen würden.

»Guten Tag, meine Damen. Schön, dass Sie kommen konnten.«

Ich begrüßte eine nach der anderen mit Händeschütteln und stellte dann Sarah vor.

»Das ist meine Anwältin, Ms Davies. Es stört Sie doch nicht, wenn Sie bei dem Interview dabei ist?«

»Ganz und gar nicht«, flötete die Reporterin, deren Lippen nun zartrosa leuchteten. Sie schenkte Sarah ein überaus freundliches Lächeln, bevor sie sich wieder mir zuwandte. »Ich denke, Sie wissen, von welcher Zeitschrift wir kommen?«

»Ja, mein Assistent hat mir Ihre Daten zukommen lassen.« Es handelte sich um eine Frauenzeitschrift mit gehobenerem Anspruch, die beispielsweise auch über Frauen in Führungspositionen berichteten.

Umso geschmeichelter fühlte ich mich, dass sie ein Interview mit mir wollten. Bisher war ich noch nicht als Frauenversteher in Erscheinung getreten, aber das konnte ja noch werden.

Das Besprechungszimmer wurde von einem langen Tisch aus dunklem Glas dominiert und den dazu passenden schwarzen Stühlen mit Lederbezügen. Am anderen Ende des Raumes gab es eine gemütliche Sitzecke.

Cecilia hatte vorausschauend Kaffee, Tee und Kekse dort serviert.

Mit einer einladenden Handbewegung deutete ich in diese

Richtung. »Wollen wir uns nicht setzen? Und darf ich Ihnen einen Kaffee oder Tee anbieten?«

Die Damen von der Presse folgten meiner Einladung, während Sarah im Hintergrund blieb. Sie setzte sich auf den Stuhl am Besprechungstisch, der am nächsten an der Sitzgruppe stand.

Das Interview nahm einen angenehmen Verlauf, womit ich nicht gerechnet hatte. Zunächst wollten sie wissen, was mich von L.A. nach London geführt hatte. Danach kamen ein paar Fragen zu meinen geschäftlichen Plänen.

Ich erzählte von meiner Idee, alte Bauwerke aufzukaufen, zu restaurieren und weiterzuverkaufen. Es war mir ein inniges Anliegen, dass alte Gebäude wieder zum Leben erweckt würden.

»Quasi recyceln statt neu bauen«, erklärte ich schmunzelnd.

Die Damen starrten mich an, und ich sah instinktiv zu Sarah, die in sich hineinlächelte, meinem Blick aber auswich.

»Zu guter Letzt, Mr Stone, hätten wir noch zwei persönliche Fragen.« Die Reporterin schürzte die geschminkten Lippen und sah mich erwartungsvoll an, als sollte ich wissen, was nun kam.

Damit hatte ich tatsächlich gerechnet. Ich nickte langsam. »Nur zu, was immer ihnen auf der Zunge brennt.«

»Wie lange werden Sie London mit Ihrer Anwesenheit beehren?«

Puh, das war harmlos. »Ich hoffe, einen dauerhaften Sitz in London einrichten zu können. Mir gefällt die Stadt, und ich fühle mich hier sehr wohl.«

Die Reporterin lächelte herausfordernd. »Und hat das eventuell mit einer neuen Dame Ihres Herzens zu tun?«

Wenigstens hatte sie es höflich formuliert, und auch auf eine solche Frage war ich vorbereitet gewesen.

»Sie sind immerhin einer der begehrtesten Junggesellen

dieser Tage in London«, fügte sie überflüssigerweise hinzu. »Da wäre es grob fahrlässig, diese Frage nicht zu stellen.«

Ich versuchte mich an einem Lächeln, was mir nicht ganz gelang, und überwand mich zu der Antwort, die ich mir für diesen Moment sorgsam zurechtgelegt hatte. »Ich habe in ganz London noch keine Frau getroffen, die all meinen Erwartungen entsprechen würde. Es tut mir sehr leid, Sie und Ihre Leserschaft enttäuschen zu müssen. Ich bin allein aus geschäftlichen Gründen hier.«

Für einen kurzen Moment herrschte Stille.

Zu gern hätte ich in Sarahs Richtung gesehen. Aber ich widerstand dem Drang, egal, wie groß das Bedürfnis war.

»Nun, das ist äußerst bedauerlich«, erklärte die Reporterin nun. »Aber das bedeutet, dass für alle noch Hoffnung besteht.«

»Ich denke, das Interview ist nun beendet«, sagte ich lächelnd.

»Wenn Sie noch für ein paar Fotos zur Verfügung stehen würden, wären wir Ihnen sehr verbunden.«

»Selbstverständlich.«

»Mr Stone.« Sarah hielt ihre Tasche fest an sich gedrückt. »Ich muss leider weiter zu meinem nächsten Termin.«

Ich stand auf und machte einen Schritt auf sie zu. »Ich begleite dich nach draußen.«

»Keine Umstände, ich kenne den Weg.«

Sie verließ den Raum, ohne sich noch einmal zu mir umzudrehen. In diesem Moment wurde mir klar, dass ich einen großen Fehler begangen hatte.

14. Sarah

So schnell ich konnte, eilte ich aus Roriks Büro und hinaus auf die Straße. Tief durchatmend versuchte ich, meine Gedanken zu sortieren.

Einerseits war ich erleichtert. Ich hatte mich professionell verhalten, hatte sogar dieses dämliche Interview ertragen. Andererseits hatten seine Worte mir einen Stich ins Herz verpasst, der mich mehr als überraschte.

Stone hatte also in London noch keine Frau getroffen, die all seinen Erwartungen entsprach?

Wow.

Einfach nur ... wow.

Ein Schlag ins Gesicht wäre genauso wachrüttelnd gewesen. Wenn sich auch nur ein letzter Funken von romantischen Hoffnungen in mir befunden hatten, so war dieser gerade mit einem Eimer voller Eiswasser gelöscht worden.

Nun, das machte es in Zukunft einfacher, sich auf die Arbeit zu konzentrieren.

Mein Magen knurrte und holte mich in das Hier und Jetzt zurück. Eigentlich war ich mit Gill zum Mittagessen in einem Café hier in der Nähe verabredete gewesen. Das Interview hatte alles durcheinandergebracht. Ich hatte unsere Verabredung abgesagt und musste nun schauen, wo ich unterwegs etwas zu essen herbekam. Im Büro wartete außerdem schon ein Haufen Arbeit auf mich.

Auf dem Weg zur U-Bahn-Station kam ich an einem kleinen Café vorbei, auf dessen Fensterbänken wundervolle bunte Blümchen in alten Weinkisten blühten. Eine Tafel vor der Tür verkündete das Tagesgericht: Lauchsuppe mit selbst gebackenem Brot.

Lauchsuppe hatte ich bei meiner walisischen Großmutter sehr oft gegessen, und sofort wurden Kindheitserinnerungen wach. Eine heiße Suppe war nun genau das Richtige, um die Kälte in meinem Inneren zu vertreiben.

»Hi, hätten Sie noch einen Tisch für eine Person?«, fragte ich an der Theke.

Das Café war gut besucht, und die Bedienung sah sich um. »Tut mir leid, Ms. Ich befürchte, dass derzeit kein Platz ist. Aber wir bieten auch Essen zum Mitnehmen an.«

In der Auslage der Theke lächelten mir verführerische Törtchen entgegen. Wieso hatte ich den Laden noch nicht früher entdeckt?

»Sehr schade. Aber ja, dann werde ich etwas mitnehmen.« Ich studierte gerade die Karte, die mir gereicht worden war, als ich meinen Namen hörte. »Sarah Davies?«

Ich schaute mich nach dem Sprecher um.

Ein groß gewachsener Mann erhob sich an einem Tisch ganz in der Nähe des Eingangs. Er kam mir sofort bekannt vor, und ich versuchte, sein attraktives Gesicht einem Namen zuzuordnen.

Er kam auf mich zu und grinste, wobei seine braunen Augen warm strahlten. »Meine Güte, das ist ja eine Ewigkeit her.«

»Parker Simon!« Nun wusste ich auch wieder, woher ich den Mann kannte. Auch wenn er damals eher Hoodies und Jeans getragen hatte, während er nun einen gut sitzenden blauen Anzug trug.

Er schloss mich in eine kurze Umarmung, die ich gern erwiderte. Parker war im Studium zwei Jahre über mir und einer der Tutoren gewesen. Wir waren damals sogar ein paarmal miteinander ausgegangen.

»Das ist ja eine Überraschung.« Ich erwiderte sein Lächeln. »Arbeitest du hier in der Nähe?«

Die Bedienung räusperte sich, da sie offenbar auf meine Bestellung wartete. »Verzeihen Sie bitte. Könnte ich vielleicht …«

»Möchtest du dich nicht zu mir setzen?«

Offensichtlich verbrachte er seine Mittagspause allein. Mein erster Instinkt war abzulehnen. Meine Stimmung war nach der Aktion mit Stone nicht die Beste. Außerdem hallte das Gespräch mit Holden noch immer in mir nach. Andererseits war es wirklich schön, Parker wiederzusehen, und ich hatte großen Hunger.

»Klar, warum nicht?«

Die Bedienung lächelte erleichtert. »Prima, darf ich Ihnen gleich etwas zu trinken bringen?«

»Ein Glas Wasser und eine Tasse Kaffee, bitte.«

Parker brachte mich zu seinem Tisch, wo ich mich seufzend auf den freien Stuhl setzte und meine Tasche neben mir abstellte.

»Verbringst du deine Pause öfter allein?«, fragte ich.

»Meistens nicht. Aber ich hatte einen Termin in der Nähe, und das Essen hier ist wirklich sehr gut.« Sein Lächeln wirkte wie ein warmer Sonnenstrahl an einem eiskalten Tag.

Ich entschied mich für die Lauchsuppe und bestellte eine Gemüsepastete dazu. Parker hatte gerade erst mit dem Essen begonnen und wartete, bis meine Bestellung serviert wurde. In der Zwischenzeit brachten wir uns gegenseitig auf den aktuellen Stand.

Er arbeitete seit einem halben Jahr bei *Padget, Knight, Woods, Collins & Carter* als Fachanwalt für Familienrecht und fühlte sich sehr wohl dort. »Die Stimmung ist locker, die Kolleginnen und Kollegen alle sehr nett. Es fühlt sich beinahe an wie eine große Familie«, schwärmte er.

»Das hört sich wirklich toll an.« Ein wenig beneidete ich

ihn darum. Denn familiär ging es bei *Black & Chase* ganz gewiss nicht zu. Aber das würde ich natürlich nicht ausplaudern, denn es wäre unfair gegenüber meinem Arbeitgeber gewesen. Immerhin hatte ich mir die Kanzlei ganz bewusst ausgesucht und mich bisher wohlgefühlt.

Parker zwinkerte mir zu. »Bewirb dich doch auch bei uns. Gute Leute werden immer gebraucht.«

Ich lachte leise. »Ich behalte die Option im Hinterkopf.« Aber ich hatte keine Lust, weiter über den Job zu sprechen. »Wie geht es deinen Schwestern?« Soweit ich mich erinnern konnte, hatte er drei ältere Schwestern, die sehr behütend gewesen waren, als er noch studierte.

Jetzt war er es, der lachte. »Sie denken, ich sollte endlich heiraten und eine Familie gründen. Nein, sie denken es nicht nur, sie posaunen es lauthals hinaus, sobald ich es über mich bringe, eine Frau meiner Familie vorzustellen, was es nicht unbedingt leichter macht.«

»Sie wünschen sich offensichtlich nur das Beste für ihren kleinen Bruder.«

»Ganz bestimmt.« Er lachte. »Und wie geht es deinem Dad? Arbeitet er immer noch so viel?«

Ich seufzte tief und rührte in meiner Suppe, die zwischenzeitlich serviert worden war. »Er arbeitet weniger, aber er … er macht mir ein wenig Sorgen.«

Es tat gut, mit Parker darüber zu sprechen. Er kannte meinen Vater und unsere Familiengeschichte.

»Hör auf dein Herz«, riet Parker. »Manchmal brauchen unsere Eltern eine kleine Erinnerung, dass wir erwachsen sind und uns um sie kümmern können.«

»Das stimmt.« Ich atmete tief durch. »Es ist wirklich schön, dass wir uns wiedergetroffen haben.«

»Das finde ich auch.«

Wir tauschten unsere aktuellen Telefonnummern aus und verabredeten, uns bald auf einen Kaffee zu treffen.

Das Mittagessen mit Parker hatte mir den Tag gerettet. Mochte Stone doch denken und sagen, was er wollte. Ich würde mich davon nicht runterziehen lassen. Nicht mehr. Er war mein Mandant. Ich seine Anwältin. Gut gelaunt kaufte ich an der Theke vier kleine Küchlein für die Mädels im Büro.

Rebecca war erstaunt, mich so fröhlich zu sehen, als ich in unser gemeinsames Büro schlenderte.

»Dein Besuch bei Stone lief also gut?«

»Nein.« Ich schürzte die Lippen. »Er ist ein Eisblock. So viel ist klar. Aber das macht nichts. Ich muss ihn ja nur rechtlich beraten und nicht heiraten.« Ich hob die Papiertüte mit den Cupcakes in die Höhe. »Lust auf etwas Süßes?«

Sie verengte die Augen zu Schlitzen und musterte mich aufmerksam. »Du hast du ausgesprochen gute Laune, dafür dass es bei Mr Stone so furchtbar war.«

»Hab einen alten Bekannten getroffen«, erzählte ich. »Einen sehr netten alten Bekannten.«

»Nur nett?«

»Vorerst: ja.« Ich zwinkerte ihr zu.

Rebecca nahm einen Muffin aus der Tüte und biss herzhaft hinein. »Mega! Wo hast du den her?«

»Aus einem kleinen Café in Kensington. Das Essen dort ist hervorragend. Sollten wir uns auf jeden Fall für künftige Lunch-Dates merken.«

»Mhmhm«, gab Rebecca von sich, während sie nochmals genüsslich in den Schokoladen-Muffin biss.

Bevor ich mich wieder an die Arbeit machte, brachte ich Gill und Kate die restlichen Muffins. Dann schauten Rebecca und ich uns drei Exposés von Immobilien an, die für Stone infrage kämen. Wir schrieben kurze Zusammenfassungen und welche Punkte uns ins Auge stachen und zu prüfen waren.

Am Ende des Tages schickte ich die Exposés mit unseren

Einschätzungen per Mail an Stone. Zufrieden machte ich mich auf den Heimweg.

Es war eine gute Entscheidung gewesen, Stone am Vormittag persönlich aufzusuchen. So hatten wir unsere Beziehung zurück auf die geschäftliche Ebene gehoben.

Was auch immer sich zwischen uns im Keller und auf dem Boot entwickelt hatte, war nur einer außergewöhnlichen Situation geschuldet. Diese hatten wir nun hinter uns gelassen und konnten uns wieder auf das Business konzentrieren.

Doch warum gingen mir seine Worte nicht aus dem Kopf, als ich nachts im Bett lag und mich von einer Seite auf die andere warf?

Es gab keine Frau in London, die ihn interessierte.

Alles, was ich gefühlt hatte, war falsch gewesen. Der Kuss … niemals hätte ich ihn geschehen lassen sollen. Ich hatte ihn zuerst geküsst. Zwar nur auf die Wange, aber das war schon zu viel gewesen, eine Grenzüberschreitung, die niemals hätte passieren dürfen.

Ich entschied, Stone niemals darauf anzusprechen. Es war ihm bewusst gewesen, dass ich mich kaum drei Schritte von ihm entfernt befand, als er die Worte zu der Reporterin sagte. Sie waren also nicht nur eine Botschaft an die neugierige Leserschaft gewesen, sondern auch an mich.

Alles klar, Mr Stone, die Botschaft ist angekommen.

Ich würde mich auf keinerlei persönliche Gespräche mehr einlassen. Denn eines war klar: Seine Worte hatten mehr geschmerzt, als sie sollten, und so blieb mir nur noch, emotional Abstand von ihm zu nehmen, wenn ich mir nicht die Finger an ihm verbrennen wollte.

15. Stone

Die Exposés, die Sarah mir geschickt hatte, waren hervorragend. Sie und Ms Moore leisteten eine hervorragende Arbeit. Aber daran hatte ich auch nie gezweifelt. Deswegen wollte ich, dass Sarah mich beriet und niemand anderes aus der Kanzlei. Es wäre einfach für mich gewesen, Holden um einen anderen Anwalt zu bitten.

Wenn doch nur nicht diese Zweifel wegen der Presse gewesen wären. Bisher hatte ich ihr vertraut. Ich musste diesen Punkt unbedingt klären.

»Mr Stone, möchten Sie nicht für heute Schluss machen?«

Stirnrunzelnd schaute ich zu meinem Assistenten, der in der Tür stand. Er trug bereits seinen Mantel und war bereit für den Feierabend.

»Du hast recht.« Ich klappte den Laptop zu und stand auf. »Wie wäre es mit einem Drink? Oder musst du pünktlich zu Hause sein?«

Sebastian schaute nachvollziehbarerweise etwas verunsichert. Wir hatten noch nie etwas privat miteinander unternommen. Es war eigentlich nicht meine Art. Aber heute war mir danach, etwas anders zu machen als sonst. Ich mochte Sebastian, und ich konnte mir schlimmere Gesellschaft vorstellen.

»Meine Frau ist für ein paar Tage mit dem Baby zu ihren Eltern gefahren … Ich hätte tatsächlich Zeit.«

Wir besuchten einen Pub ganz in der Nähe und bestellten zwei Bier.

Ich versuchte mich im Small Talk: »Wie ist das Leben als Vater?«

»Möchten Sie das wirklich wissen?« Sebastian hob zweifelnd beide Augenbrauen.

»Sonst hätte ich nicht gefragt.« Ich trank einen großen Schluck von dem kalten Bier und sah Sebastian über den kleinen Tisch hinweg forschend an.

»Nun, es ist anstrengend. Sehr anstrengend. Manchmal weiß ich nicht, wie Eve und ich das überhaupt schaffen … so ohne Schlaf. Die Waschmaschine läuft quasi rund um die Uhr. Johnny schläft in manchen Nächten so gut wie gar nicht, vor allem, wenn er Bauchschmerzen hat.«

Ich verzog das Gesicht. »Klingt nicht gerade erstrebenswert.«

»Ohne Witz: Das Vatersein ist die größte Herausforderung, der wir uns als Männer stellen können. Dabei muss ich gestehen, dass Eve den Hauptpart übernimmt. Während ich zur Arbeit gehe, kümmert sie sich um den Kleinen. Damit sie Zeit für sich selbst hat, übernehme ich die Betreuung an den Wochenenden, so gut es geht.« Sebastian schmunzelte in sich hinein. »Und dennoch ist es das größte Glück. Wenn John mich anlächelt, geht die Sonne auf, und wenn ich seine winzige Hand in meiner halte, spüre ich die Größe des Universums.«

»Klingt poetisch.« Ich hatte zwar nicht viel übrig für Poesie, aber Sebastians Worte klangen voller Seligkeit, also meinte er es sehr ernst.

»Das ist der Journalist in mir.« Sebastian grinste schief und sah mich forschend an. »Stellen Sie mir diese Fragen rein aus Neugier? Oder gibt es einen bestimmten Anlass?«

Ich starrte in mein Glas, das noch gut gefüllt war. »Nein, einfach nur so.« Dann fiel mir aber etwas ein. »Da du gerade von Journalismus gesprochen hast: Was glaubst du, wer hat der Presse die Infos zukommen lassen, wo sie mir auflauern konnte?«

»Darüber habe ich ebenfalls nachgedacht. Wenn es nur die Sache am Boot gewesen wäre, würde ich annehmen, es wäre jemand von der Reederei gewesen. Aber da man Ihnen auch an dem Haus nachgestellt hat … Womöglich jemand von unserem Büro.«

Er bestätigte meine erste Vermutung. Kurz kam mir der Gedanke, dass es Sebastian selbst gewesen sein könnte. Er war immerhin frischgebackener Vater und konnte jeden Pence gebrauchen. Aber Sebastian hatte ein ordentliches Einkommen. Ich hatte mich im Vorfeld über die Gehaltsspiegel in London informiert. Meiner Berechnung nach zahlte ich meinem Assistenten einen mehr als guten Lohn. Jedenfalls mehr, als dieser als Reporter verdient hatte. Nein, nicht Sebastian. Für ihn stand zu viel auf dem Spiel. Er hatte eine junge Familie zu ernähren.

Elizabeth schied sowieso aus. Sie hatte als Taxifahrerin gearbeitet, bevor ich sie als meine Privatchauffeurin anstellte. In ihrem alten Job hatte sie viel weniger verdient als jetzt. Sie wusste mehr über mein Privatleben, als jeder andere sonst und hätte schon viel früher irgendetwas an die Presse durchsickern lassen können.

Blieben noch meine Haushälterin, die aber keinen Zugriff auf meinen Kalender hatte, und unsere Empfangskraft Cecilia. Ich ließ einen Bierdeckel zwischen den Fingern hin und her wandern. »Kannst du mit Cecilia reden? Mache ihr keine Vorwürfe. Ich möchte nur herausfinden, ob sie das Leck ist.«

»Ich kann es mir kaum vorstellen, aber klar, ich werde mich vorsichtig herantasten.«

»Danke.«

»Darf ich Ihnen auch eine Frage stellen, Mr Stone?«

»Wenn sie nicht zu persönlich ist.«

»Verstehe. Es ist nur … Ms Davies hat einen sehr angespannten Eindruck gemacht.«

»Nach dem Artikel in der Presse ist das auch nicht verwunderlich. Sie hat dafür Ärger in ihrem Job bekommen.« Ich schüttelte den Kopf. »Sie hat jedes Recht, angespannt zu sein. Es wundert mich, dass sie überhaupt noch mit mir zusammenarbeiten möchte.« Ich ließ unerwähnt, dass ich sie ebenfalls verdächtigte.

»Aber Sie mögen Ms Davies?«

»Natürlich.« Ich schluckte. »Ich schätze ihre beruflichen Qualifikationen sehr. Ich möchte sie nicht missen.«

»Und … auf privater Ebene?«

»Sebastian, sie ist meine Anwältin.«

»Ich weiß. Aber … wenn sie in der Nähe ist … scheinen Sie sich wohlzufühlen.«

Ich sagte nichts mehr dazu, trank nur mein Bier und guckte in die Leere.

Sebastian senkte die Stimme. »Wenn Ihnen etwas an ihr liegt, sollten Sie mit ihr reden. Über diese Vorfälle mit der Presse. Und das Interview. Ich möchte mich nicht in Ihr Privatleben einmischen, Mr Stone. Aber als verheirateter Mann kann ich Ihnen sagen, dass Offenheit das Wichtigste ist. Schweigen ist nun einmal nicht immer Gold. Besonders nicht, wenn es um Gefühle geht.«

Eine bittere Bemerkung lag mir auf der Zunge. Ich schluckte die Worte hinunter. Ich hatte Sebastian nicht als Lebensberater eingestellt, sondern als Assistent. Aber hier in diesem Moment waren wir nicht Boss und Angestellter, nur zwei Männer, die sich bei einem Bier unterhielten.

»Sebastian, nenn mich Stone«, bat ich. »Ohne Mr.«

Mein Angebot ließ ihn erfreut grinsen. »Sehr gern, Stone. Noch ein Bier?«

»Wie wäre es mit Scotch? Du hast heute immerhin einen freien Abend.«

Sebastian schürzte die Lippen. »Wir betrinken uns aber nicht.«

»Nein, natürlich nicht.«

Wir tranken mehr, als es unter der Woche gut gewesen wäre. Aber nachdem Sebastian angefangen hatte, Storys aus seiner Studienzeit zu erzählen, konnte ich nicht anders, als von meiner Zeit im Footballteam zu reden. Eine Geschichte folgte der nächsten. Als der Pub zumachte, brachte ich es nicht übers Herz, Elizabeth anzurufen, um uns beide abzuholen. Also spendierte ich mir und Sebastian ein Taxi.

Der nächste Morgen begann mit einem unangenehmen Brennen in der Magengegend und einem furchtbaren Hämmern in meinem Kopf. Ich hätte nicht übel Lust gehabt, im Bett zu bleiben. Ich hatte die Jalousie runtergelassen, sodass das Tageslicht draußen blieb. Zu allem Überfluss saugte meine Haushälterin gerade in dem am Schlafzimmer angrenzenden Wohnzimmer. Ich quälte mich aus dem Bett, stieg in eine Jogginghose und schlurfte ins Wohnzimmer.

»Meine Güte, Mr Stone, Sie sehen ja schrecklich aus!« Mary schaltete den Staubsauger aus.

»Ich fühle mich genauso schrecklich, wie ich aussehe.«

»Ich koche Ihnen erst einmal einen Tee und lege Ihnen eine Kopfschmerztablette dazu. Sie gehen in der Zwischenzeit duschen. Was halten Sie davon?«

Mary war Mutter von drei erwachsenen Söhnen. Ich würde mich ganz gewiss nicht gegen ihre Ratschläge wehren. »Danke, Mary.«

»Keine Ursache, Mr Stone.« Sie lächelte warmherzig und ging vor sich hin summend in die Küche, die ebenfalls an das Wohnzimmer angrenzte.

Das Wohnzimmer war der Mittelpunkt meines Appartements. Die Einrichtung der Wohnung war modern und zweckmäßig. Genau das, was ich mir bei meiner Ankunft in

London erhofft hatte, als ich mir noch nicht sicher gewesen war, wie lange ich bleiben würde. Hinzu kam die zentrale die Lage mitten in der City. Mittlerweile sehnte ich mich aber nach einer etwas persönlicheren Unterkunft.

Während ich mir unter der Dusche den heißen Wasserstrahl über den Nacken laufen ließ, dachte ich an das alte Haus in Chelsea. Es wäre für mich allein viel zu groß. Andererseits ... meine Gedanken wanderten zu Sarah.

Verdammt, wann war das passiert? Wann hatte mein Herz beschlossen, schneller zu schlagen, wenn ich an sie dachte? Gleichzeitig schmerzte es, denn ich hatte etwas gesagt, was ich nicht zurücknehmen konnte.

Ich hätte niemals sagen sollen, dass mich in London keine Frau interessierte, vor allem nicht in ihrer Anwesenheit. Während des Interviews hatte ich gedacht, es wäre das Beste, klare Verhältnisse zu schaffen. Aber ich hatte mir damit selbst ein Messer in die Brust gerammt.

Sarah verhielt sich seitdem distanziert. Sie konzentrierte sich auf ihre Arbeit und ließ sich nicht anmerken, was meine Worte bei ihr ausgelöst hatten.

War sie wütend? Enttäuscht? Oder war es ihr egal? Nein, nicht nach dem Kuss auf dem Schiff. Für einen Moment hatte ich kosten dürfen, wie es war, ihr nahe zu sein. Sie hatte sich nicht von mir zurückgezogen, sondern meinen Kuss sogar erwidert ...

Mary hatte mir das Frühstück am Esstisch im Wohnzimmer serviert. Zu Tee und Kopfschmerztablette gab es frisch gepressten Orangensaft und einen dieser Scones. Ich hatte mittlerweile herausgefunden, dass diese etwas trockenen Rosinenbrötchen mit Butter und in Tee getunkt tatsächlich gut schmeckten und nicht wie fünf Zentimeter Pappe.

Ich trug das nasse Haar offen auf den Schultern, und es störte mich nicht, dass mein Shirt davon feucht wurde.

»Mr Stone, Sie erkälten sich, wenn Sie mit nassem Haar

herumlaufen«, tadelte Mary. »Wir befinden uns nicht im schönen Kalifornien, sondern im kalten London. Sie müssen ein bisschen besser auf sich aufpassen.«

»Sie haben vollkommen recht, Mary. Ich werde meine Haare föhnen, sobald ich das köstliche Frühstück gegessen habe.«

Sie stemmte die Hände in die Hüfte und musterte mich kritisch.

»Und selbstverständlich werde ich besser auf mich aufpassen.«

»Mr Stone, Sie werden anscheinend wirklich krank.«

Ich musste grinsen und nahm einen Schluck vom heißen Tee. Nach der Dusche fühlte ich mich tatsächlich besser, auch wenn meine Gedanken um Sarah mich weiter verwirrten.

»Diese neue Nettigkeit gefällt mir, Mr Stone. Behalten Sie die unbedingt bei.«

Überrascht sah ich auf. Mary kümmerte sich um ihren Staubsauger und eilte damit ins Schlafzimmer.

War ich zu einem Zeitpunkt nicht nett zu ihr gewesen? Mir war bewusst, dass ich oft kurz angebunden war, vor allem in stressigen Zeiten. Aber es war nie meine Absicht gewesen, unfreundlich zu sein.

Mary hielt mein Appartement nicht nur sauber, sie kaufte für mich ein, damit der Kühlschrank immer das zu bieten hatte, was ich gerne mochte. Natürlich war es ihr Job, aber sie tat es augenscheinlich mit Freude, und ich hatte sie nie schlecht gelaunt erlebt, stets mütterlich und warmherzig.

Ich sollte ihr mehr Dankbarkeit zeigen. Ob sie Blumen mochte? Ich würde Elizabeth fragen. Die beiden verbrachten viel Zeit miteinander, weil meine Fahrerin Mary zum Einkaufen und anderen Besorgungen fuhr.

Nach dem Frühstück machte ich mich im Badezimmer fertig, föhnte meine Haare, bändigte die Mähne mit etwas Haarwachs und band sie zu einem ordentlichen Zopf. Dann rasierte ich mich, sodass mein Dreitagebart gepflegter aussah, und schlenderte zurück ins Schlafzimmer. Mary war dort fertig, und ich konnte mich in Ruhe anziehen.

Meine Wahl fiel auf einen grauen Anzug und ein hellblaues Hemd. Mir fiel auf, dass Mary bereits den Smoking aus der Reinigung geholt hatte. Den benötigte ich für die nächste Charity-Veranstaltung am Freitagabend. Ein Duke of soundso – ich konnte mir diese englischen Titel nur schwer merken – veranstaltete eine Cocktailparty mit Tombola zugunsten einer gemeinnützigen Tierschutzorganisation.

Kurz dachte ich darüber nach, Sarah zu fragen, ob sie meine Begleitung an diesem Abend sein wollte. Was für ein irrer Gedanke, für den ich mich beinahe selbst ausgelacht hätte. Wenn Sarah die Schuldige war, die mich an die Presse verraten hatte, würde ich noch brav ihr Spiel mitspielen. Es war immerhin eine öffentliche Veranstaltung, zu der auch zahlreiche Vertreterinnen und Vertreter der schreibenden Zunft kommen würden. Und wenn Sarah selbst nicht die Verräterin war, dann gab ich sie nochmals der Öffentlichkeit preis.

Also würde ich wie immer allein zu dieser Veranstaltung erscheinen.

Nachdem ich mich fertig angekleidet hatte, sah ich zum ersten Mal an diesem Tag auf mein Handy. Es war schon nach zehn. Für gewöhnlich wäre ich um diese Zeit bereits im Büro.

Sebastian hatte mir eine Nachricht geschrieben. Er schien das Bier und den nachfolgenden Whisky besser weggesteckt zu haben als ich, denn die Nachricht war zwei Stunden alt. Aber ich hatte ohnehin in den letzten Wochen zu wenig Schlaf bekommen. Mein Körper hatte in der letzten Nacht wohl beschlossen, sich dafür zu rächen.

Elizabeth hatte mir eine Sprachnachricht geschickt. Schriftliche Nachrichten waren nicht ihr Ding. Sie fragte, wann sie mich ins Büro fahren sollte.

Eigentlich stand mir der Sinn nach frischer Luft. Zu Fuß zu gehen würde allerdings zu lange dauern. Ich erinnerte mich an den Ausflug mit Sarah in der U-Bahn, der meine Skepsis gegenüber öffentlichen Verkehrsmitteln besänftigt hatte. Eigentlich fand ich diese Art der Fortbewegung ganz spannend. Deswegen antwortete ich Elizabeth, dass sie sich heute einen Tag freinehmen konnte. Sie hatte ohnehin einiges an Überstunden angehäuft und freute sich sicher über die Möglichkeit zur Erholung.

Zwei Stunden später, nach einer kleinen Irrfahrt durch Londons U-Bahnnetz, dafür mit der Neuentdeckung eines kleinen Cafés in der Nähe, erreichte ich das Büro.

Cecilia guckte überrascht, als ich mit einem Coffee to go ankam.

»Guten Morgen ... oder besser guten Tag. Habe ich irgendwelche Anrufe verpasst?«

»Keine wichtigen. Zwei neue Interview-Anfragen. Ich habe die Herrschaften gebeten, sich per Mail zu melden. Außerdem hat Ms Davies angerufen.«

Ich war schon auf dem Weg über den Flur, doch bei Sarahs Namen hielt ich inne. »Hat sie gesagt, was sie wollte?«

»Es ging um den Kaufvertrag für das Objekt in Chelsea.«

»Danke, Cecilia.«

Sicher hatte Sarah mir bereits den Kaufvertragsentwurf zukommen lassen. In meinem Bürozimmer angekommen, öffnete ich den Laptop und durchforschte die Mails, bis ich Sarahs Nachricht entdeckte.

Die nächste Stunde verbrachte ich damit, den Entwurf zu prüfen. Sarah und ihre Assistentin hatten erneut ganze Arbeit geleistet. Ich machte mir ein paar Notizen mit Änderungswünschen und kleineren Rückfragen, bevor ich eine Antwort an Sarah verfasste. Außerdem bat ich darum, die Verkäuferseite zu kontaktieren.

Keine zwei Minuten später hatte ich bereits eine Antwort.

> Wir arbeiten die Änderungswünsche gerne ein.
> Wir sollten besprechen, wie hoch wir mit dem
> Kaufpreis gehen würden.

Sebastian brachte mir eine Tasse Kaffee, die ich dankend entgegennahm. »Geht es dir besser?«, fragte er mit einem leichten Schmunzeln. Er jedenfalls sah aus, als hätte er nicht bis spät in die Nacht in einem Pub gesessen.

»Ich habe tatsächlich schon lange nicht mehr so gut geschlafen wie in der letzten Nacht.«

»Freut mich. Falls du Lust hast, können wir den Pub-Besuch gerne wiederholen. Meine Frau besucht demnächst wieder ihre Eltern, und ich hätte abends Zeit.«

»Absolut. Vielleicht bitten wir Cecilia noch dazu und Elizabeth.«

»Gute Idee. Wird bestimmt spaßig.« Er rückte seine Brille zurecht. »Und ist gut fürs Arbeitsklima.«

»Das sowieso.«

»Ich habe übrigens noch nichts herausgefunden über das Leck in unseren Reihen. Vielleicht liegt es doch anderswo. Wer in den USA hat Zugriff auf deinen Terminkalender?«

Den Gedanken hatte ich ebenfalls bereits gehabt. Andererseits verfestigte das den Verdacht, dass Sarah oder diese Ms Moore dahinterstecken könnten, wenn es niemand aus meinem Londoner Büro gewesen wäre. Durch die Zeitverschiebung und die örtliche Trennung, war es eher naheliegend, dass es jemand in Europa war und nicht auf einem anderen Kontinent. »Ich gebe dir eine Liste, muss nur noch eine Mail an Sarah schreiben … ich meine, Ms Davies.«

»Alles klar, verstehe.« Sebastian grinste in sich hinein.

»Es ist beruflich.«

»Natürlich.«

Pfeifend verließ mein Assistent das Büro, und ich fragte mich, was ich alles unter dem Einfluss der alkoholischen Getränke preisgegeben hatte.

Ich blinzelte und sortierte meine Gedanken. Der Kaufpreis, ja richtig.

> Wollen wir uns später treffen, um den Kaufpreis und die weiteren Details zu besprechen?

Angespannt wartete ich auf eine Antwort. Diese ließ diesmal etwas länger auf sich warten.

> Wenn du einen Termin wünschst, werde ich diesen natürlich wahrnehmen.

Wie sollte ich ihre Worte verstehen? Wenn ich mir ihre Stimme dazu vorstellte, mochte Schalk darin liegen. Oder ... Wenn sie sauer auf mich war, dann meinte sie diese genau so, wie sie es geschrieben hatte.

> Ich wünsche einen Termin. Samstag, zwanzig Uhr?

> Donnerstag, vierzehn Uhr hätte ich Zeit. Bei uns in der Kanzlei?

Ich betrachtete die Zeilen mit Argwohn. Sie wollte kein Date mit mir. Natürlich nicht. Dabei hätte ich die Gelegenheit gern genutzt, um ein paar Dinge mit ihr zu klären. Sie wich mir aus. Warum? Hatte sie ein schlechtes Gewissen? Der Verdacht ärgerte mich umso mehr, da ich angefangen hatte, ihr zu vertrauen. Ich hatte gedacht, sie sei anders als andere.

Donnerstag, vierzehn Uhr passt. Danke übrigens nochmals für die Exposés. Das Objekt in Tottenham sieht vielversprechend aus.

Gut, ich organisiere einen Besichtigungstermin. Ich werde mich dann an deinen Assistenten wenden, um dich mit der Terminfrage nicht zu belästigen.

Du belästigst mich nicht.

Auf diese letzte Nachricht erhielt ich keine Antwort mehr. Verdammt.

16. Sarah

Ich hatte das kleine Besprechungszimmer vorbereiten lassen. Dessen bodenhohe Fensterfront zeigte in Richtung Süden, und zwischen den anderen Hochhäusern blitzte die Themse an diesem sonnigen Donnerstag hindurch.

Becks und ich hatten außerdem sowohl unseren Entwurf des Kaufvertrages für das Haus in Chelsea bereitgelegt als auch weitere Exposés anderer Objekte. Kaffee und Tee standen parat, fehlte nur noch unser Mandant.

Das letzte Treffen mit Stone lag mir schwer im Magen. Er hatte mir zu verstehen gegeben, dass der Kuss auf dem Boot ein Fehler gewesen war. Er hatte es nicht direkt gesagt. Aber sein Kommentar an die Reporterin war mehr als deutlich gewesen. Eigentlich sollte mich das nicht weiter beschäftigen. Ich hatte immerhin meinerseits jedweden romantischen Gedanken aus meinem Herzen verbannt. Hoffte ich zumindest. Vielleicht dauerte es auch noch ein oder zwei Tage, bis ich ganz darüber hinweg war.

Seine Nachricht, in der er einen »Termin« am Samstag um zwanzig Uhr vorgeschlagen hatte, hatte mich noch einmal aus dem Takt gebracht. Für ein Geschäftsessen war das ein ungewöhnlicher Zeitpunkt. Wieso also wollte er ein weiteres Date mit mir? Oder war es in den USA üblich, selbst am Wochenende Geschäftsessen abzuhalten?

Rebeccas Worte rissen mich aus meinen Gedanken. »Sarah, hatten wir den Chef zum Termin geladen?«

Ruckartig drehte ich mich um. Tatsächlich kam Holden gerade durch die Glastür, in Begleitung von Stone, den er offensichtlich persönlich in Empfang genommen hatte.

»Ms Davies, Ms Moore, ich hoffe, es stört Sie nicht, dass ich den Termin mit unserem Mandanten begleiten werde.« Unser Vorgesetzter bot Stone einen Platz an und setzte sich dann unbekümmert in einen der Schwingsessel.

Mir war sicher die Kinnlade heruntergefallen, weil ich mir denken konnte, warum er hier war: Er wollte sich persönlich ein Bild von der Situation von Stone und mir machen. Das fand ich einerseits ziemlich dreist und andererseits irgendwie verständlich.

Wenn ich die Leiterin einer renommierten Anwaltskanzlei gewesen wäre, hätte ich mich ebenfalls davon überzeugen wollen, dass meine Mitarbeitenden sich an die Firmenethik hielten. Aber es ließ mich fühlen, als sei ich ein unartiges Mädchen, das nun vom Schulleiter geprüft wurde.

Nun gut, also musste ich mich beweisen. Ich nahm Haltung an, nickte Becks zu, damit sie sich ebenfalls setzte und nahm den Platz am Kopfende des Tisches ein.

»Natürlich, Mr Holden«, antwortete ich leicht verzögert. »Mr Stone, ich hoffe, Sie hatten eine angenehme Fahrt durch London.« In Anbetracht der Umstände blieb ich lieber beim Nachnamen.

Stone musterte mich ausdruckslos. Meine Güte, es startete schlimmer als gedacht. Ich hätte ein Vermögen dafür gegeben, wenn ich seine Gedanken in diesem Moment hätte lesen können.

»Hatte ich.« Seine Stimme klang distanziert. »Vielen Dank.«

Becks warf mir einen alarmierten Blick zu. Die Luft im Raum war förmlich zum Schneiden.

Ich atmete tief durch und ließ den Blick schweifen. Durch die Glastür entdeckte ich eine ziemlich neugierig schauende Kollegin. Die Konferenz- und Besprechungsräume lagen zwar auf einer ruhigeren Etage, doch immer wieder hatte hier jemand etwas zu tun, um zum Beispiel einen der anderen Räume für den nächsten Termin vorzubereiten.

Dass der gut aussehende Millionär Rorik Stone heute einen Termin bei uns hatte, würde sicher auch noch weitere Neugierige auf den Plan rufen, die ganz zufällig hier in der Etage etwas zu erledigen hatten. Ich hegte also nicht den geringsten Zweifel daran, dass das heutige Meeting für die nächsten ein bis zwei Tage für Gesprächsstoff sorgte.

Becks bot den Anwesenden Kaffee und Tee an, doch die Herren lehnten ab. Sie blickte hilfesuchend zu mir, und ich hob die Schultern. Keine Ahnung, was hier vor sich ging.

Es war besser, direkt mit der Arbeit zu beginnen und sich keine weiteren Gedanken zu machen. Also schob ich Stone die Statistik mit den Grundstückspreisen in Chelsea zu.

»Der Verkäufer der Villa in Chelsea wird von der Kanzlei *Harrington & Partner* vertreten. Wir haben den gewünschten Preis für die Immobilie erfragt, doch der Verkäufer besteht darauf, dass wir zuerst einen Preisvorschlag einreichen.«

Stone machte ein grimmiges Gesicht. »Wie in einem Bieterverfahren? Sagen Sie mir nicht, dass es weitere Kaufinteressenten gibt.«

Seine Frage traf mich nicht unvorbereitet, doch die Schärfe in seinem Tonfall ließ mein Inneres brodeln. Was war nur in ihn gefahren, dass er plötzlich noch harscher war als sonst? War er wütend, weil ich mich nur noch auf das Geschäftliche konzentrieren wollte? Aber er war es doch gewesen, der sich nach dem Kuss von mir distanziert hatte.

Konzentriere dich!, rief ich mir innerlich zu.

»Das wurde uns nicht gesagt«, sagte ich zur Antwort auf Stones Frage. »Ms Moore und ich haben deswegen recherchiert, wie hoch die Immobilienpreise in der Gegend sind und mit ähnlichen Objekten verglichen. Der Mindestpreis für unsere Immobilie dürfte bei sechs Millionen Pfund liegen. Was meinen Sie?«

Ich sah unseren Mandanten erwartungsvoll an. Er studierte den Preisspiegel und lehnte sich dann auf seinem Stuhl zurück.

»Das wäre beinahe ein Schnäppchen.«

Hatte ich da etwa den Anflug eines Lächelns in seinem Gesicht entdeckt?

Ich unterdrückte mein eigenes aufkeimendes Lächeln und blickte prüfend zu Holden. Er nickte mir bestätigend zu.

Gut, bisher lief alles nach Plan. Die Anspannung in meinen Schultern ließ allmählich nach. Ich griff nach einer der bereitstehenden Tassen und der Kaffeekanne, um mir einzuschenken.

»Es gibt jedoch etwas, was wir zuvor klären müssen.« Stone lehnte sich nach vorn und schob mir die Schale mit den Zuckerwürfeln zu, wobei sich unsere Finger für einen Moment berührten. Ich sah ihm in die Augen, doch die Finsternis, die darin lag, ließ mich zusammenzucken, und ich verschüttete einen Großteil des Kaffees.

»Oh, Mist«, brachte ich hervor.

Becks schob mir schnell ein paar Servietten zu, mit denen ich die dunkle Pfütze auf dem glänzenden Glastisch aufwischte.

Holden räusperte sich. »Nur zu, Mr Stone. Wir werden alle ihre Anliegen klären.«

»Wir alle im Raum wissen, dass die Presse auf mysteriöse Weise bereits zweimal zur rechten Zeit am rechten Ort war.« Er schaute prüfend in die Runde.

Becks nickte eingeschüchtert, und Holden hatte die Stirn gerunzelt.

Am liebsten hätte ich gesagt: *Natürlich, ich war ja dabei.* Stattdessen nickte ich.

Stone sah wieder zu mir, und seine Kieferknochen traten hervor. »Ich habe mir schon die ganze Zeit den Kopf darüber zerbrochen, woher die Presse von meinen Terminen wusste.

Beim ersten Mal kann es noch ein Zufall gewesen sein. Beim zweiten Mal auf keinen Fall. Jemand kannte nicht nur meine Termine, sondern wusste auch Bescheid, dass ... ich die Bootsfahrt vorzeitig abbrechen würde.«

»Was möchten Sie damit sagen?«, wollte Holden argwöhnisch wissen, und sein Blick schwenkte zwischen Stone und mir hin und her.

»Was ich sagen möchte, ist, dass nur eine Person an diesem Tisch alle beide Termine kannte und auch wusste, dass wir die Bootsfahrt früher beenden würden. Nicht wahr, Ms Davies?«

Keuchend sprang ich auf. Deswegen also war er so merkwürdig. Er dachte, ich hätte ihn an die Presse verraten?! Das war absolut unsinnig. Warum hätte ich das tun sollen?

»Mr Stone, was Sie da sagen, ist nicht nachvollziehbar!« Meine Stimme zitterte nicht, das rechnete ich mir in dieser Situation hoch an.

Stone stand nun seinerseits auf und stützte sich mit beiden Händen auf der Tischplatte ab, mich mit seinem eisigen Blick fixierend. »Sie hatten die Gelegenheit dazu, die Presse zu informieren, nachdem Sie aus dem Keller geklettert waren. Und hatten Sie nicht auch Ihr Handy in der Hand, nachdem wir ...« Er unterbrach sich selbst mit einem Seitenblick auf Holden. »... nachdem wir das Aussichtsdeck verlassen hatten?«

Daran konnte ich mich nicht einmal erinnern. Vielleicht hatte ich automatisch aufs Handy geschaut, um zu sehen, ob Dad mir eine Nachricht geschickt hatte. Es war doch keine Seltenheit, dass man hin und wieder aufs Handy sah.

»Sie denken also, ich wäre es gewesen? Warum? Welches Motiv hätte ich?« Ich verschränkte die Arme vor der Brust und starrte ihn herausfordernd an. Es interessierte mich nun sehr, wie er auf eine solch abstruse Idee kam, und es war mir egal, dass uns zwischenzeitlich ein paar Neugierige vom Flur aus beobachteten. Natürlich auf sehr dezente Weise.

»Vielleicht haben Sie Geldsorgen? Oder Sie wollen berühmt werden?« Stones Stimme tropfte vor Sarkasmus. »Viele junge Frauen sehnen sich nach schnellem Ruhm. Und wenn Sie es nicht selbst waren, dann womöglich Ihre Assistentin.«

Seine Worte verschlugen mir die Sprache. Als ich zu Becks sah, entdeckte ich, dass ihre Wangen gerötet waren und ihre Augen von Tränen glitzerten.

Der Mann war übergeschnappt, anders konnte ich mir das nicht erklären.

Zwischen zusammengepressten Zähnen brachte ich hervor: »Sie leiden offensichtlich an Verfolgungswahn, Mr Stone. Weder Ms Moore noch ich hätten irgendetwas davon nötig. Außerdem: Woher hätte Becks, ich meine Ms Moore, davon wissen sollen?«

»Wenn Sie der Presse keine Infos haben zukommen lassen, dann haben Sie sich vielleicht bei Ihrer Freundin ausgelassen. Und die hat ihre Chance ergriffen.«

»Das habe ich nicht.« Becks schüttelte den Kopf. »Wirklich, warum sollte ich meinen Job aufs Spiel setzen?«

Stone wandte sich an Holden. »Sie können sicher nachvollziehen, dass ich nicht mit jemandem zusammenarbeiten kann, der Informationen über mich an die Presse weitergibt.«

Auch Holden erhob sich nun. Er blieb ruhig und gefasst, obwohl ich ihn auch schon anders erlebt hatte. »Ich kann Ihnen mit Sicherheit sagen, dass sämtliche unserer Mitarbeiter sehr diskret arbeiten. Sie haben es hier mit einer renommierten Anwaltskanzlei zu tun. Zudem haben alle Mitarbeitenden Verschwiegenheitserklärungen unterzeichnet. Für Anwälte und Anwältinnen gilt ohnehin die Schweigepflicht.«

»Sie würden also für Ms Davies und Ms Moore einstehen? Selbst wenn Sie dadurch einen Mandanten verlieren?«

Holden schnappte nach Luft. Einen langen Moment

schien er über Stones Frage nachdenken zu müssen. Dann wandte er sich zähneknirschend an uns.

»Ms Davies, Ms Moore, geben Sie mir bitte Ihre Handys.«

Er hatte kein Recht dazu. Mein Handy war privat, genau wie das von Rebecca. Aber wenn wir seiner Bitte jetzt nicht nachkämen, wäre das fast schon ein Schuldeingeständnis.

Ich griff nach meinem Handy, das neben meinen Unterlagen bereitgelegen hatte, entsperrte das Display und schob es Holden zu. Becks tat es mir, ohne zu zögern, nach.

Unser Chef wischte über die Displays der beiden Telefone. Niemand sagte auch nur ein Wort, und ich wagte es nicht, in Stones Richtung zu blicken, sonst wäre ich ihm vermutlich an die Gurgel gegangen.

»Vom fraglichen Abend der Bootsfahrt sehe ich keine verdächtigen Anrufe auf den Handys«, sagte Holden und scrollte weiter. »Und keine Nachrichten.« Nickend gab er uns die Telefone zurück.

»Das beweist gar nichts«, knurrte Stone. »Die Anrufliste und der Chatverlauf könnten längst gelöscht worden sein.«

»Mr Stone, nehmen Sie doch Vernunft an«, sprach Holden gefasst. »Wir bezahlen unsere Mitarbeitenden gut. Es könnte keinen finanziellen Grund für so etwas geben. Und bisher ist auch keine der Damen durch eine besondere Geltungssucht oder Ähnliches aufgefallen. Wie gesagt, wir legen großen Wert auf Diskretion. Und wie wir beide schon telefonisch geklärt haben, ist Ms Davies eine hervorragende Anwältin. Sie hatten selbst gesagt, dass Sie mit keinem anderen zusammenarbeiten wollen.«

Er atmete tief durch. »Wenn Sie natürlich darauf bestehen, werde ich Ihnen einen anderen Fachanwalt für Immobilienrecht aus unserem Hause zuteilen.«

Stone schüttelte den Kopf. »Ich weiß nicht, ob ich überhaupt noch mit dieser Kanzlei zusammenarbeiten will.« Er schnappte sich den Kaufpreisspiegel, faltete ihn zusammen und steckte ihn in die Brusttasche seines Jacketts. »Ich werde mir über das Wochenende Gedanken hierzu machen. Sie hören dann am Montag von mir.«

Fassungslos sah ich zu, wie Stone sich von uns abwandte und aus dem Raum marschierte.

»Ist das gerade wirklich passiert?« Rebeccas Stimme klang brüchig.

»Ich habe keine Ahnung«, flüsterte ich.

Holden seufzte tief. »Ein Mann mit so viel Geld wie Mr Stone und mit so viel Aufmerksamkeit durch die Presse verfügt wohl hin und wieder über ein dünnes Nervenkostüm.« Er wandte sich mir zu. »Er hätte Sie jedoch niemals verdächtigt, wenn Sie nicht so gedankenlos gewesen wären.«

Ich presste die Lippen aufeinander und unterdrückte den Hinweis darauf, dass er mir zu Beginn gesagt hatte, dass ich Stone zuvorkommend behandeln sollte. Denn er hatte ganz sicher keinen Einbruch und keine romantische Bootsfahrt damit gemeint.

»Es wird niemals wieder vorkommen«, versprach ich.

Und sollte Stone sich bis Montag überlegen, doch noch mit uns weiterarbeiten zu wollen, würde ich alles dafür tun, um meinen Job gut zu machen.

17. Sarah

Vergnügt leckte ich mir einen Tropfen Baileys von den Lippen.

Der Pub war brechend voll, kein Wunder an einem Freitagabend. Noch dazu spielte eine Coverband Rocksongs aus den Achtzigern und Neunzigern, die jeder mitgrölen konnte.

»Wir sollten unbedingt mal zum Karaoke gehen«, rief Becks gegen den Geräuschpegel im Pub an.

»Oh, bitte nicht!«, gab ich zurück. »Ich bin eine ganz grausige Sängerin.«

Den Kummer, den Stones Auftritt am vorigen Tag ausgelöst hatte, ertränkten wir gerade in einer ordentlichen Portion Alkohol mit unseren beiden Freundinnen Gill und Kate.

»Je schlechter, umso besser. Ich gehe öfter mit meinen Mitbewohnerinnen zum Karaoke. Das macht so viel Spaß!« Rebeccas Wangen waren leicht rosa gefärbt, und sie grinste keck. Sie trug ein grünes Karo-Hemd, das ihre rötliche Haarfarbe betonte.

»Also, ich wäre dabei.« Gill rückte ihre Brille zurecht und nippte an ihrem Bier. »Kate, was ist mit dir?«

Der rechte Mundwinkel von Kate bewegte sich leicht nach oben. »Karaoke ist absolut nichts für mich.«

»Aber du hast so eine schöne Stimme!«, erwiderte Becks. Sie trank bereits ihren zweiten Cuba Libre. »Wer ist deine Lieblingssängerin?«

»Keine Ahnung.« Kate nippte nachdenklich an ihrem Rotwein. »Ich höre lieber klassische Musik … oder Musicals.«

»Ha! *Let it Go!* Das wäre genau der richtige Song für dich.« Becks grinste zufrieden, und Gill prustete belustigt aus.

Unsere Kollegin mochte zwar oft einen kühlen Eindruck machen und wie die Eiskönigin höchstpersönlich wirken, doch Kate hatte durchaus Sinn für Humor. Sie rollte mit den Augen und deutete mit dem Zeigefinger auf Rebeccas Nasenspitze. »Du bist ganz schön frech.«

»Aber das magst du doch an mir.«

Kate zeigte ein gutmütiges Lächeln. »Ja, das tue ich.« Dann fiel ihr Blick auf mich. »Was ist los? Du bist heute so still.«

»Uuuuh, wir haben eine sehr anstrengende Woche hinter uns«, antwortete Becks für mich. »Mr Stone hält uns auf Trab. Wir hatten drei weitere Besichtigungen und einen Kaufvertrag, der kurz vor dem Abschluss steht. Sarah ist einfach müde.«

Auch Gill musterte mich fragend. »Was war denn das gestern im Büro? Es wird getuschelt, dass der Millionär einen ganz schönen Aufstand gemacht hat.«

Becks und ich tauschten beunruhigte Blicke. Eigentlich hatten wir nicht unbedingt weiter darüber reden wollen. Aber Stones Vorwürfe lagen mir schwer im Magen. Nicht nur dass er an meiner Integrität als Anwältin zweifelte und Becks mit hineingezogen hatte. Es schmerzte auch auf persönlicher Ebene. Er hatte wirklich geglaubt, ich hätte ihn an die Presse verraten. Für wie armselig hielt er mich denn?

Ich schüttelte den Gedanken ab und lächelte entschuldigend in die Runde. »Sorry, falls ich euch die Laune verderbe.«

Gill winkte ab. »Ach, Unsinn. Du verdirbst gar nichts.« Sie trank den Rest ihres Bieres leer und ließ den Blick schweifen. »Sieht jemand die Kellnerin? Oh, hello, hotte Typen auf sechs Uhr.«

»Welches sechs Uhr?« Becks schaute sich suchend um.

Ich konnte nicht anders, als ebenfalls den Blick in diese Richtung zu wenden, genau wie Kate.

»So ungern ich ihr recht gebe«, raunte sie mir zu. »Aber die Herren sind wirklich ansehnlich.«

Jetzt entdeckte auch ich, wen sie erspäht hatten: drei groß gewachsene Männer. Einer von ihnen hatte blondes kurzes Haar und sah ein wenig aus wie Thor aus den Avengers-Filmen. Der zweite war dunkelhaarig und erinnerte an Superman. Der dritte aber war mein alter Freund Parker Simon. Ich kicherte und winkte ihm zu, als sich unsere Blicke trafen.

»Oh, Gott«, stöhnte Gill. »Sag nicht, dass du die Typen kennst?«

»Doch, zumindest einen von ihnen.« Ich deutete unauffällig auf Parker. »Er ist ein alter Studienfreund.«

Gill grinste. »Das sind Anwälte. Ich kenne die anderen beiden. David Padget und Steven Knight.«

Rebeccas Kinnlade fiel runter. »Du meinst nicht zufällig die Inhaber von *Padget, Knight, Woods, Collins & Carter?*«

»Zwei der Namenspartner«, bestätigte Gill.

»Verdammt, ich sollte kündigen.«

»Becks!«

»Na, was denn? Warum gibt es bei uns keine heißen Anwälte in der Kanzlei?«

Gill griff nach Rebeccas Hand. »Still, die kommen direkt auf uns zu.«

Ich erhob mich von der Sitzbank, und Parker begrüßte mich sofort mit einem Küsschen auf die linke und die rechte Wange.

»Was für eine tolle Überraschung. Erst sehen wir uns jahrelang nicht mehr und dann direkt zweimal in einer Woche.«

»Netter Zufall«, erwiderte ich. »Darf ich dir meine Kolleginnen und Freundinnen vorstellen? Das sind Kate, Gillian und Rebecca.«

Parker reichte den dreien die Hand, bevor er Padget und Knight vorstellte. »Wir wollten nur kurz auf ein Feierabendbier vorbeikommen.« Er kratzte sich verlegen im Nacken. »Wir hätten nicht damit gerechnet, dass es so voll sein würde.«

»Setzt euch zu uns«, schlug ich vor. »Wenn wir zusammenrutschen, reicht der Platz bestimmt.

Parker sah fragend zu den anderen beiden Männern. David Padget wirkte etwas abwesend und war mehr mit seinem Handy beschäftigt. Doch Steven Knight hob die Schultern und nickte. »Ja, klar, gerne. Danke für das Angebot.« Sein Lächeln hätte die Pole schmelzen lassen können, das musste man zugeben.

Parker rutschte neben Kate und mich auf die Bank, während die anderen beiden es schafften, sich von anderen Tischen Stühle herbeizuholen. Es wurde etwas eng am Tisch, aber wir würden bestimmt eine Menge Spaß haben.

Wir bestellten eine weitere Runde an Getränken, und Parker erzählte von einer Sache aus unserer Studienzeit, an die ich mich kaum noch erinnern konnte.

»Wir hatten einmal diesen Disput mit einem anderen Studenten. Ich erinnere mich nicht mehr an seinen Namen, aber er war so ungefähr zwei Meter groß und früher Rugbyspieler. Er behauptete, ich hätte sein Handy eingesteckt.« Parker prustete entrüstet. »Das war ein ziemlich feuchtfröhlicher Abend in einer Kneipe. Jeder hätte das Handy einstecken können, doch der Kerl behauptete felsenfest, ich sei es gewesen. Sarah hat ihn so richtig zur Schnecke gemacht.«

Die anderen guckten mich ungläubig an. »Hey, er war wirklich ein Idiot.«

»Jedenfalls war der Typ drauf und dran, mir eine reinzuhauen. Sarah stellte sich zwischen uns und tippte ihm auf die Brust, dass er es bloß nicht wagen sollte, auch nur einen Finger gegen mich zu erheben. Sonst würde sie allen erzählen, dass er in der letzten Klausur bei ihr abgeschrieben habe.«

»Uuh, Erpressung.« Gill lachte.

»Höchstens Nötigung.« Ich trank von meinem Cocktail. Diesmal war es eine Pina Colada. »Aber es stimmte, er hat bei der Klausur bei mir abgeschrieben.«

»Seine Kumpels mussten ihn von Sarah wegzerren, sonst hätte er sie wahrscheinlich mit einem einzigen Hauch umgehauen.«

»Quatsch, so klein bin ich nun wirklich nicht.« Ich musste trotzdem lachen, weil ich mich nun lebhaft an die Szene erinnerte.

Parker legte einen Arm um mich, und ich lehnte mich kurz an ihn an. Es tat so gut, einfach zu lachen und sich an die alten Zeiten zu erinnern.

Leider hatten David Padget und Steven Knight nur Zeit für einen Drink. Wie sich herausstellte, waren beide in festen Händen, David hatte sogar ein kleines Kind zu Hause.

Seufzend schaute Rebecca den beiden hinterher. »Die besten Männer sind immer vergeben.«

Parker räusperte sich. »Dann gehöre ich wohl nicht zu den besten.«

»Unmöglich bist du Single!«, entfuhr es Gill, die gegenüber von ihm saß, und schüttelte den Kopf.

»Ganze zwei Jahre. Und diese nette Lady hier«, er lehnte seine Wange an meinen Kopf, »hat mir einen Korb gegeben.«

»Nicht wahr?!« Rebecca zog hörbar an dem Strohhalm, der in ihrem frischen Cuba Libre steckte. »Ihr wart mal zusammen?«

»Nicht wirklich.« Parker seufzte theatralisch.

Becks sah mich entsetzt an. »Der Mann, der Sarah mal erobert, muss wohl von einem anderen Stern sein.«

Kate lehnte sich über die Tischplatte in ihre Richtung. »Sie hat nun mal jemand ganz Besonderes verdient.« Sie linste kurz zu Parker. »Also, nichts gegen dich. Aber du hattest deine Chance.«

Parker lachte auf, und seine braunen Augen strahlten warmherzig. »Ja, das ist wohl leider so.«

Verdammter Mist. Warum setzte mein Herz jetzt nicht

aus? Ich mochte ihn wirklich gern. Er war gut aussehend, charmant, warmherzig …

Aber er war nicht Stone.

Ich schloss die Augen und versuchte, sein Gesicht aus meinen Gedanken zu scheuchen. Rorik Stone verbrachte seine Zeit vermutlich gerade auf irgendeinem Charity Event und lebte sein einsames Millionärsleben. Ich sollte nicht an ihn denken … Vor allem nicht nach der Aktion von gestern.

Die Band stimmte einen Song von Bruce Springsteen an.

»Ich liebe diesen Song!« Gill sang die ersten Zeilen mit.

»Hey, das ist auch einer meiner Lieblingssongs«, erwiderte Parker.

Ich lächelte den beiden zu, die sich gerade die Seele aus dem Leib grölten. Doch irgendwie konnte ich mich nicht richtig freuen.

»Alles okay bei dir?«, fragte Kate.

»Ja, ich … ähm … muss mal aufs Klo.«

Sie rückte zur Seite, damit ich aufstehen konnte, und ich quetschte mich durch die Menge. Doch bevor ich den Gang zur Toilette erreichte, verharrte ich. Für einen Moment hatte ich Stone zwischen all den Menschen gesehen.

Unmöglich. Wie konnte er wissen, wo ich war, und wieso sollte er hierherkommen?

18. Stone

Der Champagner prickelte kühl auf meiner Zunge, aber so richtig wollte er nicht schmecken. Ich stellte das halb volle Glas auf einem Tablett ab, das von einem Kellner zwischen den Gästen hindurchgetragen wurde.

Klassische Musik erklang dezent und erfüllte den Saal. Die Gäste unterhielten sich gedämpft, tranken den Champagner und aßen kleine vegetarische Häppchen. »Mr Stone.«

Ich drehte mich zu dem Mann um, der mich angesprochen hatte.

Der Gastgeber war ein schmaler, aber hochgewachsener Engländer mit dunklem, glatt frisiertem Haar. Ich schätzte ihn etwa auf mein eigenes Alter. Die grünen Augen hinter den Brillengläsern wiesen einen leichten blauen Schimmer auf. Er trug einen eleganten Smoking und streckte mir nun die Hand entgegen.

»Es ist so schön, dass Sie meiner Einladung gefolgt sind.« Seine Redeweise klang vornehm.

»Eure Lordschaft.« Ich ergriff die dargebotene Hand und war erstaunt über den festen Druck. »Vielen Dank für die Einladung.«

Der Duke of Harlington lächelte freundlich. »Hatten Sie bereits Gelegenheit, die Preise anzusehen?«

»Ähm, nein, leider nicht. Ich bin gerade erst angekommen.«

»Kommen Sie, ich zeige Ihnen, was wir zu bieten haben.«

Seite an Seite begaben wir uns zum anderen Ende des Saals. Ich konnte mir vorstellen, dass hier zu früheren Zeiten die Reichen und Schönen Londons getanzt und gefeiert hatten. Nun, vielleicht taten sie es ja noch heute.

Auf einer langen Tischreihe, die mit Damast bedeckt war, befanden sich die möglichen Gewinne des Abends.

»Es handelt sich bei jedem Stück um einen gespendeten Gegenstand von Freunden und Gönnern meiner Stiftung.«

Unter den Preisen befanden sich unter anderem Weinflaschen, Whisky, Gemälde, eine Büste aus weißem Marmor, Bücher ... alles, was die reichen Herrschaften erübrigen konnten.

»Das ist eine sehr hübsche Auswahl.« Ich nahm ein altes Büchlein in die Hand. Es war eine illustrierte Ausgabe von »Das Bildnis des Dorian Gray«.

»Genie währt länger als Schönheit«, murmelte ich.

Die Brauen meines Gastgebers hoben sich. »Sie sind also ein Literaturkenner?«

Vorsichtig legte ich das Buch zurück. Mir entgingen dabei nicht die beiden Security-Typen, die mich fest im Blick behielten. Sie waren wohl dazu da, um die kostbaren Gegenstände vor dem plötzlichen Verschwinden zu bewahren.

»Literatur war neben Sport mein Lieblingsfach auf dem College.«

»Sehr interessant.« Der Duke musterte mich nachdenklich, und ich hatte plötzlich das Gefühl, hier irgendwie überprüft zu werden.

»Gibt es auch etwas aus Ihrem eigenen Besitz, Mylord?«

»O natürlich.« Er ging an der Tischreihe entlang und nahm ein Aquarellgemälde in die Hand. Es zeigte eine herrschaftliche Burg, die sich in einem Fluss spiegelte. »Vielleicht etwas kitschig, nicht wahr?«

»Hmm, ich mag es. Wer ist der Künstler?«

»Er war kein berühmter Maler, wenn Sie das meinen.« Der Duke hielt mir das Gemälde hin, sodass ich selbst nachsehen konnte.

Die Initialen darauf kamen mir bekannt vor. Ich hatte sie schon einmal gesehen, konnte sie nur nicht direkt zuordnen.

»Der Maler war mein Großonkel«, erklärte der Duke sofort. »William Meatherfield. Er reiste gern durch das ganze Vereinigte Königreich und malte, was ihm vor die Nase kam. Das hier ist Conwy Castle, an der Küste von Wales.«

»Wales«, flüsterte ich. Sarahs Heimat.

»Sicher nicht exklusiv genug für Ihren Geschmack.«

Ich sah den Duke verwirrt an. »Wieso sollte es nicht exklusiv genug sein? Ich bin schließlich nicht hier, um Kunstwerke zu horten, sondern für den guten Zweck. Außerdem ist ein Gemälde wie dieses für den richtigen Besitzer möglicherweise mehr wert als ein Dalí oder Picasso.«

Der Duke lächelte geheimnisvoll. »In der Tat.« Dann winkte er eine Kellnerin herbei, die eine silberfarbene Schüssel mit sich trug. »Ich denke, Sie haben noch kein Los gezogen, kann das sein?«

Ich nickte. Meine Spende hatte ich bereits im Vorfeld per Überweisung getätigt und mir damit drei Lose gesichert. Tausend Pfund pro Los waren ein stolzer Preis.

»Viel Glück, Mr Stone. Ich würde mich freuen, wenn wir uns später noch ein wenig unterhalten könnten.« Und schon drehte sich der Mann um und kümmerte sich um seinen nächsten Gast.

Ich zog drei Papierröllchen aus der Schüssel. Jedes von ihnen war mit Wachs versiegelt, in welches das Wappen des Dukes eingedrückt war. Über der Eingangstür prangte das Wappen in ganzer Pracht, daher war es nicht zu übersehen.

»Beeindruckend, nicht wahr?«

Eine Frau hatte sich an meine Seite gesellt und deutete auf die Tischauslage. Sie trug ein enges schwarzes Kleid mit einem tiefen Rückenausschnitt, dazu Stilettos. Ihr Haar glänzte in braunen Wellen und reichte bis zu ihrer Hüfte, in die sie eine Hand gestemmt hatte. In der anderen Hand hielt sie ein

Champagnerglas. Mit ihren rot geschminkten Lippen nippte sie an ihrem Getränk.

»Wirklich eine sehr interessante Sammlung«, antwortete ich höflich.

Sie lachte und warf mir einen interessierten Blick zu, der von meinen Schuhspitzen über den Rest meines Körpers bis zu meinem Gesicht glitt, wobei sie etwas zu lang auf meine Körpermitte sah. »Wir sind uns noch gar nicht vorgestellt worden.«

Ich räusperte mich und bemühte mich um ein Lächeln. »Rorik Stone.« Aber das wusste sie sicher schon.

Sie formte ihre Lippen zu einem langen U und legte den Kopf schräg. »*Der* Rorik Stone?«

Wie er dieses Spielchen verabscheute. »Und Sie sind …?«

»Madeleine Duvoir.« Sie reichte mir eine Hand. Ihre Nägel waren spitz gefeilt und passten von der Farbe zu ihren Lippen.

Ich ergriff die dargebotene Hand kurz und sah mich dann im Saal nach einer Rettung um.

»Suchen Sie jemanden?«, bemerkte sie sofort.

»Nein, nicht wirklich.«

»Ich sollte es wohl nicht zugeben, aber ich habe Ihr Interview gelesen.« Sie formte erneut die Lippen auf diese affektierte Art.

Gott, wie ich Small Talk hasste und ganz besonders diese Art von Small Talk. »Hmm, hat es sie unterhalten?«

»Das Interview? Es war sehr … informativ.«

»Das hoffe ich.« Ich nahm nun doch noch ein Glas Champagner von einem vorbeilaufenden Keller entgegen und trank drei große Schlucke.

Die Dame wollte nicht lockerlassen. »Sie sind neu in der Stadt.«

»So neu auch nicht mehr.«

»Wenn Sie jemanden brauchen, der Sie ein wenig herumführt … Ich kenne mich sehr gut aus, weiß, wo man gut essen gehen kann. Mögen Sie gutes Essen, Mr Stone?«

Die Muskeln zwischen meinen Schultern verspannten sich, und ich atmete tief durch. Ich kannte diese Art von Gesprächen. Natürlich war nichts verwerflich daran, auf einer Party Small Talk zu halten. Es wurde sogar erwartet. Aber nicht auf diese Weise. Es gab nichts Schlimmeres als Menschen, die sich aufdrängten. Zumindest nicht für mich.

»Wer liebt nicht gutes Essen?«, antwortete ich müde.

Sie warf sich ihr Haar über die Schulter und musterte mich erneut. »Wir sollten essen gehen. Wirklich. Ich kenne dieses Restaurant, das exquisite Jakobsmuscheln serviert. Sie sollten auch unbedingt deren Weißwein probieren. Darf ich Ihnen meine Telefonnummer geben?«

Ich schloss kurz die Augen und sah Sarah vor mir. Wie wir zusammen gegessen hatten. Ihr Lächeln … ihre magischen Augen. Ich spürte ihre zarte Gestalt in meinen Armen, als ich sie unter den Lichtern Londons geküsst hatte.

»Vielen Dank für das Gespräch«, sagte ich knapp und wandte mich um.

Sie legte eine Hand auf meinen Arm. »Sie haben noch gar nicht auf meine Frage geantwortet.«

»Auf Wiedersehen«, sagte ich kühl und ließ sie stehen. Ich sah mich nach dem Gastgeber des Abends um, fand ihn in einer offenbar angeregten Unterhaltung, bei der ich ihn nicht stören wollte und verließ ohne weitere Überlegung die Veranstaltung.

Ich war ein Idiot. Gut, das hatte ich mir in den letzten Tagen schon öfter gesagt. Aber nun war es an der Zeit, dass ich das idiotische Verhalten wiedergutmachte. Noch während ich durch die ehrwürdigen Räume des Duke of Harlington lief, rief ich Elizabeth an und bat sie, den Wagen vorzufahren.

»Wohin geht es, Boss?«, fragte sie, als ich mich seufzend auf die Rückbank fallen ließ.

Ich starrte in die Nacht. Es gab nur einen Weg, der sich richtig anfühlte. »Nach Richmond zu Sarah Davies.«

Elizabeth grinste mich über den Rückspiegel an. »Alles klar, Boss.«

Die Fahrt schien sich Ewigkeiten zu ziehen. Es war kurz vor zehn Uhr, als Elizabeth vor dem schmalen Haus parkte.

Im Inneren brannte Licht. Erleichtert atmete ich auf. Ich würde also niemanden wecken.

Ein rüstig aussehender älterer Mann öffnete mir die Tür und musterte mich irritiert, aber auch nicht unbedingt unfreundlich. Sarahs Dad.

»Sie sind Mr Stone«, stellte er fest.

»Verzeihen Sie bitte die späte Störung, Mr Davies. Dürfte ich womöglich mit Sarah sprechen?«

Sarahs Vater zog die grobe Strickjacke fester um sich. »Sarah ist nicht hier. Sie ist mit ihren Freundinnen ausgegangen.«

»Oh.« Ich kratzte mich am Kinn. »Wissen Sie, wann sie zurückkommt?«

Mr Davies lachte heiser. »Sie ist eine erwachsene Frau. Ich denke nicht, dass sie mir noch zu sagen hat, wann sie nach Hause kommt.« Sein Blick fiel auf die Limousine. »Kommen Sie doch herein. Wir können gemeinsam auf sie warten.«

»Ich möchte Ihnen keine Umstände bereiten.«

Er winkte ab. »Unsinn, ich freue mich über die Gesellschaft. Und Ihre nette Chauffeurin soll bitte auch hereinkommen. Ich habe gerade Wasser aufgesetzt, möchten Sie Tee?«

Verblüfft sah ich über die Schulter zur Limousine. Der Mann kannte uns beide doch kaum. Dennoch bat er uns auf einen Tee herein. Das musste die englische ... nein, walisische Höflichkeit sein.

Ich winkte Elizabeth zu, die daraufhin ausstieg.

»Gibt es ein Problem, Boss?«

»Mr Davies möchte uns Tee kochen.«

Elizabeth grinste erneut. »Okay, bei einer Tasse Tee bin ich gern dabei.«

Zögerlich betrat ich den Flur und war überrascht, wie eng er war. Ich wusste bereits, dass englische Häuser im Vergleich zu amerikanischen Gebäuden winzig wirkten. Aber dieses Haus fühlte sich an wie ein Puppenhaus.

Dennoch strahlte es Behaglichkeit aus. Die Wände hatten einen dunklen Rotton. Weiße Möbelstücke sorgten für Helligkeit ebenso wie geschickt angebrachte Deckenleuchten.

Mr Davies deutete auf eine Tür links vom Flur. »Gehen Sie doch bitte schon ins Wohnzimmer. Ich bin gleich bei Ihnen.«

Fragend schaute ich zu Elizabeth, die amüsiert die Brauen hob und zum Wohnzimmer nickte.

Langsam ging ich voran. Der Raum war in einem warmen Karamell gestrichen. Ein großes dunkelrotes Sofa dominierte den Raum. Dazu gab es einen kleinen runden Tisch und mehrere Bücherregale. An den Wänden hingen Fotos in unterschiedlichen Rahmen. In einem kleinen Kamin prasselte ein Feuer.

»Sehr gemütlich«, bemerkte Elizabeth, als Mr Davies mit einem Tablett zu uns kam.

»Etwas klein, aber Sarah und ich fühlen uns hier wohl. Bitte nehmen Sie doch Platz.«

Da es nur das Sofa gab, setzten Elizabeth und ich uns nebeneinander dorthin. Mr Davies stellte das Tablett auf dem Tisch ab. Eine geblümte Teekanne befand sich darauf, ein dazu passendes Milchkännchen und ein kleiner Teller mit Zucker.

»Wie trinken Sie Ihren Tee?«, erkundigte sich der Herr des Hauses.

»Mit einem Tropfen Milch und einem Stück Zucker«, sagte Elizabeth. Da ich mich nicht äußerte, fügte sie hinzu: »Und Mr Stone trinkt ohne Milch und ohne Zucker.«

Ich beobachtete den älteren Herren. Er wirkte schmal, sogar beinahe gebrechlich. Doch seine Augen waren lebhaft, und ein leichtes Schmunzeln lag auf seinen Lippen.

»Möchte jemand einen Keks? Ich habe noch irgendwo diese ganz vorzüglichen Schokokekse, die eine liebe Nachbarin gebacken hat.«

»Keine Umstände, bitte«, erwiderte ich.

Mr Davies setzte sich zu mir, und wir boten ganz sicher einen ulkigen Anblick zu dritt nebeneinander auf dem Sofa.

»Wie gefällt Ihnen England, Mr Stone? Ist sicher sehr kalt und nass im Vergleich zu Ihrem schönen Kalifornien.«

Ich nahm die Teetasse, die wie Puppengeschirr in meinen großen Händen wirkte. »Tatsächlich mag ich Regen. Und ich schätze die Menschen.«

Elizabeth gab einen belustigten Laut von sich. »Boss, es wäre mir neu, dass Sie Menschen mögen.«

»Engländer schon … irgendwie.« Mein Blick fiel auf ein Foto über dem kleinen Fernseher. Eine Familie am Strand, im Hintergrund war eine herrschaftliche Burg zu sehen. »Und Waliser mag ich besonders.«

Mr Davies kicherte leicht. »Da haben Sie gerade noch mal die Kurve bekommen. Aber ich gebe Ihnen einen Rat: immer sehr vorsichtig sein mit der Entscheidung, wem man seine Zuneigung schenkt.« Er deutete auf das Foto. »Schauen Sie es sich gern an. Das war in den Sommerferien, als Sarah sechs Jahre alt war.«

Ich stellte die Tasse wieder ab. Es brauchte nur zwei Schritte, um direkt vor dem Bild zu stehen. Mr Davies in jüngeren Jahren war ein drahtiger Kerl gewesen. Das kleine Mädchen trug einen rosa Badeanzug und steckte mit den Händen tief im Sand. Neben ihr saß eine Frau mit glattem brünettem Haar, das ihr bis zur Taille reichte. Sie wirkte sehr fröhlich, und ich erkannte, von wem Sarah ihr Lachen geerbt hatte.

»Da wusste sie es schon«, erklärte Mr Davies leise. »Das

mit dem Krebs, meine ich. Aber sie hat sich gegenüber Sarah nie etwas anmerken lassen. Meine Francis war eine Kämpferin. Sie hat bis zum Ende gekämpft, um für Sarah da zu sein.«

Ich drehte mich zu ihm um. Mr Davies lächelte mich traurig an. »Sarah ist genauso eine Kämpferin.«

Ich schluckte. »Ich weiß.«

»Ihre Frau war eine wundervolle Sängerin«, warf Elizabeth ein. »Meine Großmutter hat sie so gerne in der Oper bewundert.«

»Freut mich sehr, das zu hören. Francis hat mit ihrer Stimme die Menschen erreicht. Es war ein großes Geschenk, ihr Ehemann sein zu dürfen.«

Die Liebe, die dieser Mann für seine verstorbene Frau empfand, erfüllte den ganzen Raum. Sie steckte in jedem Foto, das an der Wand hing. Ganz besonders aber in der Art, wie er über sie sprach.

Ich atmete tief durch. Es war möglich, einen Menschen über den Tod hinaus zu lieben. Bisher hatte ich es für ein Gerücht gehalten, eine romantische Idee, die in Büchern und Filmen verbreitet wurde.

»Wie haben Sie sich kennengelernt?«, fragte Elizabeth sanft nach.

Ein Strahlen trat auf das Gesicht von Mr Davies. »Ich war Bühnenarbeiter, sie der Star der Oper. Sie ist über ein Brett gestolpert, das ich noch nicht fertig montiert hatte, und ich fing sie auf, bevor sie zu Boden fiel.«

»Klingt nach Liebe auf den ersten Blick.«

Mr Davies lachte und schüttelte den Kopf. »Ganz und gar nicht. Sie hat mich ausgeschimpft, wie dämlich und unfähig ich doch sei. Ihr Kleid war an einer Stelle eingerissen ... Ich habe dafür gesorgt, dass es so schnell wie möglich genäht wurde, weil ich die Schneiderinnen gut kannte. Es war gerade noch rechtzeitig zu ihrem Auftritt fertig. Am nächsten Tag habe ich ihr eine kleine Karte mit einer Entschuldigung und einen Strauß Blumen in die Garderobe gebracht. Es war lächerlich. Sie bekam so viele Blumensträuße, Rosen ... Kostbare Gestecke. Ich hatte nicht so viel Geld, also habe ich Vergissmeinnicht und Gänseblümchen am Waldrand gepflückt.« Er hielt inne und sah in die Leere.

Ich glaubte nicht, dass Mr Davies noch wahrnahm, dass Elizabeth und ich hier waren.

»Die Karte hatte ich selbst gezeichnet: ein Clown mit einer Träne im Augenwinkel. Nach einer ihrer Vorstellungen begegneten wir uns wieder. Sie bedankte sich für die Karte, sagte aber, ich sollte mir nicht einbilden, dass sie nun anders über mich dachte. Also habe ich ihr noch eine Karte gezeichnet. Diesmal mit einem lachenden Clown. Ich wollte sie zum Lachen bringen. Deswegen der Clown. Ich schenkte ihr jeden Tag eine Karte, drei Monate lang. Sie hat sie alle aufgehoben. Nach der letzten Vorstellung der Saison fragte sie mich, ob ich nicht nur zeichnen, sondern auch kochen könnte.« Er hob die Schultern und wirkte wie ein Schuljunge. »Was für ein Glück, dass ich die beste Lasagne der Welt zubereite. So habe ich sie erobert.«

»Das ist so ... unglaublich schön.« Elizabeth rückte näher an ihn heran und drückte eine Hand des älteren Mannes.

Mr Davies tätschelte ihre. »Wenn man etwas so Kostbares gefunden hat, darf man es nicht mehr loslassen, wissen Sie.«

»Ich weiß.« Elizabeth blickte zu mir.

Ich wagte es nicht, Mr Davies anzusehen, sondern betrachtete ein weiteres Foto. Es zeigte Sarah als Teenager, ganz in Schwarz gekleidet, vielleicht auf dem Emo-Trip. Sie stand vor einer anderen Burg und schaute irgendwohin in die Ferne.

»Ich finde, Sie sollten zu ihr fahren«, sagte Mr Davies leise. »Was auch immer Sie für meine Tochter empfinden ... sagen Sie es ihr.«

Ein dicker Kloß saß in meinem Hals, und ich musste mich räuspern, bevor ich sprechen konnte. »Und wenn ich aus geschäftlichen Gründen hier bin? Sie ist meine Anwältin. Womöglich brauche ich ihre Hilfe.«

»Wir wissen beide, dass Sie nicht deswegen hier sind.«

»Und wo soll ich sie finden?«

»Nun, Sie könnten sie anrufen mit diesen neumodischen Dingern, die man Handy nennt.« Mr Davies grinste schelmisch. »Oder ich nenne Ihnen den Pub, in den sie jeden Freitag mit ihren Freundinnen geht, um das Wochenende einzuläuten.«

Überrascht sah ich auf. »Das … ist nicht notwendig. Ich möchte sie nicht belästigen.«

Elizabeth erhob sich. »Kommen Sie, Boss. Springen Sie über Ihren Schatten. Sie mögen Sarah. Es ist Zeit, dass Sie sich mit ihr aussprechen.«

Beide starrten mich erwartungsvoll an.

Mein altes Ich sträubte sich dagegen. Es flüsterte mir mit kaltem Hauch zu, dass es ohnehin nichts werden würde. Warum sollte Sarah mir überhaupt zuhören? Sie hatte sich die ganze Woche distanziert verhalten. Und ich brauchte niemanden. Ich war bisher immer zufrieden damit gewesen, allein zu sein.

Doch da war dieses neue Ich. Nun, nicht ganz neu, aber sehr lange sehr schweigsam gewesen. Es hatte sich in einer kleinen Ecke verkrochen, war still und leise gewesen.

Bis Sarah in meinem Leben aufgetaucht war. Nun hatte es seine Stimme wiedergefunden und rief gegen das eisige Flüstern an: *Ja!*

Ich räusperte mich. »Elizabeth, könntest du mich bitte zu diesem Pub fahren?«

Meine Chauffeurin jubelte auf. »Aber natürlich, Boss.« Sie zwinkerte Mr Davies zu und stellte ihre Teetasse ab.

Keine zwei Minuten später saß ich auf der Rückbank meiner Limousine und wagte es kaum, zu Elizabeth zu sehen.

»Wie lange dauert die Fahrt?«

»Nicht lange. Ich kenne eine Abkürzung.«

Der Pub lag unweit von Canary Warf. Sicher gingen hier viele Berufstätige nach Feierabend etwas trinken.

»Ich kann dort vorn in der Seitenstraße parken«, schlug Elizabeth vor. »Das wäre dann ein etwas dezenterer Auftritt.«

Ich trug noch immer den Smoking. In diesem Outfit in einen Pub zu gehen war wohl nicht gerade dezent. Aber ich war nicht hier, um mir einen Drink zu gönnen. Nur wegen Sarah war ich hier.

Einige Köpfe drehten sich zu mir um, als ich den Pub betrat. Blicke blieben an mir haften. Ich ignorierte sie so gut es ging.

Laute Rockmusik, Gegröle und Unterhaltungen füllten den Raum, der voller Menschen war. Es roch nach Alkohol und einer Mischung aus abgestandener Luft, Aftershave und Schweiß.

Langsam ging ich zwischen den Gästen umher, stieß gegen Ellbogen, entschuldigte mich, fiel beinahe über einen Rucksack, presste mich an einer Gruppe Männer vorbei, die das Lied aus den Lautsprechern mitsangen.

Ich fragte mich, ob Sarah überhaupt noch da war. Womöglich hatte sie bereits den Heimweg angetreten. Dann erhaschte ich einen Blick auf sie.

Sie befand sich an einem Tisch am anderen Ende des Raumes zusammen mit drei jungen Frauen, eine davon war ihre rothaarige Kollegin Rebecca Moore.

Ein Mann saß neben ihr, breitschultrig, dunkelhaarig, gut aussehend. Und anscheinend kannten sie sich gut. Sarah hatte ihren Kopf an seine Schulter gelehnt und strahlte ihn an. Der Fremde erwiderte ihren Blick und legte einen Arm um Sarah.

Eifersucht umklammerte mein Herz, kalt und unnachgiebig. Ich ballte die Hände zu Fäusten, unfähig, weiterzugehen.

Ich war so ein Trottel. Hatte ich wirklich geglaubt, Sarah würde auf mich warten? Sich nach mir sehnen? Eine Frau wie sie war anbetungswürdig. Das erkannten natürlich auch andere Männer.

Warum sollte Sarah jemals etwas für mich empfinden, wenn sie einen Mann haben konnte, der unbekümmert mit ihr lachte? Seinen Arm um sie legte. Bei dem sie frei sein konnte ...

Ich schloss die Augen. Jede Faser meines Körpers schmerzte, als ich mich dazu zwang, mich umzudrehen. Schritt für Schritt entfernte ich mich von Sarah.

Eine junge Frau trat mir in den Weg. »Hey, willst du schon gehen? Meine Freundinnen und ich würden uns freuen, wenn du mit uns was trinken würdest.«

Sie hatte wohl offensichtlich schon einige Drinks gehabt, so wie sie mit diesem glasigen Blick redete.

»Sorry, kein Interesse.«

»Ooooooh, du bist Amerikaner! Wow, bitte komm doch mit an unseren Tisch.«

Sie deutete zu einer Gruppe kichernder Damen, die mir neugierige Blicke zuwarfen.

»Nein, ich werde jetzt gehen.«

»Echt schade.« Sie ließ ihren Blick über meinen Smoking wandern. »Bist echt hot.«

Kopfschüttelnd ging ich weiter. Ich hatte schon fast die Tür erreicht, da spürte ich eine zarte Berührung an meiner Schulter.

Unwirsch drehte ich mich um. »Ich habe doch gesagt –« Ich zuckte zusammen.

Vor mir stand Sarah. Sie schien wenig beeindruckt von meinem barschen Verhalten. »Stone, was machst du hier?«, fragte sie ruhig. In ihrem Blick lag Verwirrung ... aber auch etwas anderes. Sie lächelte.

Kaum zu glauben, dass sie mich anlächelte, nachdem ich

ihr gestern an den Kopf geworfen hatte, mich an die Presse verraten zu haben.

Ich fuhr mir übers Haar. »Es tut mir leid, ich sollte nicht hier sein. Es war ein Versehen.«

»Ein Versehen?« Sie verschränkte die Arme vor der Brust. »Du bist also ganz zufällig im selben Pub wie meine Kolleginnen und ich? Noch dazu im Smoking.«

Ich sah über ihre Schulter hinweg dorthin, wo sie gesessen hatte. Der dunkelhaarige Typ starrte finster in meine Richtung.

»Jemand erwartet dich.« Ich drehte mich um, bevor ich meine Aussage bereuen konnte.

Doch Sarah griff nach meiner Hand. »Er ... ist nur ein alter Freund. Was ist los?«, fragte sie sanft. »Solltest du nicht auf irgendeiner Charity-Veranstaltung einen Haufen Geld ausgeben?«

»Da war ich auch ... Aber ...« Mein Hals schnürte sich zu. Ich spürte erneut die neugierigen Blicke. »Können wir irgendwo anders reden? Wo es ruhiger ist?«

Sie biss sich auf die Unterlippe.

Gott, wie sehr sehnte ich mich plötzlich danach, mit ihr allein zu sein. Sie in die Arme zu ziehen und nie wieder loszulassen. Diese Lippen zu küssen ...

»Ja, ich komme mit dir. Ich hole nur schnell ...«

Ehe sie den Satz zu Ende sprechen konnte, stand Ms Moore neben ihr und drückte ihr ihre Handtasche und ihren Mantel in die Arme. »Ich denke, die wirst du brauchen.« Ms Moore grinste mich verschmitzt an, und ihre Wangen glühten. »Hi, Mr Stone.«

»Hi, Ms Moore.« Ich schaffte es, ihr Grinsen zu erwidern. »Tut mir sehr leid wegen gestern. Ich hoffe, Sie nehmen es mir nicht übel.«

»Hmm, womöglich klären Sie die Angelegenheit besser

mit Sarah.« Sie zwinkerte mir zu. »Aber ich nehme Ihre Entschuldigung gerne an.«

Sarah nickte ihr zu. »Danke, dass du mir meine Sachen gebracht hast, Becks. Sag den anderen Tschüss von mir.«

»Schon klar. Genieße den … ähm … Rest des Abends.« Sie
winkte mir vergnügt zu und verschwand in der Menge.

Sarah nahm erneut meine Hand. »Wir können gehen.«

19. Sarah

»Hey, Sarah, schön, dich zu sehen«, flötete Elizabeth, als wir in den Wagen stiegen.

»Guten Abend. Danke für den Fahrdienst. Mal wieder.«

Sie zwinkerte mir über den Rückspiegel zu. Dann drehte sie sich zu Stone. »Wohin fahren wir jetzt? Zurück nach Richmond?«

Stone sah erst mich, dann seine Fahrerin an. »Nein, zu meinem Appartement.«

Ich nickte, und mein Herz schlug schneller. »Du warst in Richmond?«

»Dein Dad hat mir gesagt, wo ich dich finden kann.«

»Hmm.« Ich sollte mich wohl mit meinem Dad über die Vorzüge von Handys unterhalten. Er hätte mich ruhig vorwarnen können. Was aber nichts daran änderte, dass Stone auf einmal mit mir reden wollte. Sehr dringend sogar, wenn er mitten in der Nacht durch ganz London fuhr, um mich zu finden. »Hast du herausgefunden, wer dich an die Presse verraten hat? Ich könnte Schadensersatzansprüche gegen die Person prüfen. Vielleicht können wir rechtlich gegen Sie vorgehen.«

»Was?« Er schüttelte den Kopf und sah mich an. Seine graublauen Augen durchbohrten mich. »Nein, leider noch nicht.«

Wir hielten uns noch immer an der Hand. Seine Finger waren lang und kräftig. Ob man wohl vom Footballspielen solche kräftigen Hände bekam? Ich erinnerte mich daran, wie er mich im Keller des alten Hauses festgehalten hatte. Die Hitze stieg in meine Wangen.

Er starrte aus dem Fenster hinaus in das nächtliche London. Was beschäftigte ihn so sehr, dass es nicht bis Montag warten konnte?

»Stone, was ist los?«, fragte ich.

»Du musst mich für ein Arschloch halten«, murmelte er, den Blick noch immer aus dem Fenster gerichtet.

»Hmm, womöglich hatte ich schon einmal einen solchen Gedanken. Ja.«

Elizabeth kicherte auf dem Fahrersitz.

Stone betätigte einen Schalter, sodass die Trennscheibe zwischen Fahrerraum und Heck hochfuhr.

Ich verkniff mir ein Lachen. Stone meinte es ernst. Er haderte mit irgendetwas, und ich war mehr als gespannt, es zu erfahren.

»Ich muss mich bei dir entschuldigen.« Er rückte zu mir herum und sah mich wieder direkt an.

»Weil du mich vor meinem Chef beschuldigt hast, dass ich dich an die Presse verraten haben könnte?« Mein Herz sank. »Das war ziemlich heftig.«

»Ich weiß. Dabei sagte mir mein Gefühl, dass es überhaupt nicht sein könnte.« Sein Blick fiel auf unsere ineinander verschlungenen Finger. Mit dem Daumen streichelte er über mein Handgelenk. »Und es gibt noch einen weiteren Grund: Wegen des Interviews.«

Ich presste fest die Lippen aufeinander, weil ich kaum glauben konnte, was er sagte.

»Diese dämlichen Reporter. Sie verfolgen mich und meine Mum, seit ich ein Kind war. Sie haben uns nie in Ruhe gelassen. Weißt du, was das mit einem Kind macht, wenn es niemals auch nur ungestört auf einen Spielplatz gehen kann, um mit seinen Kumpels zu spielen? Wenn jeder Schritt von fremden Menschen begleitet wird, die mehr über einen wissen wollen? Sie lauern dir vor der Schule auf, sie machen Fotos von deinen Freundinnen. Wollen alles wissen.«

Zum ersten Mal sprach er von seiner Kindheit. Ich wagte es kaum, mich zu bewegen, weil ich ihn nicht unterbrechen wollte.

»Eines Abends ... wir kamen gerade von einer Schulveranstaltung, meine Mum und ich. Da fuhren sie ziemlich dicht auf mit ihren Motorrädern. Einer fuhr neben uns und versuchte, in das Auto hineinzufilmen. Sein Motorrad streifte unser Auto, überschlug sich und kam vor unserem Fahrzeug auf der Fahrbahn zum Liegen. Unser Chauffeur versuchte, auszuweichen. Dabei geriet unser Auto ins Schleudern und raste eine Böschung hinab.«

Er stockte und hielt den Blick weiterhin auf unsere Hände gerichtet.

Seine Worte schnürten mir die Kehle zu. »Wie alt warst du da?«, krächzte ich.

»Acht. Aber ich kann mich noch heute an das Geräusch des Motors erinnern ... an die Schreie meiner Mutter.« Er räusperte sich. »Unser Chauffeur hat sich beide Arme gebrochen. Meine Mum trug eine Kopfverletzung davon, sie lag drei Wochen im Koma.«

»Wie furchtbar.«

»Aber was noch schrecklicher war: Mein Vater kam in diesen drei Wochen kein einziges Mal im Krankenhaus vorbei. Er hat dem Chauffeur gekündigt, obwohl er sein Bestes gegeben hat, den Unfall zu verhindern. Aber er ist nie ins Krankenhaus gekommen. Ich bin mit meiner Nanny jeden Tag nach der Schule bei Mum gewesen, habe meine Hausaufgaben an ihrem Bett gemacht ... Bis sie eines Tages die Augen wieder öffnete und mich anlächelte.«

Ich atmete erleichtert aus. Dabei wusste ich, dass seine Mum heute noch am Leben war. Aber welchen Schaden hatte diese kleine Kinderseele davongetragen?

»Dein Vater musste sicher viel arbeiten.«

Väter, deren Arbeit so wichtig waren, dass sie private Termine nicht wahrnehmen konnten, kannte ich. In meinem Bekanntenkreis gab es einige davon. Grundsätzlich aber wollten sie nur das Beste für ihre Familien: ein schönes Haus, Urlaube ... genug Geld, um sich niemals Sorgen zu machen.

Stone aber gab ein verächtliches Schnauben von sich. »Die Arbeit wurde von seinen Assistenten erledigt. Nein, zwei Tage nach dem Unfall flog er mit seiner damaligen Geliebten auf die Bahamas und verbrachte einen heißen Liebesurlaub mit ihr. Die Zeitungen waren voll von ihren Bildern. Er scherte sich überhaupt nicht um Mum ... um mich noch weniger. Er wollte nur, dass ich sein Imperium fortführe. Deswegen hat er mich zum Wirtschaftsstudium gedrängt, mir gedroht, dass er mir keinerlei finanzielle Unterstützung zukommen ließe, wenn ich mich weiter auf die Football-Karriere konzentrierte.«

Seine Finger verkrampften sich.

Ich streichelte über die hervortretenden Knöchel.

»Ich habe ihm die Stirn geboten, habe so hart trainiert, wie es ging. Habe auf Partys verzichtet, alles dafür getan, um mein eigenes Leben führen zu können, unabhängig von seinem Geld und seinem Einfluss.«

»Bis zur Schulterverletzung.«

Er nickte. »Bis zur Schulterverletzung.« Er entzog mir seine Hand. »Ich habe dir noch nicht erzählt, wie es dazu kam.«

Irgendwas sagte mir, dass es eine krasse Geschichte war, kein normaler Sportunfall. »Nein, hast du nicht«, bestätigte ich. Ich hätte gern seine Hand weiter in meiner gehalten, aber er benötigte offensichtlich einen Moment für sich.

»Es waren zwei Typen, die nach dem Training auf mich warteten. Sie mussten schon ein paar Tage herumgelungert haben, denn sie passten einen Moment ab, in dem ich allein war und keiner meiner Kumpels oder Trainer in der Nähe war. Sie stießen mich in eine dunkle Ecke, prügelten auf mich ein ... Einer von ihnen hatte einen Baseballschläger dabei.«

»O Gott«, entfuhr es mir.

Stone nickte. »Er hat gezielt auf meine Schulter eingeschlagen. Nicht auf meinen Kopf, nicht auf meinen Rücken oder meine Beine. Nur auf die Schulter. Sie war mehrfach gebrochen und musste später viermal operiert werden.«

Wut stieg in mir auf. Welche Idioten zerstörten die Träume eines Jungen, sein Leben und seine Zukunft mit einer solchen Aktion? »Haben Sie dich bestohlen? Wurden sie je gefasst?«

»Nein und … nein. Die Kerle wurden nie gefasst. Sie trugen Skimasken, redeten keinen Ton, ich hatte keine Täterbeschreibung.«

Die Sehnen in seinem Hals hatten sich angespannt. Er blickte aus dem Fenster, gefangen von seiner Erinnerung.

»Darf ich deine Hand halten?«, fragte ich leise. »Nur wenn du die Berührung ertragen kannst.«

Er nickte und reichte mir seine Hand, die ich behutsam in meine nahm.

»Es war mein Vater.«

Verwirrt blinzelte ich. »Was war dein Vater?«

»Er hat die Typen engagiert. Sie sollten dafür sorgen, dass ich nie wieder trainieren konnte und meine Karriere vorbei war, bevor sie überhaupt richtig begonnen hatte.«

»Scheiße. Wie hast du es herausgefunden?«

»Er hat es mir später selbst gesagt. Da lag er selbst im Sterben, hatte nur noch ein paar Tage zu Leben. Ich bin zu ihm ins Krankenhaus gefahren, um mit ihm meinen Frieden zu schließen.« Stone schnaufte. »Er sagte es mit einem fetten Grinsen im Gesicht. Der alte Mann wusste, was er mir damit angetan hat und meinte, er sei froh, dass ich noch den Weg gefunden habe, den er für mich bestimmt hat. Deswegen habe ich mir nach seinem Tod geschworen, dass ich mich auf meine Weise rächen werde. All das Geld, das er und seine Vorfahren angesammelt haben, werde ich für wohltätige Zwecke ausgeben. Einen Teil habe ich bereits in die Firma meiner Mutter gesteckt und dafür gesorgt, dass es ihr niemals an etwas fehlen wird. Aber ich konnte nicht in Amerika bleiben. Jedes Mal, wenn mir eine Kamera vors Gesicht gehalten wurde, wusste ich, dass ich noch immer nicht mein eigenes Leben führte. Ich brauchte etwas anderes ... und hoffte, in England noch einmal neu starten zu können.«

Schweigen.

Was sollte ich auch sagen in diesem Moment? Jetzt wunderte es mich nicht mehr, dass er über das Auftauchen der Reporter so wütend gewesen war.

Stone rückte näher an mich heran und legte zärtlich eine Hand an meine Wange. »Ich habe versucht, dich zu beschützen, Sarah. Ich wollte nicht, dass du ebenfalls in diesen Sog der Öffentlichkeit hineingezogen würdest. Ich wollte nicht, dass diese Menschen Dinge über dich schreiben, die nicht stimmen. Dass sie in deinem Leben herumwühlen und dein Privatleben auf den Kopf stellen. Und gleichzeitig war da dieser Verdacht, den ich nicht loswurde. All die Jahre traten immer wieder Menschen in mein Leben, die sich an meinem bekannten Namen bereichern wollten. Sie wollten ebenfalls berühmt werden, oder wenn sie es schon waren, dann eben noch berühmter. Für eine kurze Zeit habe ich diese innere Stimme gehört, die mir sagte, dass du einfach zu gut bist, um wahr zu sein. Dass du vielleicht doch zu dieser Art von Mensch gehören könntest.«

Mein Verstand versuchte noch immer, zu begreifen, was Stone mir da gerade erklärte, während mein Herz galoppierte. »Und jetzt glaubst du das nicht mehr?«

Er schüttelte den Kopf. »Und ich brauche keine Beweise dafür. Ich vertraue dir. Das ist mir vorhin klar geworden. Deswegen musste ich mit dir reden. Weil ich ein Idiot bin und hoffe, du kannst einem Kerl verzeihen, der zu dumm ist, auf sein Herz zu hören.«

Im Interview hatte er gesagt, er habe in ganz London noch keine Frau getroffen, die all seinen Erwartungen entsprechen würde ...

20. Sarah

Der Wagen hatte angehalten. Elizabeth klopfte an die Scheibe.

»Wir sind da«, bemerkte Stone.

Ich nickte wie benommen. Stone hielt mir beim Aussteigen die Tür auf. Dann entließ er seine Chauffeurin für heute aus dem Dienst.

Gut, es war spät. Ich konnte mir nachher noch ein Taxi rufen.

Stone nahm meine Hand und ging mit mir zum Fahrstuhl. In den geschlossenen Türen erkannte ich unser Spiegelbild. Ich reichte Stone gerade mal bis zur Schulter. Ich legte den Kopf schief. Es war, als kämen wir aus zwei verschiedenen Welten. Er, der mondäne Millionär im Smoking, und ich, die Anwältin in ihrem Cordrock mit Bluse und Pullunder.

Die Fahrstuhltür öffnete sich, und wir gingen hinein. Wir waren allein. Stone zückte eine Schlüsselkarte und drückte den obersten Knopf. Natürlich wohnte er im Penthouse, wo sonst?

Stone hob die Hand. »Darf ich?«

Ich blinzelte verwirrt. »Was ist?«

Er streifte mir eine Haarsträhne aus dem Gesicht und klemmte sie hinter mein Ohr.

Unsere Blicke fanden sich, hielten einander fest.

Stone legte beide Hände um mein Gesicht. »Danke, dass du mir die Gelegenheit gegeben hast, mich zu erklären.«

»Ich … konnte nicht anders«, gestand ich.

Eine kleine Falte bildete sich zwischen seinen Brauen. »Warum konntest du nicht anders?« Er beugte sich ein wenig zu mir herunter. Sein Atem streichelte mein Gesicht.

»Weil ich erfahren wollte, was wirklich in dir vorgeht.« Ich schluckte, und sein Blick senkte sich auf meine Lippen.

Das »Ping« des Fahrstuhls ließ mich zusammenzucken.

Stone lächelte leicht, nahm mich an der Hand und führte mich aus dem Fahrtsuhl hinaus in den Flur und durch eine weitere Tür in sein Appartement.

Stone nahm mir den Mantel ab und legte ihn über die Kommode neben der Eingangstür.

»Möchtest du etwas trinken?«, fragte er und bewegte sich durch den großen Raum, sein Wohnzimmer, zu einer Tür links von uns.

»Gerne. Ein Glas Wasser, bitte.«

Mir fiel der dunkle, hochglänzende Boden auf. Es musste sehr viel Arbeit sein, ihn sauber zu halten. Ich zog meine Stiefel aus und stellte sie neben die Eingangstür. Meine Füße, die in einer dunklen Strumpfhose steckten, hätten wohlig aufgeseufzt, wenn sie dazu in der Lage gewesen wären. Die Fußbodenheizung wärmte sie angenehm von unten.

Ich schlenderte zum überdimensionalen Sofa, das mit dunkelgrünem Wildleder bezogen war. Ein Glastisch stand davor. An der Wand hing ein riesiger Fernseher. Gegenüber davon befanden sich mehrere Regale mit Büchern und eine weitere Tür.

Stone kehrte mit zwei Gläsern und einer Wasserkaraffe zurück.

»Ich habe keinen Baileys, aber magst du einen Scotch?«

Die meisten Whiskys waren mir zu stark. Aber einen Schluck konnte ich jetzt gut gebrauchen. Also nickte ich.

Er stellte das Wasser auf dem Glastisch ab und begab sich zu einer Konsole, auf der mehrere Flaschen und Tumbler standen. Nachdem er davon eingeschenkt hatte, kam er zu mir und reichte mir eines der Gläser mit der bernsteinfarbenen Flüssigkeit.

Wir prosteten einander zu, und ich nahm einen kleinen

Schluck. Der Whisky war zwar stark, aber er war gar nicht rauchig und fühlte sich angenehm in meinem Mund an. Als ich ihn hinunterschluckte, breitete sich eine angenehme Wärme in mir aus.

Stone schob die Schuhe von seinen Füßen und nahm auf dem Sofa Platz. »Möchtest du dich zu mir setzen?«

»Sicher.« Die Spannung zwischen uns prickelte unter meiner Haut. Es fühlte sich ein wenig wie auf dem Boot an.

Ich legte den Kopf schief und versuchte, meine Gedanken zu sortieren. »Als du gesagt hast, dass du bisher keine spannende Frau in London getroffen hast …«

Er sah mich direkt an. Mein Herz setzte für einen Moment aus. »War das gelogen. Um dich zu schützen. Um *uns* zu schützen.«

Ich schüttelte den Kopf. »Aber … warum hast du es mir nicht gesagt? Davor oder danach?«

»Weil ich nicht wusste, wie ich es ausdrücken sollte.«

Er rutschte etwas näher zu mir heran. Unsere Knie berührten sich, und ich fühlte mich wie elektrisiert.

»Dass es eine Frau gibt, die mein Herz berührt hat. Eine Frau, die ich unbedingt weiter kennenlernen möchte.«

Er griff nach meiner Hand und legte sie auf sein Herz. Ich fühlte seine Brustmuskeln, und Wärme schoss in meine Mitte. Ihm so nah zu sein berauschte mich jedes Mal.

Sein Blick fing meinen auf. »Sarah, ich bin ein Idiot. Bitte verzeih mir. Manchmal weiß ich einfach nicht … wie ich mit meinen Gefühlen umgehen soll, wie ich sie ausdrücken kann.«

Weil er Angst hatte, verletzt zu werden. Nun da ich wusste, welch großen Schaden sein Vater angerichtet hatte, verstand ich auch, warum Roderick Jameson Fitzgerald seinen Namen geändert hatte. Noch mehr, warum er eine Wand aus Eis um sich herum errichtet hatte. Um sein Innerstes zu schützen.

Aber für mich hatte er diesen Schutzwall gesenkt. Er erlaubte, dass ich einen Blick auf sein Innerstes erhaschte, seinen weichen Kern. Wärme umhüllte mein Herz, und Schmetterlinge tanzten in meinem Bauch.

Ich stellte das Whiskyglas ab und legte meine Hand auf sein Knie. »Danke, dass du mir das alles erzählt hast. Es bedeutet mir sehr viel, dass du offen zu mir bist.«

Er beugte sich zu mir und hauchte einen Kuss auf meine Wange. Seine Lippen waren warm, und er roch nach dem Whisky, den wir gerade getrunken hatten, und seinem Aftershave.

Ich wollte ihn noch viel näher spüren. Meine andere Hand wanderte in seinen Nacken. Seine Haut war warm und zart, bis sich eine Gänsehaut bildete. Meine Berührung löste also etwas in ihm aus. Mit einem Mut, den ich mir selbst nicht zugetraut hätte, umfasste ich sein Haarband und zog es aus dem Zopf.

Er grinste. »Hat dich das gestört?«

»Der Zopf? Nein, aber ich wollte dich mit offenen Haaren sehen.«

Er schüttelte den Kopf, und sein goldfarbenes Haar fiel wie eine Löwenmähne auf seine Schultern. Helle Strähnen glänzten im Licht der zahlreichen Deckenlämpchen, die wie ein Sternenhimmel über uns leuchteten.

In Kombination mit dem kantigen Kinn und den graublauen Augen war dieser Mann einfach nur als schön zu bezeichnen. Adonis wäre erblasst vor Neid.

Ich ließ meine Hand in sein Haar gleiten und rutschte näher an ihn heran. Dabei schob ich mein Bein über seines, sodass mein Oberschenkel über seinem lag.

Stone nahm das Klämmerchen aus meinem Haar und legte es auf den Tisch. Dann fuhr er mir durchs Haar und hauchte einen Kuss auf meine Stirn. Die Zeit stand still, die Welt hatte aufgehört sich zu drehen.

Stone umfasste mein Gesicht mit beiden Händen, sah

mich lange an und senkte dann den Blick auf meine Lippen. Ich schloss die Augen und wagte nicht zu atmen. Hauchzart streiften seine Lippen meinen Mund. Ich vergrub meine Finger in seinem Haar. Ein leises Grollen entrang sich seiner Kehle.

Überrascht öffnete ich die Lider und erkannte die Anspannung in seinem Gesicht. Seine Augen waren nicht mehr kalt, sie loderten. Niemals hatte mich je jemand so angesehen. Nie hätte ich damit gerechnet, dass ich diese Wirkung in einem Mann hervorrufen könnte.

Ich legte meine Hände auf seine Brust, deren Muskeln sich hart unter dem dünnen Stoff abzeichneten. Langsam öffnete ich den obersten Knopf des Hemdes.

Stone zerrte sein Jackett vom Leib, und seine Nasenflügel bebten, als er die Luft einsog. Ich hatte den zweiten Knopf geöffnet und berührte die kleine Kuhle unterhalb seiner Kehle.

»Ist dir kalt?«, fragte ich, als sich die Gänsehaut auch hier ausbreitete.

»Kalt?« Er gab einen belustigten Laut von sich. »Genau das Gegenteil ist der Fall.«

Ich schob mich noch weiter auf seinen Schoß, wobei mein Rock nach oben rutschte. Stones Erregung drückte hart gegen meine weiche Mitte.

»Du weißt nicht, was du mit mir anstellst.« Seine Stimme klang heiser.

»O doch, das weiß ich ganz genau«, flüsterte ich und bewegte mein Becken.

Er umfasste meinen Hintern und drückte mich fester an ihn. »Sicher?«

»Ganz sicher.«

Ich öffnete Knopf für Knopf. Als ich es endlich geschafft hatte, zog ich sein Hemd mit einem Ruck nach hinten. Sein Oberkörper hob und senkte sich, als müsse Stone sich um gleichmäßiges Atmen bemühen.

Mit stiller Bewunderung betrachtete ich seine glatte Haut und seinen muskulösen Oberkörper. Er war beinahe makellos. Doch auf der linken Schulter zeichneten sich feine Linien ab. Die Narben der Operationen. Vorsichtig fuhr ich sie mit dem Zeigefinger nach.

»Schmerzt die Schulter?«

»Eigentlich kaum noch. Es ist Jahre her. Und durch einen konstanten Muskelaufbau konnte ich Knochen und Gelenke entlasten.«

Er griff nach dem Saum meines Pullunders und sah mich fragend an. Ich nickte und hob die Arme, sodass er ihn mir ausziehen konnte.

Als Nächstes folgte meine Bluse, die er langsam öffnete, genauso wie ich zuvor sein Hemd. Nervös beobachtete ich seine Reaktion auf meine Brüste. Sie waren nicht besonders groß, aber ich mochte sie genau so, wie sie waren.

Stone beugte sich nach vorn und streifte mit seinen warmen Lippen meine Schlüsselbeine. Wie von selbst lehnte ich mich nach hinten, gehalten von seinen kräftigen Händen in meinem Kreuz. Sein weicher Mund liebkoste die Stelle zwischen meinem Brüsten.

Ein Schauer der Lust überkam meinen Körper und trieb mir die Hitze in die Wangen. Mit den Zähnen zog er eine Seite des BHs herunter. Zärtlich küsste er meine Brustwarze, die vor Verlangen hart war.

Geschickt schaffte er es, mir den BH mit einer Hand auszuziehen. Seine Zunge umspielte die andere Brustwarze, bevor er vorsichtig daran knabberte.

Ich schrie leise auf.

Stone hielt inne und sah mit glühenden Augen zu mir auf. »Soll ich aufhören?«

»Nein«, keuchte ich und ließ mich in die Kissen sinken.

Stone schob sich über mich, und wie von selbst öffnete ich meine Schenkel, sodass er dazwischen Platz hatte. Seine Erektion drückte sich hart gegen meine Mitte. Nur wenige Schichten Stoff lagen zwischen uns.

Ich streichelte über seine breite Brust, über seine Seiten und dann seinen Rücken, sodass ich Stone zur mir herunterziehen konnte.

Er setzte einen Ellbogen neben mir ab, damit sein Gewicht nicht ganz auf mir lastete. Mit der freien Hand liebkoste er meine Wange, meinen Hals und umfasste eine meiner Brüste.

»Du bist wunderschön«, flüsterte er. »Ich könnte Stunden damit verbringen, dich anzusehen und zu streicheln.«

Aber ich wollte mehr. In mir brannte ein Verlangen, das ich vorher nicht gekannt hatte. Ich verzehrte mich so sehr nach diesem Mann, dass ich förmlich zu verbrennen drohte. Ich legte meine Hand in seinen Nacken und sah ihn lange an. Er verstand.

Mit einer fließenden Bewegung rutschte er von mir herunter, stand vom Sofa auf und beugte sich über mich. Er hob mich auf seine starken Arme, als sei ich leicht wie eine Feder. Ich schlang meine Arme um ihn und schmiegte meinen Kopf an seine Schulter.

Stones Schlafzimmer lag neben dem Wohnzimmer. Er setzte mich vorsichtig auf dem breiten Bett ab und schob die Tagesdecke zur Seite. Als er zu mir kam, um mich zu küssen, konnte ich mein Verlangen nicht mehr zurückhalten. Ich zog ihn fest an mich und küsste ihn. Meine Zunge fuhr zwischen seine Lippen. Unsere Zungenspitzen berührten sich, und Stone drängte mich in die Kissen.

Er löste sich von unserem Kuss, doch nur, um seine Zunge nun über meine Kehle nach unten wandern zu lassen. Er saugte an meinen Brustwarzen, und ich schloss seufzend die Augen.

Nur verschwommen nahm ich wahr, dass er mir Rock, Strumpfhose und Slip herunterzog. Ich wollte ihn überall spüren: über mir, in mir … Ich schlang die nackten Beine um seine Hüfte und hob mein Becken.

»Verdammt. Du machst es mir echt schwer, mich zurückzuhalten.«

»Dann halte dich nicht zurück«, raunte ich.

Seine Hose lag mittlerweile auf dem Boden, seine Briefs folgten. Langsam bewegte er sich über mich. Seine Erektion streifte die Innenseite meiner Oberschenkel.

Er griff an mir vorbei in seine Nachttischschublade und holte ein kleines Päckchen hervor, das er mit den Zähnen aufriss. Nachdem er das Gummi übergezogen hatte, sah er mich fragend an. Zur Antwort hob ich mein Becken, umklammerte seine Hüfte mit meinen Schenkeln.

Langsam glitt er in mich hinein, und ich stöhnte laut auf. Als er mich ganz füllte, hielt erneut inne.

»Oh, verdammt.« Seine Stimme klang heiser. »Du fühlst dich so gut an.« Er wartete noch einen Moment, dann bewegte er sich wieder ein wenig heraus.

Mit dem Druck meiner Schenkel brachte ich ihn dazu, wieder in mich hineinzukommen. Mein Becken bewegte sich von selbst in einem langsamen Kreis.

Stone änderte ein wenig den Winkel und fand genau die Position, in der er meine Klitoris berührte.

Ich atmete stoßweise und schloss die Augen, krallte mich an seinem Rücken fest und gab mich ihm hin. Er bewegte sich nun ebenfalls kreisförmig, wobei er immer wieder meine Klit massierte.

Die Lust in meiner Mitte verwandelte sich in einen mitreißenden Sturm. Unser Rhythmus wurde schneller. Ich drohte, schier unter ihm zu zerfließen, mich selbst zu verlieren. Meine Schenkel zuckten, und ich zitterte vor Lust. Ich klammerte mich noch fester an ihn.

Ich explodierte, kam mit einem lauten Stöhnen und seufzte vor erfüllter Lust. Meine Mitte umschloss pulsierend seinen Schaft.

Stone hielt inne, wartete, bis mein Zittern abebbte. Dann stieß er noch weiter in mich hinein. Ich umfasste seinen Nacken, krallte mich in sein Haar. Er stieß schneller zu, und ich spürte, dass das noch nicht alles gewesen war.

Ich öffnete meine Schenkel und ließ ihn tiefer hineingleiten. Er traf eine empfindsame Stelle, von der ich selbst nicht gewusst hatte, dass sie existierte. Ich wand mich unter ihm. Die Lust schwoll zu einer weiteren Explosion an. Funken sprühten vor meinen Augen, tanzten, bündelten sich. Diesmal kam ich mit einem Schrei, konnte der Wucht, die mich traf, nicht mehr standhalten.

Stone verharrte kurz, bevor er den Rhythmus wieder aufnahm und tief in mich stieß. Fasziniert betrachtete ich sein Gesicht. Er hatte die Augen geschlossen und gab sich ganz hin. Kurz darauf kam auch er mit einem Stöhnen. Er verharrte kurz in mir, bevor er sich auf die Seite rollte, wobei er darauf achtete, dass das Gummi bei ihm blieb. Keuchend drehte er sich auf den Rücken.

Ich erschauerte noch immer, erlebte die Nachbeben des Orgasmus. Als Stone es bemerkte, entsorgte er schnell das Kondom und schmiegte sich dann an meine Seite. Er zog die Decke über uns beide und küsste meine erhitzte Schläfe.

»Alles okay, Liebling?«

»Ja«, murmelte ich, schloss die Augen und legte meinen Arm um ihn.

Liebling.

Mein Verstand war zu benebelt, um weiter darüber nachzudenken. Ich schlummerte ein in dem Bewusstsein, gehalten zu werden, und das fühlte sich verdammt gut an.

21. Stone

Ich erwachte mit dem süßen Gewicht ihres Schenkels über meinen Lenden.

Sarah atmete gleichmäßig mit leicht geöffneten Lippen ein und aus. Ich widerstand der Versuchung, sie zu küssen, um sie nicht zu wecken. Stattdessen schob ich vorsichtig ihr Bein zur Seite und schlüpfte aus der Wärme des Bettes, weil ich dringend aufs Klo musste.

Meine Uhr zeigte, dass es bereits nach zehn war. Aber es war Samstag. Außer einem Besuch im Fitnessstudio stand heute Vormittag nichts auf meinem Plan. Erst am Abend wollte ich mich bei meinen Partnern in L.A. melden.

Nachdem ich mich im Badezimmer frisch gemacht hatte, schlenderte ich in die Küche und betrachtete den Kaffeeautomaten, der zur Küche gehörte. Die Auswahl an Getränken war beinahe erschlagend. Welches davon würde Sarah wohl am besten schmecken?

Ich schaltete die Maschine ein, die ohnehin erst vorheizen musste und öffnete den Kühlschrank. Mary hatte für das Wochenende vorgesorgt, sodass er gut gefüllt war. Für gewöhnlich aß ich Rühreier und Toast zum Frühstück. Heute war mir jedoch nach etwas Besonderem. In einem der Schränke fand ich Mehl und Backpulver. Perfekt.

Ich hatte bereits den Teig angerührt und die ersten Kleckse in die Pfanne gegeben, als ich tapsende Schritte hinter mir vernahm.

Sarah hatte sich in die Bettdecke gehüllt und blieb zögernd in der Tür stehen, wobei sie sich auf die nackten Zehenspitzen stellte, um an mir vorbeisehen zu können. Ein Strahlen trat auf ihr Gesicht. »Sind das etwa Pancakes?«

Die Überraschung war mir offensichtlich gelungen. »Werden es, sobald der Teig ausgebacken ist.« Ich ließ den Blick über ihren Körper wandern. So großzügig in die Bettdecke gewickelt erinnerte sie an einen Burrito.

Ihre Wangen röteten sich. »Hättest du vielleicht etwas zum Anziehen für mich? Ich kann meine Bluse nicht finden. Und irgendwie ist meine Strumpfhose zerrissen.«

Hitze breitete sich auch in mir aus, als ich mich daran erinnerte, wie das Malheur passiert war. »Sorry, ich hätte vorsichtiger mit deinen Klamotten sein sollen. Sieh dich in meinem Kleiderschrank um, und nimm, was dir gefällt.«

Kurze Zeit später hatte ich die erste Ladung Pfannkuchen auf einen Teller gestapelt und auf die Küchenbar gestellt, dazu Ahornsirup und Schokoladensauce. Ich presste ein paar Orangen aus und füllte den Saft in zwei Gläser. Aus Bananen, Äpfeln und Kiwis schnippelte ich einen Obstsalat, den ich mit Honig und dem Saft einer ausgepressten Limette mischte.

»Das sieht fantastisch aus«, rief Sarah, als sie zurück in die Küche kam. Sie trug eines meiner alten Footballtrikots, das ihr fast bis zu den Knien reichte.

Für einen Moment fragte ich mich, ob sie wohl ihren Slip wiedergefunden hatte. Dann besann ich mich und kümmerte mich um die restlichen Pancakes. »Magst du einen Cappuccino? Latte macchiato?«

»Kann deine Zaubermaschine auch einen Flat White zubereiten?«

»Nimm Platz, und lass dich verwöhnen. Es gibt allerdings nur Hafer- oder Mandelmilch.«

»Hafermilch, bitte.«

Für mich selbst bereitete ich einen Espresso zu und setzte mich mit den Tassen zu Sarah an den Küchentresen.

Überrascht stellte ich fest, wie gut es sich anfühlte, mit ihr einfach zusammenzusitzen und zu frühstücken. Sie erzählte von einem Café, das sie in der Nähe meines Büros entdeckt hatte, und außerdem von ihren liebsten Eissorten und der hervorragenden Kombi von kaltem Eis und heißen Pancakes. Ich speicherte die Info für das nächste gemeinsame Frühstück gedanklich ab.

Ich verstand mich beinahe selbst nicht mehr. Wann hatte ich jemals mit einer Frau zusammen gefrühstückt? Außer mit meiner Mum und meiner Nanny natürlich. Aber ansonsten war es in meinem Leben eigentlich nie vorgekommen.

Natürlich hatte ich One-Night-Stands gehabt … auch Affären. Aber ein gemeinsames Frühstück hatte ich stets zu umgehen gewusst. Die Frauen waren nett gewesen, keine Frage. Ich hatte sie gemocht, manchmal sogar mehr als das. Aber es war niemals eine echte Beziehung daraus geworden.

Oft hatten die Frauen in mir etwas gesehen, was ich nicht war und nicht sein wollte. Sie wurden von meinem Geld oder meinem Aussehen angezogen. Meistens von beidem. Und wenn sich doch eine tiefgehender für mich interessierte, mehr über mich wissen wollte, hatte ich abgeblockt.

Nicht bei Sarah.

Nachdenklich schob ich mir ein Stück Pancake mit Schokosauce in den Mund und beobachtete Sarah, die sich gerade genießerisch etwas Ahornsirup von der Lippe leckte.

Ein warmes Gefühl breitete sich in meiner Mitte aus, und diesmal hatte es nichts mit Lust zu tun. Ich mochte sie mit jeder Sekunde, die ich mit ihr verbrachte, mehr. Und auf eine sehr ungewohnte Weise bereitete mir das keine Angst mehr.

»Wie sind deine Pläne für das Wochenende?«, erkundigte sie sich gerade und nippte an ihrer Kaffeetasse. Schaum haftete an ihrer Oberlippe, als sie die Tasse wieder absetzte.

Ich beugte mich zu ihr hinüber, legte einen Arm um ihre Schulter und küsste zärtlich den Milchschaum fort.

»Okay, ist das die Antwort?«, fragte sie belustigt, und in ihren faszinierenden Augen funkelte es.

»Ich kann mir allerlei wundervolle Dinge vorstellen, die ich an diesem Wochenende mit dir anstellen möchte.« In meinem Unterleib zuckte es verräterisch, als die ersten Bilder meiner Fantasie vor meinem inneren Auge auftauchten.

»Das klingt verheißungsvoll«, flüsterte sie, beugte sich zu mir und küsste mich fordernd.

Sie schmeckte nach einer verlockenden Mischung aus Kaffee und Sirup. Ich legte eine Hand auf ihren Oberschenkel und ließ sie langsam unter den Saum des Trikots gleiten.

»Shi…«, entfuhr es mir, und ich hätte beinahe geflucht.

Sie lachte schelmisch. »Mein Höschen ist übrigens ebenfalls verschwunden.«

Ich sprang vom Hocker, packte Sarah unter dem Hintern und schob sie auf meine Hüfte. Sie schlang ihre Arme um meinen Hals und grinste breit.

»Was hast du vor?«

»Nicht dein Höschen finden.«

Meine Hände lagen unter ihren nackten Pobacken. Das Blut in meinen Adern versammelte sich in einer Region fern des Gehirns. Mühelos trug ich Sarah ins Schlafzimmer, wo ich sie behutsam auf dem Bett absetzte.

»Leg dich zurück«, bat ich. »Und schließ die Augen.«

Sie ahnte nicht, was ich vorhatte. »Stone …?«

»Genieße es einfach«, sagte ich heiser. Diese Frau raubte mir so oft die Stimme. Ich hatte mich bereits auf das Bett gekniet und wartete, bis sie es sich in den Kissen gemütlich gemacht hatte.

Dann schob ich mich zwischen ihre Beine, den Kopf auf der Höhe ihrer Scham, ihre Schenkel mit den Händen öffnend. Sie war rasiert, das wusste ich noch von letzter Nacht. Jetzt konnte ich ihre Schamlippen bewundern, wozu ich mir zuvor nicht unbedingt die Zeit genommen hatte. Sie waren leicht gerötet und geschwollen, als sei sie bereits jetzt schon heiß auf mich.

Langsam streichelte ich über die Innenseite ihrer Schenkel, bis ich ihre Mitte erreichte. Ich legte meine Handinnenfläche über ihre Vulva und rieb sanft über sie. Feuchtigkeit breitete sich aus.

»Hmm, das fühlt sich gut an«, murmelte Sarah.

Ich ließ meinen Mund den Pfad der Hand folgen, bis ich ihren Hügel küsste. Vorsichtig nahm ich eine ihrer Schamlippen zwischen die Zähne. Sarah stöhnte auf. Zufrieden saugte ich daran, fand dann ihre Knospe und saugte zärtlich an ihr.

Sarah öffnete ihre Beine weiter. Ich umfasste ihren Hintern und hob ihr Becken in Position. Spielerisch ließ ich die Zungenspitze über ihre Öffnung gleiten. Sarah sog scharf die Luft ein. Ich schmeckte ihre Lust. Sie war nun mehr als bereit. Sanft stieß ich meine Zunge in sie hinein.

Sarah wand sich unter mir, als ich den G-Punkt mit der Zungenspitze erreichte. Ich ließ meine Zunge kurz aus ihr herausgleiten, küsste ihren Hügel, ihre Lippen und fuhr dann so tief in sie hinein, dass sie wohlig erschauerte. Sie war warm und weich und schob sich mir entgegen.

Ich nahm meine rechte Hand zu Hilfe, massierte mit dem Daumen ihre Klitoris von außen, während meine Zunge hinein- und hinausglitt. Immer heftiger wand sie sich unter mir, packte meinen Kopf und gab ein Wimmern von sich.

Es dauerte nicht mehr lange, da zuckten ihre Schenkel, und Sarah kam mit einem tiefen Seufzen, das nach Erleichterung und Erfüllung klang. Gleichzeitig bebte ihr ganzer Körper noch immer. Ich rutschte an ihrer Seite nach oben und nahm sie in die Arme, hielt sie, bis der Orgasmus verebbte.

Unter halb gesenkten Lidern sah sie mich an. »Sie stecken voller Überraschungen, Mr Stone.«

»Es freut mich, dass ich Ihnen dienlich sein konnte, Ms Davies.«

Noch eine Weile lagen wir aneinandergeschmiegt, und nach einer Weile zog ich die Decke über uns beide. Wir sprachen nicht, genossen einfach nur die Gegenwart des anderen.

Wir mussten eingeschlafen sein. Als ich die Augen öffnete, waren laut meiner Smartwatch bereits zwei Stunden vergangen.

Sarah hatte den Kopf auf den Ellbogen gestützt und beobachtete mich. »Ich wünschte, wir könnten das ganze Wochenende im Bett verbringen.«

Ich stützte ebenfalls meinen Kopf auf, sodass unsere Augen auf derselben Höhe waren. »Dann bleib bei mir. Ich sage alle meine Termine ab. Ein freies Wochenende, ich weiß gar nicht mehr, wie sich das anfühlt.«

»Sicher?«

Ich küsste sie zärtlich auf den Mund. »Wenn ich die Zeit anhalten könnte, würde ich es tun.«

Sie schloss kurz die Augen und nickte. »Aber was machen wir nach diesem Wochenende, am Montag, wenn ich wieder deine Anwältin und du mein Mandant bist?«

Die Erinnerung daran, dass uns schon bald die Realität einholen würde, lag bitter in meiner Kehle. »Bleib bei mir.« Ich strich ihr eine Haarsträhne aus der Stirn. »Und am Montag lassen wir den Dingen ihren Lauf. Niemanden geht es etwas an, was zwischen uns ist.«

»Ich könnte richtig Ärger bekommen in der Kanzlei.« Sarah ließ sich in die Kissen fallen und starrte an die Decke. »Holden wird mir den Kopf abreißen.«

»Dann lass es uns erst einmal für uns behalten. Lass uns herausfinden, was das zwischen uns ist, bevor sich irgendjemand einmischen kann.«

Sie wandte den Kopf in seine Richtung. »Du spürst es also auch? Dass da mehr ist?«

Mehr als der fantastische Sex, der hinter uns lag. Ich nickte. »Ja, von unserer ersten Begegnung an.«

Sie lächelte, und für mich ging die Sonne auf. »Du bist mir noch ein Date schuldig.«

»Ach ja?«

»Also erst einmal: die Sache auf dem Schiff. Du wolltest mich nach dem Kuss direkt loswerden.«

Ich sog scharf die Luft ein. »Ich weiß. Ich habe es vermasselt. Aber ich kam mit meinen eigenen Gefühlen nicht klar. Und dann auch noch die Presse …«

»Hmm, verstehe. Oder irgendwie auch nicht.«

»Vielleicht kann ich es dir irgendwann besser erklären. Ich bin nicht sehr gut darin … meine Gefühle auszusprechen.«

Sie kniff die Augen zusammen. »Ich finde, du machst das gerade sehr gut. Aber zurück zu dem Date. Erinnerst du dich an unser Gespräch im Keller?«

»Monsterfilme und Pizza?«

Sie lachte erfreut auf. »Monsterfilme, Pizza und Bier.«

»Geht klar. Heute Abend?«

»Hmm, lass mal nachdenken.« Sie tippte sich an die Nasenspitze. »Okay, ich glaube, da hätte ich zufällig Zeit.«

Ich zog sie in die Arme und küsste sie stürmisch, bis sie erneut lachte.

»Deine wilde Seite gefällt mir«, brachte sie hervor.

»Und mir gefällt es, wenn du lachst.«

Sie stemmte ihre Hände gegen meine Brust. »Okay, könntest du kurz Pause machen, den liebevollen unwiderstehlichen Stone zu zeigen? Ich muss nämlich ganz dringend aufs Klo. Eine Dusche könnte auch nicht schaden.«

»Ich werde mich beherrschen.«

Sie drückte mir einen festen Kuss auf die Lippen und schlüpfte aus dem Bett.

»Im Badezimmer gibt es Duschtücher. Und Mary hat in irgendeiner Schublade Ersatzzahnbürsten gehortet.«

Sarah warf ihm über die Schulter einen fragenden Blick zu.

»Mary ist meine Haushälterin«, erklärte ich, »und hat das ganze Wochenende frei.«

»Das beruhigt mich.«

Während Sarah unter der Dusche stand, sagte ich meine Videokonferenz für den Abend ab. Außerdem checkte ich meine Mails, verfasste eine Antwort an meine Assistentin in L.A. und eine kurze Nachricht an meine Mutter. Sie war ziemlich neugierig, wie es in London lief. Bevor sie meinen Dad kennenlernte, hatte sie selbst einige Jahre hier als Model gelebt. Sie meinte, es seien die schönsten Jahre ihres Lebens gewesen. Vielleicht hatte es mich auch deshalb nach England gezogen.

Sarah erschien mit nassen Haaren im Schlafzimmer und nur in ein Handtuch gehüllt, das knapp über ihren Hintern reichte.

»Deine Haushälterin hat nicht zufällig auch Damenunterwäsche irgendwo versteckt?«

»Hmm, nein, so weit ist sie noch nicht gegangen. Aber ich habe eine Packung neue Boxershorts. Bediene dich gern.« Ich küsste sie auf die Schläfe. »Ich steig auch schnell unter die Dusche.«

Als ich nach der Dusche ins Schlafzimmer zurückkehrte, verharrte ich in der Tür. Sarah saß auf der Bettkante, noch immer in das Handtuch gehüllt, und starrte auf ihr Handy.

»Ist alles okay?«

Sie hob den Blick, schien mich aber gar nicht wirklich wahrzunehmen, auch nicht, wo sie wahr. Ihre Haut war blass, ihre Augen weit geöffnet. Nein, hier stimmte etwas nicht.

Ich setzte mich neben sie. »Sarah?«

»Stone.« Ihre Stimme brach. »Ich ... ich habe versucht, meinen Dad zu erreichen.«

»Ist er nicht rangegangen?«

»Nein.« Sie schnappte nach Luft. »Ich habe heute Morgen schon eine Nachricht an ihn geschrieben, auf die er nicht reagiert hat. Das ... das ist sehr ungewöhnlich. Also habe ich bei Mr Jackson im Laden angerufen, weil Dad jeden Samstag seine Zeitung bei ihm kauft.« Erneut rang sie um Atem. »Dad wurde heute früh mit dem Krankenwagen abgeholt. Er ist in Mr Jacksons Laden zusammengebrochen.«

»Was? Shit.«

Sarahs Hände zitterten. Ich nahm ihr vorsichtig das Handy ab und schloss sie in eine feste Umarmung. »Weißt du, was passiert ist?«

»Er ... Mr Jackson ... sagte, es sah aus wie ein Herzinfarkt.« Ihre Stimme klang brüchig, ihr ganzer Körper zitterte.

Ich hielt sie fest und schmiegte meine Wange an ihre Schläfe. »Ganz ruhig, Sarah. Ich bin bei dir, mein Liebling.«

22. Sarah

Wie paralysiert nahm ich wahr, dass Stone Elizabeth informierte. Keine Ahnung, wie viel Zeit dann verging, bis ich von Stones Appartement ins Krankenhaus gelangte.

Der Anblick meines Dads in diesem sterilen Krankenbett, angeschlossen an Geräte und Infusionen, ließ mich für einen Moment schwindeln.

»Ms Davies, geht es?«, fragte die Pflegekraft besorgt.

Ich atmete tief durch und nickte. »Ja, es geht.« Leise näherte ich mich seinem Bett.

»Reden sie ruhig mit ihm«, sagte die Schwester. »Eine bekannte Stimme wird ihn sicher freuen.«

Also setzte ich mich auf den Stuhl, der neben dem Bett stand, und streichelte sanft über eine Stelle seines Armes, die nicht mit Zugängen und Messgeräten bedeckt war.

»Hi, Dad, hier ist Sarah.«

Die behandelnde Ärztin hatte mir bereits erklärt, was passiert war. Mein Vater hatte einen Herzinfarkt und anschließend Herzrhythmusstörungen gehabt. Sie hatten ihn sofort operiert und ihm einen Bypass gesetzt. Jetzt musste er sich von dem Eingriff erholen. Doch seine Werte waren gut, und er würde hoffentlich nicht lange im Krankenhaus bleiben müssen.

Seine Augenlider zuckten, und er seufzte. Erleichterung machte sich in mir breit, gleichzeitig lief mir eine Träne über die Wange, die ich schnell fortwischte. Er sah so zerbrechlich aus, so schwach. Dabei war er immer der Starke gewesen, derjenige, der mich tröstete, wenn ich als Kind einen schlimmen Traum hatte. Der, der mir mit Rat und Tat zur Seite stand.

Der mir Tee kochte und mich zum Arzt brachte, wenn ich krank war.

Und in dem Moment, in dem er mich gebraucht hätte, war ich nicht da gewesen. Ich schüttelte den Kopf und hoffte, den Gedanken zu verscheuchen.

Doch es gelang mir nicht. Später, als ich mit einem Taxi nach Hause fuhr, konnte ich an nichts anderes als daran denken, dass ich Dad im Stich gelassen hatte.

Ich hatte in den letzten Wochen bemerkt, dass etwas nicht mit ihm stimmte. Er hatte zwar immer wieder abgewunken, wenn ich ihn fragte, ob alles in Ordnung sei, doch ich hätte darauf bestehen müssen, dass er einen Arzt aufsuchte. Stattdessen hatte ich mich in die Arbeit gestürzt, hatte kaum Zeit zu Hause verbracht. Schlimmer noch, in dem Moment, in dem er mich am meisten gebraucht hätte, hatte ich mich mit einem Mann vergnügt.

Dieser Gedanke quälte mich am meisten. Wäre ich in der Nacht nach Hause gekommen, hätte ich für Dad da sein können. Ich hätte an seiner Seite sein sollen, als er mit dem Krankenwagen abgeholt wurde.

Als ich die Haustür hinter mir schloss, meine Tasche auf den Boden fallen ließ, meine Stiefel in die Ecke warf und ins Wohnzimmer ging, stand da noch Dads Tasse auf dem Wohnzimmertisch neben dem Thriller, den er gerade las. In diesem Moment fiel ich auf die Knie, und meine Schuldgefühle überrollten mich. Ich hätte Dad nicht allein lassen sollen. Wo war ich gewesen, als er mich am meisten brauchte?

Keine Ahnung, wie lange ich auf dem Boden kauerte. Der Klingelton meines Handys brachte mich wieder zur Besinnung. In der Annahme, es könnte das Krankenhaus sein, stürzte ich zu meiner Tasche und zerrte das Telefon heraus.

Stone.

Ich schluchzte tief.

Nein, ich konnte jetzt nicht mit ihm reden. Nicht in dieser Verfassung. Ich drückte seinen Anruf weg und stützte mich mit einer Hand an der Wand ab, schloss die Augen und versuchte, gleichmäßig zu atmen.

Stone hatte nichts falsch gemacht. Er war für mich da gewesen, als ich nach der Nachricht vom Herzinfarkt meines Vaters ganz benommen gewesen war. Er hatte Elizabeth an ihrem freien Tag gebeten, mich ins Krankenhaus zu bringen.

Ich trug eine Jogginghose von ihm, die mir viel zu groß war und nur auf meiner Hüfte hielt, weil ich den Bund mehrfach umgeschlagen und ihn mit dem Gürtel meines Mantels fixiert hatte. Außerdem hatte ich sein Footballtrikot an und eine Sweatjacke. Alles viel zu groß. Ich sah aus wie ein Schulmädchen, das die Kleidung der älteren Geschwister auftragen musste. Auf dem Weg zum Krankenhaus war es mir egal gewesen, welchen Eindruck ich machte. Ich wollte nur so schnell wie möglich meinen Vater sehen.

Jetzt aber störten mich Roriks Klamotten. Ich ging nach oben, streifte sie ab und nahm eine Jeans und einen Pulli aus meinem Schrank. Außerdem wusch ich mir im Bad das Gesicht und machte mich noch mal frisch. Geduscht hatte ich ja bereits.

Erneut überkam mich eine Welle der Wut, als ich mein Spiegelbild betrachtete. Ich wandte mich genervt davon ab, ging hinunter in die Küche, setzte Wasser auf und schnappte mir Notizblock und Stift. Das beste Mittel, um mich von meinen Gefühlen abzulenken, war beschäftigt zu bleiben. Ich musste mir eine To-do-Liste erstellen mit Dingen, die ich noch zu erledigen hatte.

Dad brauchte frische Wäsche und Pflegeprodukte. Ich würde alles zusammenpacken und noch heute im Krankenhaus vorbeibringen. Die Besuchszeiten auf der Intensivstation waren begrenzt. Aber die Pflegekraft hatte gesagt, ich könne ein paar Dinge am Empfang abgeben. Sobald er auf die normale Station verlegt worden war, durfte ich ihn länger besuchen.

Ich würde ihm sein Buch mitbringen, und wenn er noch zu schwach war, um es selbst zu lesen, würde ich ihm eben daraus vorlesen. Ich schrieb den Punkt ebenfalls auf den Zettel.

Dann fiel mein Blick auf die leere Obstschale auf dem kleinen Esstisch. Okay, noch hatten die Geschäfte geöffnet. Ich schnappte mir den Notizblock und machte eine Bestandsaufnahme, welche Lebensmittel wir benötigten. Außerdem fasste ich den Plan, Gerichte vorzukochen und einzufrieren. Wenn Dad wieder zu Hause war, brauchte er das Essen dann nur aufzuwärmen. Was natürlich einfacher wäre, wenn wir eine Mikrowelle besäßen, was wir nicht taten.

MIKROWELLE, schrieb ich in Großbuchstaben auf den Einkaufszettel. Es tat gut, Pläne zu machen. So hatte ich wenigstens etwas Sinnvolles zu tun, doch die Hauptarbeit musste derzeit mein Dad erledigen: wieder gesund werden.

Allerdings würde ich Hilfe benötigen, wenn ich all das besorgen wollte, was auf dem Zettel stand. Mein erster Gedanke galt Stone. Aber etwas in mir sträubte sich dagegen, ihn um Hilfe zu bitten.

Er hatte eine Nachricht geschrieben.

> Hey, ich hoffe, es wird alles gut mit Ben. Bitte lass mich wissen, wenn du etwas brauchst.

Das schlechte Gewissen traf mich mit der Wucht eines Kricketschlägers. Stone konnte nichts dafür, dass ich mich schuldig fühlte.

Verdammt, ich konnte noch immer das Brennen seiner Lippen auf meiner Haut spüren. Ich schloss die Augen und konzentrierte mich auf das Hier und Jetzt, um Stone eine Antwort zu schreiben.

> Danke dir. Meinem Vater geht es den Umständen
> entsprechend.
> *Melde mich ...*

Den letzten Satz löschte ich wieder. Er klang nicht richtig.
Stone hatte mehr als verdient, dass ich mich fair verhielt.
Schweren Herzens tippte ich daher:

> Ich brauche jetzt erst einmal etwas Zeit für mich
> und meinen Dad.

Meine Finger zitterten. Ich umfasste meine Tasse und wärmte
mich am Tee.

Roriks Antwort folgte umgehend.

> Nimm dir so viel Zeit, wie du brauchst.
> *Ich werde warten.*

»Scheiße«, murmelte ich.

Mein Herz pochte vor Sehnsucht. Mein Verstand tobte vor
Verwirrung. Mein Magen war so flau, als hätte ich seit drei
Tagen nichts gegessen.

Nein, ich würde jetzt nicht dem Drang nachgeben, ihn anzurufen. Ich würde mich um meinen Dad und unser Zuhause
kümmern. Aber allein schaffte ich das nicht. Also schrieb ich
eine Nachricht an die Person, die mir schon oft geholfen hatte, genau wie umgekehrt.

> Hi, Gill, sorry, dass ich dich am Wochenende
> störe. Hättest du eventuell Zeit, mir bei etwas zu
> helfen? Mein Dad

Ich schluckte. Es jemand anderem zu schreiben war schwer.

Ich konnte noch immer nicht fassen, was passiert war. Teils hoffte ich, dass es nur ein böser Traum sei, aus dem ich gleich wieder aufwachen würde. Es jedoch aufzuschreiben bedeutete, dass es für mich Realität wurde.

> liegt im Krankenhaus.

Ich setzte gerade frisches Wasser auf, da hörte ich das »Pling« einer Textnachricht.

> Bin gleich bei dir.

Erleichtert kochte ich noch etwas mehr Wasser. Als Gill bei mir ankam, nahm sie mich fest in den Arm.

»Ich bin sofort losgefahren. Was ist passiert? Geht es deinem Dad gut? Hatte er einen Unfall?«

Schon jetzt war ich froh über ihre Anwesenheit.

»Komm rein, ich erzähle dir alles bei einer Tasse Tee.«

Nun, ich erzählte ihr fast alles. Nämlich, dass ich unterwegs gewesen war, als mich die Nachricht vom Herzinfarkt meines Vaters erreichte.

Gill runzelte die Stirn und sah mich über die Tasse kritisch an. »Wieso machst du dir Vorwürfe? Du kannst nicht vierundzwanzig Stunden zu Hause sitzen, und ganz sicher hättest du den Herzinfarkt nicht verhindern können. Du gibst dir aus ganz irrationalen Gründen die Schuld.«

Ich presste fest die Lippen aufeinander und wich ihrem Blick aus.

Doch Gills Verstand war messerscharf. »Sarah, welche Information fehlt hier?« Sie trommelte mit den Fingern auf der Tischplatte, eine typische Geste, wenn sie die Gegenseite verhörte.

»Ich war die ganze Nacht … weg.«

Sie sog scharf die Luft ein. »Bei Stone? O M G, Sarah! Was ist gestern passiert, nachdem er in den Pub gekommen ist?«

Aus der Nummer kam ich nicht mehr heraus. Ich musste es ihr erzählen. Auch weil ich jemanden brauchte, mit dem ich darüber reden konnte.

Gill hörte mir aufmerksam zu, betrachtete mich nachdenklich und tippte mit dem Teelöffel an ihre Oberlippe. »Du hast also entschieden, dass du erst einmal Abstand brauchst?«

Ich nickte.

Sie sagte nichts dazu, doch die Falte zwischen ihren Brauen vertiefte sich, als müsse sie das alles erst einmal sacken lassen.

Nach dem Tee packte ich die Taschen, und wir fuhren mit Gillians Auto zum Einkaufen, da sie auch noch ein paar Besorgungen machen musste.

»Erica ist das ganze Wochenende unterwegs. Ich weiß gar nicht, ob ich überhaupt kochen soll. Für eine Person lohnt sich das nicht wirklich.« Sie nahm eine Dose Erbsen aus dem Supermarktregal und betrachtete sie kritisch.

Erica war Gills Schwester. Die beiden teilten sich eine Wohnung, genau wie Dad und ich.

»Wir könnten zusammen kochen«, schlug ich vor.

Ihre blauen Augen leuchteten auf. »Großartige Idee. Isst du gerne Fisch? Ich hätte Lust auf gebratenen Lachs.«

»Dazu eine Flasche Rosé.«

»Klar, dann schwimmt er besser.«

Ich prustete belustigt, weil der Scherz nicht besonders gut gewesen war. »Kartoffelbrei?«

»Hmm, interessante Kombi. Ich bin dabei. Und Salat.«

Wir suchten die Zutaten zusammen, wobei noch die ein oder andere Tüte Chips im Einkaufswagen landete sowie die Lebensmittel, die ich vorkochen wollte. Dad liebte Eintöpfe. Gut, dass man die in großen Mengen vorbereiten konnte.

Kurz vor Ladenschluss stürmten wir noch einen Elektronikladen, und Gill half mir, eine Mikrowelle auszusuchen.

Zufrieden brachten wir unsere Beute schließlich in mein Zuhause, verstauten die Lebensmittel und begannen mit dem Kochen, wobei wir die Weinflasche öffneten und die ersten Gläser tranken.

»Ich muss dir auch etwas gestehen«, sagte Gill nach dem Essen, als wir es uns mit Wein und Kuscheldecke auf dem Sofa gemütlich machten.

Ich hatte ein Feuer im kleinen Kamin entfacht und ließ eine Playlist mit dem aktuellen Album von Adele laufen.

Neugierig musterte ich meine Freundin. Ihre Wangen hatten sich leicht gerötet, was ganz sicher nicht nur am Wein und dem Kaminfeuer lag. »Hat es eventuell ganz zufällig mit einem Mann zu tun?«

Sie nickte und grinste. »Wäre es für dich sehr awkward, wenn ich mich mit Parker treffen würde?«

»Parker?« Ich setzte mich auf und konnte es kaum glauben. »Parker Simon?«

Sie hob die Schultern. »Nachdem du weg warst, haben wir uns noch gut unterhalten. Sehr gut sogar und sehr lange.« Sie tippte mir aufs Knie. »Wenn du etwas dagegen hast, werde ich es nicht tun. Ich meine … ihr hattet doch mal …«

»Nichts.« Ich lachte, weil ich ihr diese frohe Botschaft mitteilen konnte. »Wir hatten nichts außer zwei oder drei Dates. Ich mag Parker. Er ist ein lieber Kerl.«

»Und ziemlich sexy.«

»Hmm, attraktiv ist er, das stimmt.«

»Diese breiten Schultern …« Gill schüttelte sich wohlig wie eine Katze.

Ich konnte es kaum glauben, und doch ergab es Sinn. Parker und Gill waren sich ähnlich: beide herzlich, liebevoll und mit einem scharfen Verstand ausgestattet. Sie würden sich sicher gut verstehen. »Hey, schnapp ihn dir«, sagte ich zwinkernd. »Ihr passt gut zusammen.«

Gill grinste noch breiter und trank von ihrem Wein. »Übrigens ... als Mr Stone gestern plötzlich im Pub aufgetaucht ist, wirkte er gar nicht mehr so unnahbar, sogar ziemlich aufgewühlt. Ich glaube, er mag dich sehr.«

Nun war ich es, die rot wurde, zumindest spürte ich, dass meine Wangen glühten. »Ich mag ihn auch.«

»Das ist doch etwas Gutes. Oder nicht?«

Ich schaute zur Seite. Dads Thriller lag noch immer dort, ich hatte ihn noch nicht zu seinen Sachen fürs Krankenhaus gepackt. »Ich weiß es nicht. Es hat sich sehr gut angefühlt. Aber ... womöglich passt es nicht zwischen uns.«

»Hat es denn im Bett gepasst?« Gill grinste leicht.

»Hey!«

»Ich frage ja nur. Du musst nicht antworten.«

»Es hat sehr gut gepasst«, gestand ich.

Gillian quietschte vergnügt. »Lass dir Zeit, Sarah. Das ist alles ein bisschen viel für den Anfang.«

Ich nickte. »Aber ... es gibt noch etwas, worüber ich mir Gedanken mache.«

»Und das wäre?«

»Holden.«

Sie gab einen entrüsteten Laut von sich. »Du denkst an Holden? O bitte nicht. Er hat nichts mit unserem Privatleben zu tun.«

»Er hat mich gewarnt«, widersprach ich. »Stone ist unser Mandant. Er ist *mein* Mandant. Mein Verhalten ist unprofessionell.«

»Holden wird es nie erfahren. Also brauchst du dir keine Sorgen zu machen.«

»Er wird es ganz sicher erfahren.« Ich schüttelte den Kopf und richtete den Blick ins Kaminfeuer. »Sollte das mit Stone und mir weitergehen ... Die Presse saß uns bereits zweimal im Nacken. Es wird neue Bilder geben. Und dann bin ich meinen Job los. Mal abgesehen davon, dass sich gewisse Kolleginnen und Kollegen in der Kanzlei das Maul über mich zerreißen werden.«

»Pft, hör nicht auf die. Für die gibt es immer was zu lästern.«

»Es wird mich dennoch sehr unprofessionell aussehen lassen.«

»Was hast du also vor?«

»Ich hab keine Ahnung. Aber bis Montag wird mir hoffentlich etwas einfallen.«

»Überstürze nichts, Süße.«

»Werde ich nicht.« Ich schwenkte mein Weinglas, das schon fast leer war.

»Sollen wir die zweite Flasche auch aufmachen?«

»Unbedingt.«

Gill übernachtete an diesem Wochenende bei mir. Ihre Freundschaft war für mich unglaublich kostbar. Ihre Anwesenheit milderte meinen Kummer ein wenig und lenkte mich davon ab, ständig an Stone zu denken.

23. Stone

»Gibt es Neuigkeiten von Sarah?«

Ich schüttelte müde den Kopf und sah aus dem Autofenster.

Elizabeth fädelte den Wagen geschickt in den Verkehr ein. »Nun, wie sagt man so schön: Keine Neuigkeiten ist eine gute Neuigkeit. Oder so ähnlich.«

»Wird wohl so sein.« Ich hatte den Rest des Wochenendes damit verbracht, mich davon abzuhalten, Sarah anzurufen oder noch schlimmer, einfach zu ihr hinzufahren und vor ihrer Tür zu stehen. Also hatte ich eine Menge Sport getrieben, war laufen gegangen, hatte am Abend den Videocall mit L.A. abgehalten und bis spät in die Nacht gearbeitet.

Außerdem hatte ich ein furchtbares Gespräch mit meiner Mutter geführt, was ich bedauerte. Aber ich hatte nun einmal derzeit nicht den Kopf dafür frei, ob ihr neues Parfüm eine rosa oder eine goldene Färbung erhalten sollte. Sie hatte in ihrer Kosmetikfirma ein ganzes Team von Marketingmanagern, die ihr bei der Entscheidung besser helfen konnten als ich.

Meine Gedanken galten Sarahs Vater. Ich hatte Ben Davies zwar nur kurz kennengelernt, doch dessen Offenheit und Warmherzigkeit hatten mich sehr beeindruckt. Außerdem war er der Mensch, der Sarah großgezogen hatte. Das Schicksal der kleinen Familie berührte mich.

Nie hätte ich gedacht, dass ich mir das eines Tages eingestehen würde. Ich war vielmehr davon ausgegangen, dass mich nie ein Mensch wirklich berühren konnte.

Klar, ich schätzte meine Mitarbeiter, ganz besonders Elizabeth und Sebastian. Und natürlich meine Mum. Doch dass ein anderer Mensch mich jemals im Herzen treffen würde, hatte ich mir nicht vorstellen können.

Sarah und ihr Dad hatten es auf ihre Weise geschafft.

Elizabeth machte sich offensichtlich ebenfalls Gedanken um unseren Gastgeber von Freitagabend, der uns so freundlich mit Tee empfangen hatte.

»Denken Sie, wir können ihm einen Blumenstrauß schicken oder so was?«

»Wird sicher möglich sein«, antwortete ich. »Aber ich bezweifele, dass Blumen Sarahs Dad heilen können.«

»Aber es wäre doch eine nette Geste. Das macht man so bei Menschen, die man mag.«

»Mhmhm«, gab ich von mir.

Ihn traf ein tadelnder Blick über den Rückspiegel. »Eine Frage, Boss: Mögen Sie Sarah?«

»Natürlich mag ich sie.«

»Boss, Sie wissen, was ich meine.«

Ich schloss die Augen, mein Herz flatterte. »Ja, ich mag Sarah. Mir liegt viel an ihr.«

»Gut, dann geben Sie sie nicht auf.«

»Wie meinst du das?«

»Wenn Sarah Ihnen wichtig ist, dann zeigen Sie ihr das.«

Stone schüttelte den Kopf. »Sie hat darum gebeten, dass ich ihr Zeit lasse. Und ich habe ihr geantwortet, dass sie alle Zeit der Welt hat.«

»Ein guter Anfang.«

»Was soll ich deiner Meinung nach noch anstellen, um ihr zu beweisen, dass sie mir wichtig ist? Vor ihrem Haus campieren? Ihr jeden Tag einen Bund Rosen schicken? Du weißt, dass ich so nicht bin. Und Sarah weiß es auch. Sie würde das nicht ernst nehmen.«

»Natürlich nicht. Sie können etwas tun, was typisch Stone ist.«

»Und was wäre das?«

»Müssen Sie selbst herausfinden.«

»Danke«, erwiderte ich sarkastisch.

Wir waren vor dem Büro angekommen. Elizabeth drehte sich grinsend zu mir um. »Immer wieder gerne.«

Ich rutschte nach vorne, um sie direkt anzusehen. »Was macht dich eigentlich neuerdings zur Beziehungsexpertin?«

Ihr Grinsen wurde noch breiter. Sie wackelte mit ihrer rechten Hand. Am rechten Ringfinger blitzte ein kleiner Silberring auf. »Meine Freundin hat mich gefragt, ob ich sie heiraten möchte, und ich habe Ja gesagt.«

Meine Stimmung wurde abgemildert. »Das sind fantastische Neuigkeiten. Herzlichen Glückwunsch, Elizabeth, an dich und deine Partnerin.«

»Danke, Boss.« Sie zwinkerte mir zu. »Das heißt, ich bin Ihnen zwei Schritte voraus, was Beziehungen betrifft.«

»In der Tat.« Ich stieg aus dem Wagen, zögerte aber, weil mir noch etwas einfiel. »Elizabeth, ich denke, du solltest auch ›du‹ zu mir sagen.«

Sie strahlte über das ganze Gesicht. »Wenn ich trotzdem noch ›Boss‹ sagen darf.«

Ihre Worte brachten mich zum Schmunzeln. »Wenn dir das gefällt.«

»Geht klar, Boss. Sag mir Bescheid, wenn du meine Dienste wieder benötigst. Ich fahre zu Mary, damit wir gemeinsam Besorgungen machen können.«

Ich nickte ihr zu und ging in das viktorianische Gebäude. Der Empfang war nicht besetzt. Merkwürdig, denn Cecilia war sonst immer früh im Büro. Auch von Sebastian war nichts zu sehen. Aber jemand musste da gewesen sein, denn die Kaffeemaschine war bereits eingeschaltet, und ein Teller mit Keksen stand bereit.

Die Überraschung wartete in meinem Büro auf mich. Sebastian stand mit verschränkten Armen neben dem Tisch, Cecilia saß mit hängenden Schultern auf einem der Besucherstühle.

»Okay, was geht hier vor sich?« Ich marschierte zu meinem Platz und stellte die Kaffeetasse ab.

»Wir haben den Wagen vorfahren sehen«, erklärte Sebastian. »Cecilia möchte dir etwas beichten.«

Ich ließ mich auf den Sessel sinken und blickte kritisch von meinem Assistenten zu meiner Empfangskraft. Ich hasste Überraschungen und war nicht sicher, ob mir gefallen würde, was ich als Nächstes hörte.

Cecilia schaffte es nicht, mir in die Augen zu sehen. Stattdessen starrte sie auf ihre Finger, die nervös mit einem Stift spielten.

»Meine Ohren sind offen«, sagte ich in Erwartung einer Erklärung.

»Also, ich möchte zunächst sagen ... dass es mir unendlich leidtut.« Ihre Stimme klang leise, war kaum zu hören.

»Hmm, was genau?« Diese Ungewissheit zerrte an meinen Nerven.

»Ich habe eine Freundin. Sie arbeitet ebenfalls als Empfangskraft. Allerdings in einem großen Bürokomplex mit mehreren Unternehmen.« Cecilia legte den Stift auf die Tischplatte und hob endlich den Blick. »Bei einem unserer gemeinsamen Lunches habe ich ein wenig mit meinem Job angegeben. Ich arbeite nämlich wirklich sehr gern für Sie, Mr Stone.«

»Das höre ich gerne. Und weiter?«

»Eventuell habe ich versehentlich erwähnt, an welchen Immobilien Sie derzeit Interesse zeigen. Und genauso versehentlich habe ich von Ms Davies erzählt und wie gut sie sich verstehen.« Sie schnappte nach Luft, ihre Unterlippe zitterte. »Was ich nicht wusste, ist, dass der neue Freund meiner Freundin Reporter ist. Sie hat ihm alles erzählt, und so kamen die Infos an die Presse. Es tut mir so unglaublich leid. Ich wollte Ihnen niemals Schaden zufügen!«

Ich schloss kurz die Augen und zählte innerlich von zehn rückwärts. Vor mir saß eine Person, der ich vertraut hatte, die Zugang zu sensiblen Daten meines Unternehmens hatte und die mir gerade gestand, dass sie einen Teil davon ausgeplaudert hatte. Nicht nur von meinen geschäftlichen Absichten, sondern auch von meinem Privatleben. Zu allem Übel hatte ich auch noch kurzzeitig Sarah und ihre Assistentin verdächtigt.

Ich hatte Cecilia eingestellt, weil sie hervorragende Qualifikationen besaß. Die Zeugnisse ihrer ehemaligen Arbeitgeber waren tadellos. Bisher war ich zufrieden mit ihr gewesen. Eine neue Empfangskraft zu suchen würde Zeit und Nerven beanspruchen.

»Cecilia, was glaubst du, was ich nun mit dir anstellen sollte?«

Sie schluckte. »Wenn Sie mich rausschmeißen wollen –«

»Du hast mein Vertrauen missbraucht. Auch wenn du keine bösen Absichten hattest. Ich kann so etwas nicht in meinem Unternehmen dulden.«

»Ich verstehe.«

Der alte Stone hätte sie gefeuert. Umgehend. Aber irgendwie war ich weicher geworden. Außerdem waren noch immer nicht alle Fragen geklärt.

»Okay, der Reporter wusste also über deine Freundin von meinem Termin zur Hausbesichtigung in Chelsea. Aber was ist mit dem Boot? Niemand konnte wissen, dass ich die Fahrt auf der Themse vorzeitig abbrechen würde.«

Cecilia sah hilfesuchend zu Sebastian.

Dieser nickte. »Der Reporter hat sich von seiner Freundin auf dem Laufenden halten lassen und von der Bootsfahrt erfahren. Also hat er Kontakt zu einem Mitarbeiter der Reederei aufgenommen und denjenigen bestochen, ihm weitere Infos zukommen zu lassen.«

Jemand vom Boot hatte den Reporter über den Abbruch

informiert, schlussfolgerte ich. Das warf kein gutes Licht auf die Reederei. Ich würde mich mit ihnen in Verbindung setzen. Oder noch besser, ich würde meine Anwältin auf sie ansetzen. Sobald Sarah sich wieder auf ihre Arbeit konzentrieren konnte.

Cecilia hatte Tränen in den Augen. Sie erwartete noch immer mein Urteil.

»Gut.« Ich atmete tief durch. »Ich gehe also davon aus, dass du nie wieder über meine geschäftlichen Termine und ganz besonders nicht mehr über mein Privatleben mit Personen außerhalb dieser Firma sprechen wirst.«

Ihre Augen waren weit geöffnet. »Sie geben mir also noch eine Chance?«

»Eine einzige.« Außerdem würde ich meine privaten Termine fortan in meinem Kalender so einstellen, dass zwar der Zeitraum geblockt war, aber niemand den Inhalt des Termins sehen konnte. Auf die Idee hätte ich schon früher kommen können, aber bisher hatte ich keinen Grund dazu gehabt.

»O vielen Dank, Mr Stone! Es wird nie wieder vorkommen!«

Cecilia erhob sich und wollte bereits nach draußen eilen, da fiel ihr offenbar noch etwas ein. »Heute früh hat ein Bote ein Paket geliefert. Soll ich es Ihnen bringen? Es ist an Sie persönlich adressiert, daher habe ich es nicht geöffnet.«

»Ist ein Absender angegeben?«

»Der Duke of Harlington.« Sie lächelte zurückhaltend.

»Das muss ein Gewinn aus der Tombola sein«, überlegte Sebastian laut.

»Stimmt. Dann lasst uns zusammen anschauen, was ich gewonnen habe. Hoffentlich nicht diese Teekanne mit dem furchtbaren Pfauenmotiv.«

Sebastian brachte das Paket herein, das eine rechteckige Form aufwies und in braunem Packpapier steckte.

Ich erhob mich und nahm es entgegen, um es vorsichtig

auf dem Schreibtisch abzulegen. Mit einer Schere, die Cecilia mir reichte, öffnete ich die Klebestreifen. Unter dem Packpapier steckte eine Schicht Luftpolsterfolie. Schließlich hielt ich ein gerahmtes Gemälde in der Hand.

»Was ist das?«, fragte Cecilia, als sie über Sebastians Schulter hinweg das Motiv betrachtete.

»Conwy Castle«, erklärte ich und versuchte, meine Gedanken zu sortieren. »In Wales.«

Dem Gemälde lag ein Brief bei, welcher mit einem Wachssiegel verschlossen war. Ich brach das Siegel, nachdem ich das Bild zurück auf den Schreibtisch gelegt hatte. Die Handschrift auf dem innenliegenden Brief wirkte elegant und schwungvoll.

Sehr geehrter Mr Stone,
ich hatte den Eindruck, dieses Gemälde habe etwas Besonderes in Ihnen ausgelöst. Womöglich finden Sie, dass es an seinen angestammten Platz über dem Kamin eines gewissen Hauses in Chelsea gehört. Leider hatten wir auf der Charity-Veranstaltung keine weitere Gelegenheit, uns zu unterhalten.
Lassen Sie mich wissen, wie Ihre Pläne für das Haus sind. Hochachtungsvoll
Henry Meatherfield, Duke of Harlington

»Ich Idiot.«

Meine Unfähigkeit, mir Titel und Anreden zu merken, hatte dazu geführt, dass ich einen potenziellen Geschäftspartner übersah. Dabei hatte ich dessen Namen bereits schriftlich vor mir gehabt. Nicht nur auf der Einladung zur Charity-Veranstaltung, sondern auch in dem Kaufvertrag zu dem alten Haus in Chelsea. Jenem Haus, in dem ich mit Sarah festgesessen hatte. Der Duke of Harlington war der Besitzer und somit der Verkäufer dieses Hauses.

»Sebastian, bitte vereinbare einen persönlichen Gesprächstermin mit dem Büro des Dukes für mich.« Ich reichte meinem Assistenten den Brief, auf dem die Kontaktdaten zu finden waren.

Mein Blick fiel zurück auf das Bild. Und plötzlich kam mir eine Idee, was ich für Sarah tun konnte.

24. Sarah

Nervös strich ich meinen grauen Bleistiftrock glatt.

»Soll ich mitkommen?«, fragte Rebecca.

Ich bemühte mich um ein Lächeln. »Nein, das muss ich allein erledigen. Aber danke für das Angebot.«

Ich hatte ihr von meinem Dad erzählt und dass er im Krankenhaus lag. Ich hatte ihr aber nicht erzählt, dass ich mit Stone geschlafen hatte. Nun, das würde ich sicher auch nicht mit Holden besprechen.

Seine Sekretärin sah verwirrt auf, als ich das Vorzimmer betrat. »Guten Morgen, Ms Davies. Haben Sie einen Termin?«

Holden hatte mich längst gesehen, kam zur Glastür und öffnete sie. »Ms Holden braucht heute keinen Termin. Kommen Sie herein.«

Ich hatte ihn nur kurz telefonisch um ein persönliches Gespräch gebeten, und er hatte sich sofort Zeit für mich genommen.

»Was kann ich für Sie tun, Ms Davies?«

Ich wartete, bis er sich auf seinen Sessel gesetzt hatte, bevor ich mich selbst setzte. »Der Vertragsabschluss für Mr Stones Wunschimmobilie steht nächste Woche an. Ich würde mir gern danach ein paar Tage Urlaub nehmen.«

Er betrachtete mich kritisch. »War die Arbeit mit Mr Stone so energieraubend?«

Ich umfasste den Saum meines Rockes. »Nein, das nicht. Die Zusammenarbeit ist sehr angenehm. Aber mein Vater hatte einen Herzinfarkt. Er befindet sich noch im Krankenhaus. Sobald er nach Hause kommt, möchte ich für ihn da sein.«

»Oh, das tut mir furchtbar leid.« Er legte die Ellbogen auf der Tischplatte ab und beugte sich in meine Richtung. »Natürlich erhalten Sie Urlaub. Ich werde der Personalabteilung eine entsprechende Anweisung geben.«

Erleichtert atmete ich durch. Der erste Part war geschafft. Fehlte noch der zweite. »Außerdem schlage ich vor, dass Sie eine andere Kollegin oder einen Kollegen mit Stones Mandat beauftragen.«

Sein Blick wurde finster. »Haben Sie nicht gerade gesagt, dass die Zusammenarbeit mit ihm angenehm ist? Wie passt das zusammen, dass Sie nicht mehr für ihn arbeiten wollen?«

»Es gibt persönliche Gründe.« Scheiße, verdammt.

»Hat er Sie bedrängt?«

Ich sog scharf die Luft ein. »Nein, natürlich nicht!«

»Was ist es dann?« Er lehnte sich auf seinem Stuhl zurück und verschränkte die Arme vor der Brust. »Mr Stone hat darauf bestanden, dass Sie seinen Fall übernehmen. Er wird nicht amüsiert darüber sein, dass ich Sie davon abziehe und jemand anderen zu ihm schicke.«

»Er wird es verstehen. Zudem werde ich natürlich eine Übergabe machen. Rebecca Moore ist in die Akten eingearbeitet, sie wird auch weiterhin zur Verfügung stehen.«

»Nein«, antwortete er knapp.

»Mr Holden, ich muss darauf bestehen.« Ich versuchte, meine Fassung zu wahren. »Es ist im Sinne der Kanzlei und auch … in meinem eigenen. Ich kann nicht Stones Rechtsbeistand sein.«

»Warum nicht?« Holdens Stimme klang eisern. Das war der Big Boss, vor dem sich viele fürchteten. »Sagen Sie mir nicht …« Unter seinem hartnäckigen Blick drohte ich zu schrumpfen. »Sagen Sie mir nicht, dass Sie meine Warnung ignoriert haben und sich über meine Anweisung hinweggesetzt haben.«

»Es ist meine Privatangelegenheit. Aber ich respektiere jede Ihrer Entscheidungen.«

Holden verschränkte die Arme vor der Brust. »Was glauben Sie denn, was ich entscheiden werde?«

»Dass ich womöglich gefeuert werde, wenn Sie darauf bestehen, die Wahrheit zu erfahren.«

»Sie denken also, ich feuere Sie, wenn Sie mir nicht sagen, was vorgefallen ist, und gleichzeitig nehmen Sie in Kauf, dass ich Sie dafür feuere, weil Sie es mir nicht sagen?« Er lächelte nicht amüsiert. »Sie verwirren mich, Ms Davies. Und ob ich darauf bestehe, dass Sie mir sagen, was vorgefallen ist ...«

Ich hatte es geahnt. Also gut, wenigstens konnte ich mir den Gang zur Personalabteilung nun sparen, um meinen Urlaubsantrag einzureichen. Obwohl ... womöglich musste ich doch hingehen, um meine persönlichen Unterlagen abzuholen und meine Schlüsselkarte für die Räumlichkeiten der Kanzlei abzugeben. Wenn ich Glück hatte, würde er mich doch nur ins Archiv versetzen, wo ich die nächsten Monate Dokumente ablegte.

Ich hob den Blick und nahm all meinen Mut zusammen. »Zwischen Mr Stone und mir hat sich gegen alle meine Vernunft etwas entwickelt. Etwas Privates. Sie verstehen sicher, dass ich nicht näher darauf eingehen möchte.«

Er deutete mit dem Zeigefinger auf meine Nasenspitze. Glücklicherweise trennte uns ein Schreibtisch. »Ich hatte Sie gewarnt!«

»Haben Sie.«

»Sie kannten die Konsequenzen.«

»Ja.«

»Und doch haben Sie dagegen gehandelt.«

»Ja.«

Er gab einen verächtlichen Laut von sich. »Was haben Sie sich davon erhofft?«

»Gar nichts.« Mir stand beinahe der Mund offen. »Was sollte ich mir erhofft haben? Es ist … passiert. Einfach so.«

Seine Stimme wurde ungewohnt laut. »Verlassen Sie dieses Büro.«

Schnell erhob ich mich. »Möchten Sie, dass ich sofort meine Sachen packe?«

»Nein!«, schrie er. »Natürlich nicht. Sie müssen diesen verdammten Kaufvertrag unterzeichnet bekommen.« Er fuhr sich durchs Haar. »Gehen Sie, damit ich Ihren Anblick nicht ertragen muss und mir Gedanken darum machen kann, was ich jetzt mit Ihnen anstelle.«

Also eilte ich aus seinem Büro, vorbei an seiner Assistentin, die mir mit offenem Mund nachstarrte und an ein paar Kolleginnen, die miteinander tuschelten, während sie mich verstohlen betrachteten, weil durch die gläserne Tür jeder mitbekommen hatte, dass Holden und ich eine Auseinandersetzung gehabt hatten.

Klar würden sie jetzt alle über mich reden. Ich konnte es nicht verhindern. Aber womöglich war das genau die richtige Strafe für mich. Es würde mich davon abhalten, jemals wieder denselben Fehler zu machen.

Zurück in meinem Büro betrachtete mich Rebecca argwöhnisch.

»Meine Gute, Sarah. Du siehst aus, als hättest du eine Kollision mit einem T-Rex gehabt.«

»Ja, das trifft es wohl sehr gut.« Hektisch packte ich mein Handy in meine Handtasche. »Ich brauche etwas frische Luft. Eine vorgezogene Mittagspause, sozusagen.«

»Okay, lass dir Zeit, ich halte dir den Rücken frei.«

Ihre Worte entlockten mir ein Lächeln. Deswegen mochte

ich Rebecca so gern. Sie war loyal, auch wenn sie nicht wusste, um was es ging.

»Danke.«

Eigentlich hatte ich meinen Besuch im Krankenhaus erst für den Feierabend geplant. Aber nun hatte ich das dringende Bedürfnis, meinen Dad zu sehen. Ich nahm die Reisetasche mit, die ich für ihn zu Hause gepackt hatte.

»Wir haben gute Neuigkeiten für Sie«, sagte die Pflegekraft am Empfang, bei der ich mich für den Besuch anmeldete. »Ihr Vater wurde vor einer Stunde von der Intensivstation auf die Normalstation verlegt. Wir wollten Ihnen die Nachricht noch zukommen lassen, es hat nur zeitlich noch nicht gepasst, weil die behandelnde Ärztin in den OP gerufen wurde.«

Das war die erste positive Nachricht des Tages. »Danke, das freut mich. Wo kann ich ihn finden?«

Sie notierte die Station und das Zimmer auf einem Notizzettel und reichte ihn mir. »Hier, ich sage dort Bescheid, dass Sie auf dem Weg sind.«

»Tausend Dank.« Zehn Kilo Last rutschten von meinen Schultern. Womöglich war mein Vater sogar ansprechbar. Gut, dass ich ihm seinen Thriller mitgebracht hatte.

Auf der Station wurde ich bereits von einem Pfleger erwartet. »Guten Tag, Ms Davies. Kommen Sie bitte, Ihr Vater wartet schon sehnsüchtig auf Sie.«

Ich folgte dem jungen Mann und kam an eine Tür, an der nur ein einzelner Name, der meines Vaters, stand. Das war ungewöhnlich, denn ansonsten befanden sich auf der Station eher Mehrbettzimmer, wie ich den Schildchen an den Türen entnommen hatte. Das Krankenzimmer meines Vaters war erstaunlich hell, groß und modern eingerichtet.

»Hallo, Mr Davies, schauen Sie mal, wen ich mitgebracht habe.«

»Sarah!« Dads Stimme klang etwas krächzend, doch sie zu hören, füllte meine Augen mit Tränen der Erleichterung.

»Brauchen Sie noch etwas? Einen Tee?«, erkundigte sich der Pfleger bei meinem Vater.

»Danke, ich bin wunschlos glücklich.«

Der junge Mann lachte. »Das freut mich zu hören.« Dann sah er von meinem Vater zu mir und wieder zurück. »Der Chefarzt kommt nachher noch zu Ihnen. Ich kann zwar noch nicht genau sagen, wann, aber es steht heute auf seinem Plan.«

Dad sah schon viel besser aus. Seine Wangen waren frisch rasiert, er hatte etwas Farbe im Gesicht und saß aufrecht im Bett. Natürlich hing er noch immer an einer Infusion, und ein weiteres Überwachungsgerät stand neben dem Bett.

Er breitete die Arme aus, und ich ließ mich von ihm umarmen, ganz vorsichtig. »Hach, Sarah, du hast dir bestimmt furchtbare Sorgen um mich gemacht. Tut mir leid für den Kummer.«

»Natürlich habe ich mir Sorgen gemacht. Aber zum Glück geht es dir jetzt besser.« Ich löste mich von ihm und betrachtete ihn nochmals aufmerksam. Er lächelte, und ein Teil seines Schalks war in die Augen zurückgekehrt. »Mir tut es leid, dass ich nicht da war, als es passierte.«

Er verzog sein Gesicht. »Unsinn. Es war mitten in Mr Jacksons Laden. Da wärest du ohnehin nicht dabei gewesen. Übrigens hat mich heute früh seine Tochter besucht. Sie arbeitet auf der Kinderstation, aber konnte ein paar Minuten für mich erübrigen. Eine wirklich freundliche junge Frau und mindestens genauso tüchtig wie du. Mr Jackson kann sehr stolz auf sie sein. Ich muss ihm das unbedingt sagen, wenn ich demnächst wieder meine Zeitung bei ihm kaufe. Oder könntest du es ihm von mir ausrichten, wenn du bei ihm vorbeigehst?«

Ich wischte mir eine Träne aus dem Augenwinkel. »Klar, Dad, das werde ich machen.«

Erst jetzt fiel mir der Flachbildschirm an der Wand auf. Außerdem stand ein frischer Blumenstrauß auf dem Tisch neben dem Bett. Eine Tür führte womöglich zum privaten Badezimmer. Irritiert sah ich mich um.

»Sag mal, ist das ein Einzelzimmer?«

»Ich denke schon, sehr hübsch, nicht wahr? Obwohl ich mir schon etwas merkwürdig vorkomme. Ich meine, den anderen Patienten geht es doch auch schlecht. Warum bekommen sie diese extra Behandlung nicht? Liegt wohl an unserer Zusatzversicherung. Dabei wollte ich nie eine Sonderbehandlung …«

Das wusste ich. Und ich war mir ziemlich sicher, dass unsere Zusatzversicherung kein privates Zimmer beinhaltete. Und auch keine Chefarztbehandlung.

Der Krankenhaus-Orga musste ein Fehler unterlaufen sein. Mir graute ein wenig vor der Rechnung. Ich hatte natürlich Erspartes für uns zurückgelegt, aber ob das für eine Behandlung als Privatpatient ausreichte? Ich war erst seit drei Jahren Anwältin und hatte genauso lange angespart, was vom monatlichen Gehalt übrig war. Dad selbst hatte nie ausreichend sparen können, da sein geringer Lohn zum Großteil für mein Studium draufgegangen war.

Weil ich meinen Vater nicht damit beunruhigen wollte, sagte ich nichts dazu, sondern begab mich lächelnd zu dem Blumenstrauß. »Das ist ja ein toller Strauß. Mit weißen Margeriten und lila Dahlien. Hast du eine heimliche Verehrerin, von der ich nichts weiß?«

Er kicherte vergnügt in sich hinein. »Der ist von Elizabeth.«

»Elizabeth?« Ich nahm die Grußkarte zur Hand. »Lieber Mr D. Es hat mich sehr bekümmert zu hören, dass es Ihnen nicht gut geht. Ich hoffe, Sie kommen ganz schnell wieder auf die Beine. Falls ich etwas für Sie tun kann, rufen Sie mich gerne an.« Dazu stand eine Handy-Nummer notiert. »Mr Stones' Elizabeth?!«

»Eine andere kenne ich nicht. Außer der verstorbenen Queen natürlich, möge ihre Seele in Frieden ruhen.«

Eine Vermutung beschlich mich … eine ganz furchtbare Vermutung. In Windeseile kümmerte ich mich um die mitgebrachte Reisetasche.

»Hier sind übrigens ein paar Sachen für dich: zwei Pyjamas, eine Jogginghose, Shirts, Unterwäsche, Zahnbürste … und das Buch, das du gerade liest.«

»Du bist ein Schatz, wie immer, Sarah.«

Ich verstaute die Wäsche im geräumigen Schrank. »Dad, ich muss mich kurz mit den Pflegekräften unterhalten. Bin gleich wieder da.«

»Geht es um etwas Wichtiges?«

»Ich muss irgendetwas unterschreiben … wegen der Versicherung.«

Ich fragte mich durch, wer für die Versicherungsangelegenheiten und Zimmerzuordnungen zuständig war. So gelangte ich in den administrativen Bereich der Klinik. Eine freundliche Sachbearbeiterin nahm sich Zeit für mich, auch wenn ich keinen Termin hatte. Sie tippte einige Daten in ihren Computer und bestätigte meinen Verdacht.

»Tatsächlich werden die Kosten privat getragen. Ein Mr Rorik Stone übernimmt die Rechnung für Ihren Vater.« Sie guckte mich neugierig an. »Ist das nicht der Millionär aus Amerika? Ich habe schon öfter von ihm in der Zeitung gelesen.«

»Kann man das irgendwie rückgängig machen?«

Sie runzelte die Stirn. »Warum würden Sie das wollen? Sind Sie nicht zufrieden damit, wie man Ihren Vater behandelt?«

Ich lachte laut auf. »Mit der Behandlung bin ich zufrieden, aber nicht damit, dass Mr Stone die Rechnung bezahlt. Er hat das nicht mit mir abgesprochen.«

»Das ist ungewöhnlich.«

Ich verschränkte die Arme vor der Brust. »In der Tat.«

Sie tippte weitere Daten in ihren Computer. »Wenn Sie es unbedingt möchten, werde ich das Privatzimmer und die Chefarztbehandlung streichen lassen. Oder soll ich die Rechnung auf Ihren Namen ändern?«

Ich schluckte. »Wie hoch wird der Betrag sein?«

Sie nannte eine Zahl, bei der mir schwindelig wurde. Wenn ich die lange erhoffte Beförderung bekommen hätte, wäre das vermutlich stemmbar gewesen. Aber die hatte ich an diesem Morgen verspielt. Andererseits brachte ich es auch nicht übers Herz, meinen Vater in ein anderes Zimmer verlegen zu lassen. Er sollte das Beste bekommen.

»Ja, stellen Sie die Rechnung auf meinen Namen aus.«

»Wie Sie möchten. Gilt das auch für die anschließende Reha-Behandlung?«

Mir wurde übel. Warum hatte Stone das hinter meinem Rücken veranlasst? »Darüber habe ich noch nicht entschieden.«

Kaum hatte ich das Büro verlassen, zückte ich mein Handy und tippte auf Stones Namen.

»Hey, wie geht es deinem Dad?«

»Wir müssen reden. Ganz dringend.«

»Bist du im Krankenhaus?«

»Ja.«

»Elizabeth und ich sind zufällig gerade auf dem Weg zu euch.«

Na klar, er wollte sich die Lorbeeren für seine selbstlose Tat abholen. Das konnte er vergessen. Ich mochte es ganz und gar nicht, wenn jemand hinter meinem Rücken über mein Leben entschied. Und noch dazu fühlte ich mich jetzt klein und unbedeutend, ganz eindeutig einem Millionär unterlegen, der mal eben aus der Portokasse einen Krankenhausaufenthalt mit Privatbehandlung und anschließender Reha übernehmen konnte.

Ich schaute auf meine Uhr. Viel Zeit blieb mir nicht mehr. »Ich muss zurück in die Kanzlei.«

»Dann unterhalten wir uns im Auto.« Er hatte aufgelegt, bevor ich noch etwas dagegen einwenden konnte.

Ich versuchte, mir meine miese Stimmung nicht anmerken zu lassen, als ich zurück zu meinem Dad kam. Der Chefarzt war gerade da, in Begleitung der Ärztin, die meinen Vater operiert hatte und mit der ich bereits am Tag der OP gesprochen hatte.

»Ah, da ist ja die erfolgreiche Tochter«, wurde ich von dem älteren Herrn mit breitem Grinsen begrüßt. »Ich habe schon viele Lobeshymnen von Ihrem Vater auf seine Anwaltstochter gehört. Sagen Sie, sind Sie eigentlich fit im Medizinrecht?«

So viel Altherrencharme war kaum zu ertragen. Ich wandte mich an die behandelnde Ärztin, die gerade ein Grinsen zu unterdrücken versuchte.

»Dr. Ansari, schön, Sie wiederzusehen. Könnten Sie mir sagen, was es mit der Reha auf sich hat? Ich war gerade in der Orga-Abteilung und bin nun leicht verwirrt. Ich dachte, mein Dad könnte in ein paar Tagen wieder nach Hause kommen.«

»Deswegen wollte ich noch mit Ihnen und Ihrem Vater sprechen. Eine Reha wäre wirklich nützlich, um das Risiko eines weiteren Infarktes zu minimieren. Zwar bin ich sehr zufrieden mit dem Heilungsprozess von Mr Davies, aber in einer Reha wäre die Nachsorge noch umfangreicher, ganz besonders, wenn diese stationär und nicht nur ambulant erfolgt.«

Ich sah unsicher zu meinem Dad. Er hörte aufmerksam zu und erwiderte meinen Blick.

»Wir werden es uns überlegen«, erwiderte ich. »Darf ich mich an Sie wenden, sofern wir noch Fragen haben?«

»Gerne. Und Dr. Miller steht natürlich auch jederzeit zur Verfügung.« Sie deutete mit einem Nicken auf den Chefarzt, der einen etwas pikierten Eindruck machte.

Ich lächelte ihn breit an. »Vielen Dank auch an Sie, Dr. Miller. Meine Kanzlei steht Ihnen mit Ihrem Anliegen übrigens jederzeit offen.« Ich zückte eine Visitenkarte und steckte sie ihm zu.

Als die Ärzte das Zimmer verlassen hatten, wandte ich mich an meinen Vater. »Ich muss leider wieder los zur Arbeit. Hast du alles, was du brauchst?«

»Natürlich. Ich komme mir hier vor wie in einem Fünfsternehotel.«

»Das freut mich.« Ich drückte ihm einen Kuss auf die Schläfe.

»Wenn die Reha zu teuer wird … Es gibt bestimmt auch wunderbare ambulante Einrichtungen.«

»Mach dir darüber keine Sorgen, Dad.«

»Ich meinte ja nur … Wenn ich anderswo untergebracht werde, dann hast du nicht so viel Arbeit mit mir, wie wenn ich zu Hause gepflegt werden muss.«

Seine Worte trafen mich. »Du bist doch keine Last für mich, Dad. Du bist mein Dad. Ich mache alles für dich.«

»Genau das ist es ja.« Er hob die Brauen und sah mich ernst an. »Du musst nicht alle Last der Welt allein tragen.«

Ich presste fest die Lippen aufeinander, um nicht loszuweinen. Das schlechte Gewissen schlug wieder zu. »Das tue ich doch gar nicht.« Ich schluckte den Kloß hinunter, der in meiner Kehle saß. »Ich habe dir noch gar nicht gesagt, wie leid es mir tut, dass ich nicht da war.«

Mein Vater schmunzelte unbekümmert. »Dass du nicht wo warst?«

»Na, als es passiert ist. Der Herzinfarkt. Ich hätte bei dir sein sollen. Ich habe doch gemerkt, dass es dir nicht gut ging in den Tagen zuvor.«

»Also wirklich, Sarah«, sagte Dad entrüstet. »Denkst du, ich lasse mich von dir vierundzwanzig Stunden am Tag beobachten? Ich hätte auch gerne mal etwas Privatsphäre. Wenn du jemandem die Schuld geben willst, dann dieser furchtbaren Klatschpresse und ihrem Geschreibsel über die Königsfamilie. Ich blätterte gerade durch eines dieser Käseblätter, als es mich einfach umgehauen hat.« Der Schalk in seiner Stimme ließ mich halb belustigt aufschluchzen.

Er breitete die Arme aus. »Komm mal her, lass dich von deinem alten Herrn umarmen.« Er rutschte ein wenig zur Seite, sodass ich mich neben ihn auf das Bett setzen konnte.

»Niemand kann etwas dafür«, flüsterte er, und ich hörte, dass auch er mit den Tränen kämpfte. »Genauso wenig wie am Krebs deiner Mutter.«

Wir saßen eine Weile eng umschlungen da und spendeten einander Trost, wie damals, nachdem Mama gestorben war.

Dann wurde es Zeit für mich, aufzubrechen, denn mein Vater wirkte erschöpft, und mir wurde wieder bewusst, dass Stone auf dem Weg hierher war. Mit einem dicken Kuss auf die Wange verabschiedete ich mich von meinem Vater.

Draußen musste ich erst einmal tief durchatmen, doch da entdeckte ich auch schon die mir mittlerweile vertraute Limousine. Elizabeth stand grinsend davor und winkte mir zu.

»Danke für den schönen Blumenstrauß«, sagte ich, als ich sie erreicht hatte. »Dad hat sich sehr darüber gefreut.«

»Und ich freue mich, dass er sich freut. Er ist ein feiner Kerl. Erinnert mich an meinen Dad. Solche Männer sind Gold wert, und das darf man sie ruhig wissen lassen.« Sie schritt zur hinteren Tür. »Da wir gerade bei seltenen männlichen Exemplaren sind ... Mr Stone erwartet dich.«

Elizabeth schaffte es immer wieder, mir mit ihrer lockeren

Art ein Lächeln auf die Lippen zu zaubern. Selbst wenn mir in diesem Moment gar nicht zum Lachen zumute war. Eher zum Toben, zum Schreien und zum Dinge zerstören.

»Sarah«, sagte Stone zur Begrüßung.

Seine Stimme klang ... rau, sehnsüchtig. Sie jagte mir einen wohligen Schauer über den Rücken.

Verdammt.

Ich rutschte auf die Rückbank, hielt mich aber möglichst weit entfernt von ihm. »Stone. Was fällt dir ein?«

»Was fällt mir denn ein?«

»Oha«, gab Elizabeth von sich, die sich gerade auf den Fahrerplatz setzte. »Ich schließe die Trennscheibe, dann könnt ihr in Ruhe reden.«

Ich wartete erst gar nicht so lange. »Wieso hast du hinter meinem Rücken die Kosten für den Krankenhausaufenthalt meines Vaters übernommen?«

Er hob die Schultern und sah aus dem Fenster. »Es erschien mir richtig.«

»Richtig?!« Ich keuchte. »Nur weil wir einmal zusammen im Bett waren? Wir leben im einundzwanzigsten Jahrhundert. Sex bedeutet nicht, dass man sofort eine Verpflichtung eingeht.«

»Nein, das bedeutet es nicht. Aber ich dachte, es wäre bei uns mehr.« Er wandte sich langsam zu mir um. »Warum kannst du meine Hilfe nicht annehmen?«

»Weil ich sie nicht brauche! Ich kann sehr gut allein für meinen Dad und mich sorgen.«

»Das weiß ich. Ihr kommt hervorragend zurecht. Tatsächlich ...« Er schluckte, und sein Kehlkopf hüpfte. »Tatsächlich beneide ich dich sogar ein wenig um die Beziehung zu deinem Vater. Ich durfte nie erfahren, was ihr habt.«

Ich verschränkte die Arme vor der Brust. »Das tut mir sehr leid für dich, aber es gibt dir dennoch nicht das Recht, dich in unser Leben einzumischen.«

»Aber was hätte ich sonst tun sollen? Ich habe dich nicht gedrängt, habe dich in Ruhe gelassen, wie du es wolltest.«

»Ja, für zwei Tage. Große Glanzleistung, Mr Stone.«

»Ich habe dich in Ruhe gelassen. Ich habe nur die Rechnung bezahlt. Und es ist mir sehr schwergefallen, nicht noch mehr zu tun. Warten gehört nicht gerade zu meinen Stärken.«

»Das weiß ich.« Ich erinnerte mich lebhaft an unseren »Einbruch« in das Haus in Chelsea. Nur weil er keine Geduld hatte.

»Ich musste etwas tun. Also habe ich dem Krankenhaus hunderttauschend Pfund gespendet und angeboten, die Rechnung für deinen Dad zu übernehmen.«

»Hunderttausend.« Ich japste.

»Ich sagte doch, dass ich das Geld meines Vaters für wohltätige Zwecke ausgeben möchte.«

Das Auto hatte sich längst in den Londoner Mittagsverkehr eingefädelt. Ausnahmsweise gab es keinen Stau. Die Fahrt mit Stone würde also erträglich kurz werden.

»Ich werde die Rechnung für meinen Dad selbst bezahlen«, sagte ich kalt. »Und um die Reha kümmere ich mich ebenfalls.«

Er seufzte tief. »Warum lässt du dir nicht von mir helfen?«

»Weil ich es verdammt noch mal nicht möchte! Ich will dir nichts schuldig sein.«

Er schüttelte den Kopf. »Du bist mir nichts schuldig. Ich habe es getan, weil du mir etwas bedeutest.«

Schweigend starrte ich aus dem Fenster. Kurz bevor wir ankamen, wandte ich mich noch einmal zu Stone um.

»Du hast sehr viel Geld, und ich bewundere, dass du Gutes damit tun willst. Offensichtlich bist du es aber gewohnt, für dein Geld alles zu bekommen, was du willst. Und wenn du es nicht bekommst, dann nimmst du es dir einfach. Aber du kannst nicht die Zuneigung von Menschen damit kaufen. Verstehst du?«

Seine Wangenmuskeln waren angespannt, als würde er den Kiefer fest aufeinanderpressen. Seine Augen waren kalt. So kalt wie das Eismeer.

Was ich gesagt hatte, musste ihn hart getroffen haben. Aber es war das, was ich fühlte.

25. Stone

»Das kam ... unerwartet.«

Ich warf meiner Fahrerin einen strengen Blick zu. »Die Trennscheibe war doch geschlossen.«

»Ihr habt so laut diskutiert, dass ich die Worte ziemlich gut verstehen konnte.«

»Hrmpf«, gab ich von mir und ließ mich zurück gegen die Rücklehne fallen.

Sarah hatte das Auto mit wehenden Fahnen verlassen. Ihre Worte waren messerscharf in mein Herz gedrungen. Wie sehr musste sie mich nun verachten? Wieder einmal hatte ich alles falsch gemacht.

»Boss, soll ich dich nach Hause fahren?«

»Nein, ich habe noch einen Termin.« Ich nannte Elizabeth die Adresse, und sie schaute mich fragend an.

»Das Haus in Chelsea?«

Ich nickte.

Während der Fahrt tippte ich für die Partner in L.A. Nachrichten in mein Handy, wobei alles in mir darauf drängte, Sarah zu schreiben. Ich hatte ihren Stolz verletzt. Mehr als das. Womöglich hatte ich es richtig mit ihr vermasselt. Wie idiotisch wollte ich mich eigentlich noch verhalten? Ich selbst verabscheute Überraschungen. Aber ich hatte gedacht, Sarah würde sich darüber freuen.

Wir erreichten Chelsea unerwartet schnell. Vor dem Haus stand bereits ein nobler Jaguar. Der Duke war also schon vor Ort.

»Soll ich mit reinkommen?«, fragte Elizabeth.

»Alles gut, warte hier draußen, bitte.«

Diesmal stand die Eingangstür weit offen. Ich betrat die alte Villa, und sofort überkam mich wieder das Kribbeln, die Ahnung, dass dies ein besonderes Haus war.

»Mr Stone«, sagte der Duke, der im Eingangsbereich auf mich wartete. »Schön, dass Sie es so schnell einrichten konnten.«

»Danke ebenso, Eure Lordschaft. Es tut mir leid, dass ich die Charity-Veranstaltung verlassen habe, bevor wir Gelegenheit zu einem weiteren Gespräch hatten.«

»Schon in Ordnung.« Der Duke winkte ab und ging voran in den Raum, der einst die Bibliothek gewesen war. In seinen Augen lag ein merkwürdiger Glanz.

Ich betrachtete den Engländer ganz genau. Etwas in seiner Haltung ließ mich annehmen, dass dies nicht irgendein Haus war. »Waren Sie oft hier, als es noch bewohnt war?«

Der Duke lächelte. »In der Tat. Mein Großonkel war ein herzlicher Mensch, etwas seltsam, würden manche sagen. Aber ich denke, er hat einfach nur in seiner eigenen Welt gelebt. Er liebte die Kunst und war viel unterwegs. Aber das Haus hat er dabei leider etwas vernachlässigt.« Er trat an das Fenster, durch das man hinaus in den Garten sehen konnte. »Dort habe ich oft als Kind geschaukelt. In einer Ecke gab es ein Spielhaus, das mein Großonkel mit seinen eigenen Händen gebaut hatte. Meine Schwester und ich haben hier viele schöne Stunden verbracht.«

»Dennoch möchten Sie das Haus verkaufen?«

»Ich kann dem Haus nicht gerecht werden.« Der Duke drehte sich einmal um die eigene Achse, als wolle er die Energie des Raumes in sich aufnehmen. »Meine Schwester lebt mit ihrer Familie in Nordengland. Sie haben in London ein modernes Appartement, wenn sie zu Besuch kommen. Ich selbst habe mein Stadthaus und mein Anwesen in Surrey.«

»Verstehe. Sie haben keine Verwendung für das Haus.«

»Es wäre schade, wenn es die ganze Zeit nur leer stände«, bestätigte der Duke. »Andererseits wäre es auch eine Schande, es an einen dahergelaufenen Investor zu verkaufen, der es dann modernisiert und an irgendwelche anderen Investoren oder Millionäre verkauft.«

Seine Augen wurden finster. »Dieses Haus verdient es, dass man darin lebt, dass man es liebevoll restauriert und nicht in ein Mietobjekt verwandelt oder es einmal im Jahr zu Wimbledon oder Weihnachten aufsucht. Es verdient Kinder, die den Garten erkunden und dabei Abenteuer erleben. Es verdient Bücher, die hier stundenlang gelesen werden. Es verdient ... eine Familie mit einem großen Herzen für alte Dinge.«

Ich schluckte. Genau das hatte ich empfunden, als ich das Haus zum ersten Mal betreten hatte. »Man kann Gebäude auch modernisieren, ohne ihren Charme und ihr Wesen zu verändern. Wenn man die richtigen Handwerker zur Seite hat, könnte man diesem Schmuckstück zu neuem Glanz verhelfen, sodass noch viele Generationen hier leben werden.«

Der Duke betrachtete mich kritisch. »Ich muss Ihnen etwas gestehen, Mr Stone. Der Makler hat den Besichtigungstermin auf meinen Wunsch hin abgesagt.«

Ich spürte, wie mir die Kinnlade herunterfiel. »Ernsthaft?«

Er nickte. »Als ich erfuhr, wer der Interessent für das Haus ist, war mir klar, dass dies nicht das war, was ich mir vorgestellt hatte.«

»Dies?« Ich keuchte auf. »Sie meinen einen dahergelaufenen Investor aus Amerika, der ihr Schmuckstück in einen modernen Kasten verwandelt.«

»Genau das.«

Ich verschränkte die Arme vor der Brust. »Was hat Ihre Meinung geändert?«

Das Lächeln kehrte auf das Gesicht meines Gegenübers zurück. »Die Fotos in einschlägigen Medien.«

»Von Ms Davies und mir?«

Der Duke nickte. »Sie hatten doch tatsächlich die Unverschämtheit, in mein Haus einzusteigen. Das hat mich neugierig gemacht. Wer ist dieser Mann, der seine Anwältin dazu bringt, mit ihm in ein Haus einzubrechen? Also habe ich Sie zu meiner Charity-Veranstaltung eingeladen. Wir hatten zwar kaum Gelegenheit, uns zu unterhalten, doch der Moment, als Sie das Gemälde meines Onkels angesehen haben, hat mir gezeigt, dass da mehr in Ihnen steckt als ein Millionär, der nach Investmentobjekten sucht.«

Erwartete der Duke nun Dankbarkeit? Ich war mir nicht ganz sicher. Der Mann war für mich nicht leicht einzuordnen.

»An was haben Sie gedacht, als Sie das Bild gesehen haben?«

Ich schüttelte irritiert den Kopf. »Wie bitte?«

»Etwas hat sich in Ihrem Gesicht verändert, als Sie das Bild betrachtet haben. Es wirkte plötzlich … verträumt. Also, an was haben Sie dabei gedacht? Tut mir leid, wenn ich Ihnen damit zu nahe trete.«

Ich hatte an Sarah gedacht. Das Bild der walisischen Burg hatte mich an Sarah erinnert. Deswegen hatte ich die Veranstaltung verlassen. Weil ich sie sehen musste.

»Ich habe an jemanden gedacht, der mir viel bedeutet«, gestand ich. »Jemanden, dem ich unbedingt etwas erklären muss, aber die Umstände sind nicht einfach.«

Der Duke legte den Kopf schief. »Verstehe. Und wäre diese Person jemand, der das Haus gefallen würde?«

Wärme breitete sich in meinem Herzen aus. »Sie mag das Haus sehr.«

»Und wenn ich Sie nun frage, was Sie mit dem Haus vorhaben, Mr Stone. Was würden Sie dann sagen?«

»Ich würde sagen, dass ich mich selbst darin sehe. Es strahlt eine Wärme aus, die ich in meinem Leben selten erlebt habe. Genau wie diese Person. Deswegen möchte ich es für mich selbst kaufen, es herrichten, damit ich darin wohnen kann.«

»Nicht nur zu Weihnachten oder zu Wimbledon?«

Ich lachte auf. »Nein, nicht nur zweimal im Jahr, sondern für immer.«

Zufrieden reichte mir der Duke die Hand. »Gut, das Haus soll Ihnen gehören.«

Ich starrte den Engländer, dann die Hand an. Es war der seltsamste Geschäftsabschluss meines Lebens. Aber es war auch einer der bedeutendsten.

26. Sarah

Für den Tag des Vertragsabschlusses wählte ich den eleganten blauen Hosenanzug. Dazu band ich mein Haar zu einem strengen Zopf.

Rebecca war ziemlich nervös. Sie hatte nicht damit gerechnet, dass ich sie zu dem Termin mitnehmen würde. Sie trug ein schwarzes Kostüm, dazu High Heels und ihren rötlichen Schopf zu einem ordentlichen Dutt gebunden.

Ich sprach ihr im Taxi Mut zu: »Kein Grund nervös zu sein. Wir haben alles gut vorbereitet. Der Vertrag ist mit der Verkäuferseite abgesprochen. Eigentlich geht es nur noch darum, das Dokument zu unterschreiben und die Übergabe des Objektes zu regeln.«

»Die anderen haben mich nie mitgenommen zu ihren Terminen. Es ist daher mein erster.«

»Echt nicht? Dabei bist du genau deswegen hier: Um es zu lernen und eines Tages selbst solche Termine abhalten zu können, wenn du Anwältin bist.«

»Das haben die wohl nicht so gesehen.«

Ich biss mir auf die Unterlippe und verkniff mir den Kommentar zu manch anderem Kollegen oder anderer Kollegin. Das Anwaltsbusiness erinnerte oft an ein Haifischbecken. Hin und wieder vergaßen die lieben Herrschaften, dass wir zum selben Team gehörten.

Holden hatte sich noch nicht dazu geäußert, wie meine Zukunft bei *Black & Chase* aussehen würde. Doch sollte ich meinen Arbeitsplatz behalten dürfen, würde ich Rebecca unter meine Fittiche nehmen. So wie Gill und ich uns gegenseitig geholfen und auf diesem Weg gemeinsam gewachsen waren, mochte auch Becks etwas Hilfe gebrauchen. Sie war tüchtig, klug und loyal. Eine bessere Assistentin konnte ich mir gar nicht vorstellen. Wenn sie noch etwas selbstbewusster wurde, würde sie eines Tages eine hervorragende Anwältin werden, davon war ich überzeugt.

Der Vertragsabschluss fand in Stones Büro statt. Wir waren eine halbe Stunde vor dem Termin dort, damit wir unseren Mandanten noch letzte Fragen beantworten konnten.

Unserem Mandanten, Rorik Stone.

Immer wieder hatte ich mir in den letzten Tagen diese Worte vorgesprochen, wie ein Mantra, das es zu verinnerlichen galt. Jede persönliche Regung, die ich ihm gegenüber empfand, musste in den Hintergrund treten, damit ich meinen Job gut machen konnte. Das Herz hatte zu schweigen, wenn der Verstand arbeitete.

Cecilia empfing uns und brachte uns in das Konferenzzimmer, in dem bereits Stone und sein Assistent Sebastian auf uns warteten. Uns wurden Tee und Kaffee angeboten. Kekse standen auf dem Tisch bereit.

Stone trug einen hellbeigen Anzug, eine graue Weste und ein eisblaues Hemd, das die Farbe seiner Augen widerspiegelte. Seine Kiefer wirkten angespannt, und seine Nasenflügel bebten, als er mich erblickte.

Ich hielt seinem Blick stand, wie ich es schon oft getan hatte, und reckte stolz das Kinn. Heute war der letzte Tag, an dem ich Stone sehen würde. Sollte er auf die Idee kommen, weiter von unserer Kanzlei betreut werden zu wollen, sollte sich ein anderer um ihn kümmern. Ich würde es nicht tun, selbst wenn ich meinen Job behielt. Seine Nähe wühlte mich zu sehr auf. Ich konnte in seiner Gegenwart kaum klar denken. Wie sollte ich so arbeiten? *Er ist mein Mandant*, wiederholte ich innerlich. Nur noch heute, dann ich es geschafft.

Wir setzten uns, Stone an den Kopf des Tisches, Sebastian auf den ersten Platz zu seiner Linken, daneben ich mich selbst und dann Rebecca. Die Stühle rechts von Stone blieben frei für die Vertragspartner, auf die wir noch warteten.

»Haben Sie noch Anmerkungen zum Kaufvertrag, Mr Stone?« Ich war stolz auf mich, dass meine Stimme sicher klang. »Punkte, die Sie gern besprochen hätten?«

Eine seiner Augenbrauen zuckte. Es war kaum merklich, doch ich kannte sein Gesicht mittlerweile gut genug, um zu wissen, dass er sich um Gelassenheit bemühte – genau wie ich selbst.

»Es bleibt nur die Frage der Übergabe.«

Sebastian schob mir eine Notiz zu. »Das wären Mr Stones' Vorschläge für Termine und ein entsprechender Protokollentwurf.«

Ich schob die Unterlagen weiter an Rebecca. »Checkst du das Protokoll? Achte auch auf Stromzähler und öffentliche Abgaben.«

An die beiden Herren gerichtet fügte ich hinzu: »Möchten Sie selbst die Übergabe vornehmen, oder sollen das die Anwälte übernehmen?«

»Der Duke und ich regeln die Übergabe selbst«, erklärte Stone kühl.

Ich betrachtete ihn mit zusammengekniffenen Augen. »Haben Sie sich getroffen? Es klingt, als hätten Sie persönlich miteinander gesprochen.«

Wieder dieses Zucken in seiner Augenbraue. »Haben wir.«

»Darf ich Sie darauf hinweisen, dass das äußerst unklug war. Sämtliche Vereinbarungen abseits des Kaufvertrages –«

»Es gab keine Vereinbarungen jenseits des geschriebenen Wortes«, unterbrach er mich. »Außer, dass ich das Haus für mich selbst nutzen werde.«

Die Offenbarung traf mich unvorbereitet. Er wollte selbst

darin wohnen? Das bedeutete, er würde sich dauerhaft in London niederlassen? »Ist das so?«

»Ja, der Duke wollte wissen, wie meine Absichten für das Haus sind. Also habe ich es ihm gesagt.«

»Die Verkäuferseite könnte mit einer entsprechenden Klausel um die Ecke kommen«, warf Rebecca zögerlich ein.

»Und wenn das so ist, werde ich sie unterschreiben«, verkündete Stone gelassen.

Ich atmete tief durch. Dieser Mann trieb mich wahrlich in den Wahnsinn. »Gut, dann lassen Sie uns den Vertrag noch ein letztes Mal gemeinsam durchgehen, bevor der Verkäufer erscheint.«

Der Duke fand sich mit zwei Anwälten von der Kanzlei *Harrington & Partner* ein, mit denen wir bereits schriftlich korrespondiert hatten. Der Duke selbst sah aus wie ein Prinz aus einem Disney-Film: groß, dunkelhaarig und mit einer natürlich-stolzen Haltung.

Rebecca seufzte leise bei seinem Anblick. Dezent stieß ich mit dem Fuß gegen ihren und ermahnte sie dadurch, die Fassung zu wahren.

Stone, der dem Duke ja bereits begegnet war, stellte Rebecca und mich sowie Sebastian vor. Der Duke stellte sich selbst und seine Anwälte nochmals vor. Als er zuletzt Rebeccas Hand nahm, meinte ich, dass er diese einen Hauch länger hielt als alle anderen. Der Ausdruck in seinem Gesicht zeigte eine Mischung aus Staunen und Verwirrung. Dann räusperte er sich und nahm den angebotenen Platz am anderen Ende des Tisches ein.

Die Besprechung des Kaufvertrages und die Unterschrift waren reine Formsache, genau wie ich angenommen hatte. Jedoch wurde kein Paragraf in den Kaufvertrag aufgenommen, dass Stone das Haus nur zur eigenen Nutzung verwenden durfte. Dabei wäre ein solcher Passus nicht unüblich gewesen.

Kaum hatten der Duke und seine Anwälte das Büro nach ein wenig Small Talk verlassen, packte ich meine Tasche und die Unterlagen zusammen.

»Damit sind wir fertig, Mr Stone«, erklärte ich. »Ich lasse Ihrem Assistenten den Grundbuchauszug zukommen, sobald das Eigentum umgeschrieben wurde.«

»Wollen wir nicht gemeinsam anstoßen?«, schlug Sebastian vor. »Mir ist irgendwie nach Feiern zumute.«

»Tut mir leid, wir müssen zurück ins Büro.«

Rebecca sah ein wenig enttäuscht aus, nickte aber. »Vielleicht ein andermal.«

Für mich würde es kein andermal geben. »Machen Sie es gut, Mr Stone. Viel Erfolg weiterhin bei der Immobiliensuche.« Ich stand vor ihm und streckte meine Hand aus. Das war unser Abschied.

Er verstand die Geste offensichtlich. Doch es dauerte, bis er meine Hand ergriff. »Danke, Ms Davies. Sie haben gute Arbeit geleistet.« Er drückte meine Hand, doch ließ sie wieder los. Fast hätte ich damit gerechnet, er würde sie noch länger festhalten.

Blinzelnd trat ich zurück. Seine Nähe hatte mich einmal mehr um den Verstand gebracht.

»Vielen Dank auch an Sie, Ms Moore. Ich werde Sie lobend bei Mr Holden erwähnen.«

»Danke«, antwortete Rebecca schüchtern, da sie offensichtlich nicht mit dem Lob gerechnet hatte.

Erst als wir das Büro hinter uns gelassen hatten und im Taxi saßen, atmete sie tief durch.

»Gott, das war … merkwürdig.« Sie sah mich prüfend an. »Was auch immer zwischen dir und Mr Stone vorgefallen ist, es geht mich nichts an. Aber es lag in diesem Raum wie eine knisternde Wolke, glaube mir. Jeder, der auch nur ansatzweise zu empathischen Gefühlen fähig ist, hat es gespürt.«

»Es ist vorbei«, murmelte ich. »Lass uns einfach nicht darüber reden.« Ich brauchte unbedingt etwas Ablenkung. Mir fiel der Moment ein, in dem der Duke Rebecca begrüßt hatte. »Wo wir gerade bei Knistern in der Luft sind … Was hältst du von dem ehrenwerten Henry Meatherfield, dem Duke of Harlington.«

»OMG, erinnere mich nicht an ihn.« Sie legte ihre Handflächen über ihre Wangen. »Ich meine, es laufen viele attraktive Menschen auf dieser Welt herum. Aber der Duke … Ich vergesse gerade meine gute Erziehung, aber das ist eine Sahneschnitte erster Klasse. Der König der Sahneschnitten! Ich wüsste zu gern, wie er ohne Brille aussieht. Vermutlich noch attraktiver.«

Ich schmunzelte in mich hinein. »Vielleicht begegnet ihr euch ja mal wieder?«

»Quatsch, der Mann spielt in einer ganz anderen Liga. Glaube mir, da würde ich mir nur die Finger verbrennen.« Sie biss sich auf die Unterlippe. »Es sei denn …« Sie blickte aus dem Fenster. Es hatte abermals geregnet, und die Wassertropfen an der Scheibe spiegelten die Lichter Londons auf märchenhafte Weise wider. »Glaubst du an Liebe auf den ersten Blick, Sarah?«

Ich erinnerte mich lebhaft an meine erste Begegnung mit Rorik Stone. »Nein, nicht auf den ersten Blick. Das ist dann eher … Schwärmerei, Leidenschaft von mir aus. Liebe aber ist so viel mehr als das. An erster Stelle bedeutet Liebe blindes Vertrauen, und das kommt nicht von heute auf morgen, das muss sich lange entwickeln.«

»Da hast du sicher recht.« Und doch schaute sie aus dem Fenster, als hoffte sie, ein holder Prinz – oder der Duke – auf einem weißen Ross würde gleich neben dem Taxi auftauchen.

Ich sagte nichts mehr dazu und gönnte ihr die Schwärmerei. Vielleicht würde sie morgen schon wieder für jemand anderen schwärmen, und die Begegnung mit dem Duke wäre nur eine schöne Erinnerung.

Der Regen nahm zu. In den wenigen Momenten, die es dauerte, vom Taxi ins Bürogebäude zu gelangen, traf uns ein heftiger Schauer. Mein Mantel war durchnässt, meine Haare tropften.

»Hilfe, ich brauche ein Handtuch.« Becks lachte, als wir aus dem Fahrstuhl in unsere Etage stiegen.

»Der Handtrockner im Bad schafft wahre Wunder«, erwiderte ich amüsiert. Ich hatte mir irgendwann versehentlich ein Glas Wasser über eine weiße Bluse gekippt. Dank Handtrockner, vor dem ich den nassen Stoff hin und her gewedelt hatte, war er im Nu wieder trocken gewesen.

Mich hielt unsere Empfangskraft auf: »Ms Davies, Mr Holden hat mich angewiesen, Sie sofort zu ihm zu schicken, wenn Sie zurückkehren.«

Ich verharrte. Mein Mantel tropfte auf den Teppich vor dem Empfangstresen. Holden hatte also eine Entscheidung getroffen. Ich straffte die Schultern, legte meinen Mantel an der Garderobe ab und schritt zurück zum Fahrstuhl.

Rebecca kam zu mir und drückte fest meine Hand. »Es wird alles gut werden.«

Ich lächelte müde. Genau das glaubte ich nicht. Aber ich würde mich meinem Schicksal fügen. Ich hatte es mir schließlich selbst zuzuschreiben, also musste ich auch mit den Konsequenzen leben. Nun, da der Immobilienkaufvertrag unterschrieben und somit das Mandat erfüllt war, brauchte Holden mich nicht mehr.

Langsam betrat ich die Chefetage. Mr Holdens Assistentin musterte mich neugierig. Vermutlich hätte ich mir noch die Haare trocknen sollen, aber das war jetzt auch egal.

»Gehen Sie rein, die Herrschaften erwarten Sie.«

Herrschaften?

Hatte Holden auch andere Partner dazugeholt? War das nicht etwas übertrieben für eine simple fristlose Kündigung?

Ich straffte noch einmal die Schultern und erkannte, dass

in Holdens Büro nur eine weitere Person stand. Eine Frau von hochgewachsener Gestalt in eleganten Pumps, einer gut sitzenden Jeans und einer weißen Seidenbluse.

Als ich das Zimmer betrat, drehte sie sich zu mir um. Ich dachte für einen Moment, dass mich der Blitz traf. Die blonde Dame war etwa in Holdens Alter, hatte eine gesunde Sommerbräune und eisblaue Augen.

»Ms Davies, darf ich Ihnen Ms Andersson vorstellen?«

Ihr kühler Blick wanderte von meinen durchnässten Schuhen, über meinen Anzug zu meinem Gesicht und dem nassen Zopf.

»Ms Andersson, das ist Ms Davies, die Anwältin Ihres Sohnes.«

»Danke, das dachte ich mir bereits«, antwortete sie knapp. »Bitte, dürfen wir einen Moment unter vier Augen miteinander sprechen, Ms Davies und ich?«

Holden lächelte zuvorkommend. »Natürlich.« Er warf mir einen warnenden Blick zu und schloss die Tür hinter sich.

»Sie sehen genauso aus wie auf diesen schrecklichen Pressebildern«, sagte Ms Andersson.

Ich blinzelte verwirrt. Sollte das eine simple Feststellung sein, oder war das schon eine Beleidigung? »Sie sind also Stones' Mutter.« Ich verschränkte die Arme vor der Brust. Warum war die Frau hier? Was hatte ich angestellt, dass sie in den Flieger gestiegen und von Hollywood nach London geflogen war?

Sie hob eine ihrer fein geschwungenen Augenbrauen. »Ich bin gekommen, weil ich mir ein Bild von Ihnen machen wollte.« Erneut ließ sie diesen kritischen Blick über mich wandern. »Meine Güte, besitzen Sie denn keinen Regenschirm?«

»Der Regen kam etwas überraschend.« Ich presste fest die Lippen aufeinander, um nicht noch eine unüberlegte Bemerkung von mir zu geben. Aber ich war wirklich durch. Erst der

247

Kaufvertragstermin, dann der Regen und eine Kündigung, die bisher nicht eingetreten war. Jetzt auch noch Stones Mum.

Diese war die Verkörperung einer Eiskönigin. Da hätte nicht mal meine Kollegin Kate mithalten können.

Ihre Stimme klang hart. »Nun, wie es scheint, hat mein Sohn einen Narren an Ihnen gefressen.«

»Wie bitte?« Ich keuchte entsetzt. »Sie sind den weiten Weg aus Kalifornien ganz umsonst gekommen. Mal abgesehen davon, geht Sie mein Leben überhaupt nichts an.«

Okay, jetzt brach der Zorn doch aus mir heraus. All die Wut, die sich in mir angestaut hatte. Wie kam diese Frau dazu, mir Vorwürfe zu machen? Es war doch ohnehin alles vorbei.

»Oh, doch, meine Kleine, das geht mich sehr wohl etwas an.« Sie schritt auf mich zu, wobei sie mich von der Körpergröße um einiges überragte. »Die Pressebilder haben die Vermutung nahegelegt, dass zwischen Ihnen und meinem Sohn etwas läuft. Noch dazu hat er in letzter Zeit oft Ihren Namen erwähnt, in einer Weise, wie ich es nicht von ihm gewohnt bin.«

Ihre vorwurfsvolle Art ging mir auf die Nerven. Was glaubte sie eigentlich, wer sie war? Oder wer ihr Sohn war? »Ihr Sohn ist ein erwachsener Mann, er kann sich anfreunden, mit wem er will, oder etwa nicht?«

»Und Sie glauben also, Sie wären eine passende Partie für ihn?«

»Was?! Das habe ich nie behauptet. Im Gegenteil. Ich sagte bereits, dass Sie umsonst gekommen sind. Das mit Stone und mir war vorbei, bevor es überhaupt angefangen hat.« Wenn ich darüber nachdachte, hatte Ms Andersson vermutlich nicht einmal mit ihrem Sohn gesprochen, bevor sie hier aufgetaucht war. An meinem Arbeitsplatz. Das machte mich noch wütender.

»Ach, Schätzchen, das glauben Sie und ich nicht. Sie wer-

gegen. »Aber genau wegen des Geldes und all der Geschichten, die man über mich erzählen wird, kann ich es nicht zulassen, mich ihm weiterhin zu nähern. Wäre er der ärmste Schlucker auf Erden, wären wir uns nur zufällig auf der Straße begegnet oder im Park, ich wäre mit Freuden die Seine.«

Ihre Augen wirkten katzenhaft lauernd. »Sie weisen Roderik also zurück wegen Ihres verletzten Stolzes? Und das ist besser?«

Verwirrt verharrte ich. Mein Herz galoppierte wie wild. Es schrie mir die Antwort entgegen, die ich so lange nicht hatte hören wollen. »Nein, das ist nicht besser«, murmelte ich.

»Wie bitte?«

Ich schüttelte den Kopf und musste plötzlich lachen. »Wissen Sie, Sie haben mir gerade etwas klargemacht. Genau das Gegenteil von dem, was Sie erreichen wollten.«

»Sie faseln wirres Zeug.«

»Nein, ich sehe ziemlich klar.« Abrupt wandte ich mich von ihr ab und eilte aus dem Büro.

Mehrfach drückte ich auf den Knopf des Fahrstuhls, und als er endlich kam, stürzte ich hinein und musste laut lachen. Ich drückte den Knopf für das Foyer.

Jede Person, die unterwegs in den Fahrstuhl einstieg, musterte mich, als sei ich eine geisterhafte Erscheinung. Womöglich sah ich aus wie eine Furie und dann auch noch durchnässt. Aber es war mir egal.

Ich drückte meine Handtasche an meine Brust und lief durch das Foyer, hinaus in den Regen. Hektisch winkte ich das nächste Taxi herbei. Aber bei diesem Wetter waren die meisten Taxis belegt.

»Verdammter Mist. Taxi!«, rief ich dem nächsten Fahrzeug entgegen. Der Regen tropfte von meiner Stirn und meiner Nasenspitze und verschleierte mir die Sicht. Es war mir egal. Ich hatte alles verloren. Außer einer Sache: der Gewissheit, dass mir Stone wirklich viel bedeutet hatte und dass er mich niemals hatte verletzen wollen.

27. Stone

Genervt rieb ich über die schmerzende Stelle an meiner Stirn.

Meine Mutter stand vor mir wie eine Furie und hielt mir einen Vortrag, wie dankbar ich ihr sein durfte, weil sie mich vor einer Schmarotzerin gerettet hatte.

»Mum«, sagte ich und unterbrach ihren Redefluss. Keine Ahnung, wann sie so geworden war. Die Zeit mit meinem Vater und das oberflächliche Gehabe in Hollywood hatten mehr Narben hinterlassen, als sie jemals zugeben würde.

Sie ließ sich auf meinen Besucherstuhl fallen und seufzte tief. »Ich bin so müde, Roderick.«

Dass sie mich immer noch so nannte ... Ich schob ihr meine Kaffeetasse zu, an der ich nur kurz genippt hatte. Ich wollte nicht nach Cecilia oder Sebastian für eine weitere Tasse rufen. Es reichte, wenn ich mich selbst in einem Raum mit meiner Mutter befand.

»Du bist ein Schatz.« Sie trank einen großen Schluck Kaffee. Dann rieb sie sich ihre Stirn, genau so, wie ich es selbst gerade getan hatte.

Der Zorn, der in mir bebte, war nicht leicht zu bezwingen. Aber sie war meine Mutter. Wir hatten viel miteinander durchgemacht. Sie verdiente meinen Respekt, also fuhr ich meine Wut herunter, so gut ich es vermochte.

»Mum, du hättest erst zu mir kommen sollen, statt direkt zu *Black & Chase* zu fahren.«

»Zu der Anwaltskanzlei?« Sie winkte ab. »Dieser Mr Holden macht einen anständigen Eindruck. Er weiß, wie er mit den Leuten umzugehen hat.«

Damit meinte sie, mit den Leuten, die über ein gewisses

Vermögen verfügten. »Das weiß Mr Holden in der Tat. Aber vermutlich bist du jetzt daran schuld, dass Sarah ihren Job los wird.« Gott, wie sollte ich das nur wieder geradebiegen? Das Beste wäre, ich rief Holden in dem Moment an, in dem meine Mutter mein Büro verlassen hatte.

Jetzt sah sie etwas pikiert aus. »Die junge Frau wird doch wohl deshalb nicht ihren Job verlieren?«

»Du weißt ja nicht, was du angerichtet hast.« Ich stützte meine Ellbogen auf der Tischplatte ab, um meine Mutter intensiv anzusehen. »Sarah Davies ist eine tüchtige Anwältin. Noch dazu ist sie integer, was man von anderen Menschen ihres Berufsstandes in Hollywood nicht behaupten kann. Ich hätte ihr nicht nur meine Geschäfte, sondern auch mein Leben anvertraut.«

Meine Mutter schob sich eine ihrer blonden Haarsträhnen aus der Stirn. »Du hältst wirklich so viel von ihr?«

»Ja, das tue ich.«

»Aber ... sie hat dich nicht bezirzt?«

Jetzt musste ich lachen. »Mum, du hast sie gesehen. Sieht sie wie jemand aus, der andere um den kleinen Finger wickeln wollte?«

»Eigentlich nicht.«

»Siehst du. Sie ist anders. Anders als jeder Mensch, der in mein Leben getreten ist. Sie ist bewundernswert. Und ... ich mag sie.«

Mum schnappte nach Luft. »Warum hast du mir das denn nicht gesagt?!«

»Weil du nicht gefragt hast. Du bist wild losgestürmt, weil du dachtest, ich sei in Gefahr. Dabei hast du vergessen, dass ich mittlerweile ganz gut auf mich selbst aufpassen kann. Wenn du jemandem an die Gurgel gehen willst, dann bitte der englischen Regegenbogenpresse. Die hat mir hier so einige Male einen Stein in den Weg geschmissen.«

Sie schüttelte den Kopf und schloss die Augen. »Was habe ich nur angerichtet?«

Ich kannte dieses Gefühl nur zu gut. Also stand ich auf und ging zu ihr, um sie zu umarmen. »Schon okay. Ehrlich gesagt, habe ich das mit Sarah schon vermasselt, bevor du überhaupt einen Fuß auf englischen Boden gesetzt hast. Allerdings müssen wir nun sehen, wie wir dafür sorgen, dass sie ihren Job nicht verliert.«

»Könnte sie nicht in einer anderen Kanzlei arbeiten?«

»Nicht mit dem Makel einer fristlosen Kündigung im Lebenslauf.«

Sie tippte auf ihre zurückhaltend geschminkten Lippen. »Vermutlich sollte ich noch mal mit diesem Mr Holden sprechen. Vielleicht lässt er sich ja bei einem Abendessen umstimmen.«

Ich sah sie argwöhnisch an. »Du hast vor, mit ihm essen zu gehen?«

»Warum nicht? Ich vermisse das Londoner Nachtleben, und ich könnte mir einen schlechteren Begleiter als Oliver vorstellen.«

Ich keuchte auf. »Du kennst seinen Vornamen?« Ich war mir nicht sicher, ob ich den bisher irgendwo wahrgenommen hatte.

Sie hob eine Schulter, als sei das gar nichts. »Aber sicher. Er ist wirklich ein sehr gut aussehender Mann. Weißt du, Robert Redford –«

»Too much information.« Abwehrend hob ich die Hände und kehrte zurück zu meinem Sessel.

»Na gut. Was ich meinte, ist, dass ich, glaube ich, etwas wiedergutzumachen habe, sollte die Kleine ihren Job wirklich wegen meines … Auftritts in der Kanzlei verloren haben.«

»Bitte nenne sie nicht ›Kleine‹. Sie heißt Sarah.«

Sie musterte mich forschend. Ihrem Blick entging nichts.

Aber was hatte ich schon zu verheimlichen? Dass ich mein Herz an Sarah verloren hatte?

Das war wohl kein Geheimnis mehr.

Aber ich würde sie nicht für mich zurückgewinnen können. Dazu war es zu spät. Ich konnte nur noch dafür sorgen, dass sie den Job behielt, für den sie so hart gearbeitet hatte.

28. Sarah

Es war das dritte Glas Wein ... oder das vierte, wer wusste das schon so genau. Gill jedenfalls nicht, Becks auch nicht und ich schon lange nicht mehr. Höchstens Kate, die von Wein nicht so leicht betrunken wurde.

Wir alle saßen zusammen in meinem winzigen Wohnzimmer und hatten es uns auf dem Sofa gemütlich gemacht. Auf dem Tisch standen mehrere Boxen diverser chinesischer Gerichte, die wir uns gegönnt hatten, und drei Flaschen Rotwein. Die letzte war noch nicht geöffnet, glaubte ich zumindest.

»Ich kann es nicht fassen, dass Holden dich rausschmeißen will!« Becks fuchtelte mit einem Essstäbchen in der Luft herum. »Das ist einfach unfair! Nur wegen dieser blonden Hexe.«

»Habt ihr diese Seidenbluse gesehen? Die muss ein Vermögen gekostet haben.« Gill stopfte sich ein Stück Hühnchen in den Mund. Irgendwie hatte jeder in der Kanzlei Ms Andersson gesehen. Sie hatte einen sehr nachhaltigen Eindruck hinterlassen.

»Was hat denn bitte die Bluse mit Sarahs möglicher Entlassung zu tun?« Kate schüttelte tadelnd den Kopf und nippte damenhaft an ihrem Weinglas.

Gill runzelte die Stirn, als würde sie darüber nachdenken.

Aber ich hatte schon eine Antwort parat. »Die Seidenbluse hat nichts damit zu tun. Aber Ms Andersson war das Tröpfchen, das das Fass zum Überlaufen gebracht hat. Holden hat mich zweimal ermahnt. Ihm bleibt also gar nichts anderes übrig, als mir zu kündigen.«

Mir wurde mehr als traurig zumute. Nicht nur, dass ich

die besten Kolleginnen vermissen würde, die man sich vorstellen konnte. Ich würde auch mein Einkommen verlieren. Wie sollte ich jetzt noch in der Lage sein, die Rechnung für Dads Krankenhausaufenthalt zu bezahlen?

Aber ich war ja selbst schuld. Hätte ich mich doch bloß nie mit Stone eingelassen. Es passte zu meinem Leben, dass ausgerechnet dann, wenn ich mich in einen Mann verguckte, alles den Bach runterging.

»Diese miese Stimmung gefällt mir gar nicht.« Becks schmollte. »Wollen wir nicht Karaoke singen?« Schon war sie aufgesprungen und machte sich an Dads CD-Player zu schaffen. »Was kann das Ding alles?«

»Auf keinen Fall hat es eine Karaoke-Einstellung«, sagte ich.

Becks wedelte mit einer CD. »Sarah, sind das Aufnahmen von deiner Mum?«

Mir wurde flau im Magen. »Bitte, leg sie wieder hin.«

Sie verstand sofort und nahm eine andere CD. »Uuuuh, was habe ich denn hier gefunden? Mega oldschool.« Es dauerte keine zwei Sekunden, und die Stimmen von One Direction erfüllten das Wohnzimmer.

»Was ist denn daran bitte ›oldschool‹?« Gill wirkte pikiert. »Das war unsere Jugend, und Harry Styles ist immer noch hip.«

»Schon gut.« Becks winkte ab und setzte sich zurück aufs Sofa. Dann aber blickte sie zum Fenster. »Da hat gerade ein Auto gehalten.«

Zweifelnd folgte ich ihrem Blick. Sicher nur jemand, der sich verfahren hatte.

Kate war aufgestanden. »Sieht aus wie ein Rolls Royce.«

»*Jeez.*« Becks lachte aufgeregt. »Das ist Mr Stone!«

Jetzt sprang auch Gill auf, während ich wie gelähmt sitzen blieb.

»Stimmt, er steigt gerade aus.«

Meine Freundinnen sahen mich gespannt an.

»Ähm«, machte ich. »Dann öffne ich wohl mal die Tür.«

Becks stand ebenfalls auf und eilte schon fast nach draußen. »Brauchst du Hilfe?«

Kate schnalzte tadelnd mit der Zunge. »Bleibst du wohl hier? Sarah kann das sehr gut allein regeln.« Sie warf mir einen prüfenden Blick zu.

Ich nickte bestätigend. Räuspernd erhob ich mich und zog das Schlafshirt zurecht. Für das nächste Aufeinandertreffen mit Stone hätte ich mir ein etwas schickeres Outfit gewünscht, nicht mein Schlafshirt mit Leggins und Kuschelsocken.

So majestätisch wie möglich schritt ich in den Flur, wartete auf das Klingeln, zählte dann innerlich bis drei und öffnete anschließend die Tür.

Stone trug ungewohnterweise eine Jeans und einen Wollpulli. Sein Haar war locker zu einem Dutt gebunden, und einzelne Strähnen hatten sich daraus gelöst. »Hi, Sarah.« Sein Lächeln wirkte unsicher.

»Hi.« Ich räusperte mich und machte die Tür ganz auf. »Komm rein. Aber ich muss dich vorwarnen: Ich habe Besuch.«

»Ich komme also ungelegen?« Sofort runzelte er die Stirn.

Gott, er sah so gut aus. Er könnte alles anziehen, und ich würde ihn immer attraktiv finden.

Gill kam mir zuvor. »Hallo, Mr Stone, ich bin Gillian Hobbs, eine Freundin von Sarah. Keine Sorge, wir wollten sowieso gerade gehen.« Sie winkte die anderen herbei.

»Es ist spät«, stellte Stone fest. »Und es wartet kein Taxi auf Sie.«

Gill zog sich ihre Jacke über. »Nicht? Ups, es verspätet sich wohl.«

Becks kam aus dem Wohnzimmer und schnappte sich ihre Sneaker. »Oh, Mr Stone, was für eine Überraschung.«

Kate folgte etwas zurückhaltender und nickte dem Millionär würdevoll zu. »Wir sind wirklich gleich verschwunden. Keine Sorge.«

Niemand fragte mich, ob ich überhaupt wollte, dass sie gingen. Andererseits hatten Stone und ich einiges zu klären. Dankbar lächelte ich meine Freundinnen an. »Ich melde mich bei euch.«

Gill küsste mich auf die Wange. »Sag Bescheid, wenn du was brauchst.«

Stone hatte die Hände in die Jeanstaschen gesteckt, eine ganz ungewohnte Geste bei ihm. Er wandte sich an Becks. »Elizabeth kann Sie fahren. Dann müssen Sie nicht auf ein Taxi warten.«

»Echt? Das ist aber nett.« Becks hüpfte aufgeregt auf und ab.

»Ich nehme mir dann später selbst ein Taxi.« Er winkte Elizabeth zu, die ausgestiegen war und so alles mitbekommen hatte.

Nachdem die Ladys in den Rolls gestiegen waren, nicht ohne noch mal heftig in unsere Richtung zu winken, schloss ich die Tür.

»Mach es dir gemütlich«, sagte ich zu Stone. Es war eine mehr als merkwürdige Situation. »Hast du Hunger? Es gibt noch Reste ... Ich weiß gar nicht, ob du asiatisches Essen magst.«

Er war direkt hinter mir, und als ich mich zu ihm umdrehte, prallte ich gegen ihn.

»Hoppla.«

Er umfasste meine Hüfte. »Nicht stürzen.« Dann fiel sein Blick auf den Wohnzimmertisch mit den Essensboxen vom Lieferdienst und den angebrochenen Weinflaschen. »Sicher, dass ich nicht gestört habe?«

»Hmm, das Timing ist egal. Ich wollte ohnehin noch mal mit dir reden.«

»Wie praktisch«, erwiderte er. »Ich wollte auch noch mal mit dir reden.«

»Deswegen bist du wohl hergekommen.«

Er hielt mich noch immer fest, und ich sah ihm direkt in die Augen.

»Was hast du zu sagen?«, fragte ich leise.

Stones Blick senkte sich auf meine Lippen.

Diese Anziehung zwischen uns war noch immer da. Ich widerstand dem Drang, mich auf die Zehenspitzen zu stellen, und ihn zu küssen. Aber es war so unglaublich, dass er wirklich hier war, direkt vor mir.

Ich nahm seine Hand und führte ihn zum Sofa, wo ich mich seitlich hinsetzte, um ihn ansehen zu können.

Er nahm Platz und atmete tief durch. »Ich hatte niemals die Absicht, deine Gefühle zu kaufen. Ich wollte wirklich nur dir und deinem Dad helfen. Ihr seid eine wundervolle kleine Familie, und ich hätte es nicht ertragen, euch nicht zu helfen. Aber ich habe daraus gelernt und werde nie wieder etwas tun, ohne es mit dir abzusprechen, falls du mir noch einmal eine Chance gibst. Eine Chance, dass wir uns weiter kennenlernen können. Denn, was auch immer das zwischen uns ist, es ist zu kostbar, um es aufzugeben.«

Meine Hände wanderten von seinem Arm zu seinem Nacken, und ich schob mich näher an ihn heran. Er legte seine Hände auf meine Oberschenkel und sah mich erwartungsvoll an. »Was sagst du? Gibst du mir noch eine Chance?«

»Darüber wollte ich mit dir reden.« Ich atmete tief durch. »Deine Mum war bei uns in der Kanzlei.«

Er verzog das Gesicht. »Ich weiß. Sie hat es mir gesagt. Aber er erst hinterher. Tut mir furchtbar leid, dass sie noch mehr Chaos angerichtet hat. Deswegen bin ich ebenfalls gekommen.« Er strich mir zärtlich eine Haarsträhne aus der Stirn. »Ich werde nie wieder etwas tun, was dein Leben betrifft, ohne mit dir Rücksprache zu halten. Deswegen muss ich dir jetzt sagen, dass meine Mum vorhat, mit Holden über deinen Job zu reden.«

Ich lachte amüsiert, denn um zornig zu sein, war ich erstens zu müde und zweitens schon zu angeheitert. »Das ist so ein Ding von dir und deiner Mum, wie mir scheint. Ihr wollt alle retten, macht es aber eher schlimmer.«

»Sie möchte sich nur entschuldigen, dass sie wie eine Furie in der Kanzlei aufgetaucht ist, und Holden darum bitten, dir nicht deswegen zu kündigen. Wenn es dir recht ist.«

»Nein, es ist mir nicht recht«, sagte ich leise, doch ich lächelte. »Ich werde das selbst klären, richte das deiner Mum aus.«

Er nickte verstehend. »Sie ist sehr ... beschützend. Aber das soll nichts entschuldigen.«

Ich schüttelte den Kopf. »Eigentlich ist mir durch ihr Auftreten etwas klar geworden.« Ich hielt Stones Blick stand. Diesmal glänzten seine Augen nicht eisig. Sie glühten förmlich. »Ich war so blind vor Stolz, dass ich nicht gesehen habe, was da zwischen uns passiert ist. Ich will nicht, dass du aus meinem Leben verschwindest. Ich will dich festhalten und nie wieder loslassen.«

Er lächelte zögerlich. »Ms Davies, heißt das, Sie wollen weiterhin meine Anwältin sein?«

»Nein.« Ich lachte. »Ich will auf gar keinen Fall deine Anwältin sein. Sonst könnte ich nämlich das hier nicht tun.«

Ich rückte an ihn heran und hauchte einen Kuss auf seine Lippen. Er zog mich fester an sich und erwiderte den Kuss mit einer Leidenschaft, die in mir ein unlöschbares Feuer entzündete.

»Lass mich nicht mehr los«, bat ich, als sich unsere Lippen kurz voneinander lösten.

»Nie wieder«, versprach er.

Epilog

»Wow, da war eine Diele locker.« Ich blieb stehen und fasste an mein Herz, das vor Schreck ausgesetzt hatte.

»Vertraust du mir etwa nicht?« Seine Stimme klang rau, und sein Atem streichelte meinen Hals, woraufhin mich ein wohliger Schauer überkam.

»O doch, ich vertraue dir. Aber nicht diesen alten Holzdielen. Wann darf ich den Schal abnehmen?«

Er hatte mir die Augen verbunden, bevor wir das Haus betreten hatten, und ich war gespannt zu erfahren, welche Überraschung auf mich wartete.

»Noch einen Moment. Was glaubst du, in welchem Raum wir uns befinden.«

»Nicht im Keller.«

Er lachte heiser. »Nein, nicht im Keller.«

Ich wackelte mit den Füßen. »Holzdielen ... und wir sind nicht in ein anderes Stockwerk gegangen. Die Bibliothek!«

»Genau richtig, mein Liebling.« Er nahm mir vorsichtig den Schal ab und hauchte einen Kuss auf meine Nasenspitze.

Ich blinzelte mehrmals, bis sich meine Augen an das schummerige Licht gewöhnt hatten. Im Kamin brannte ein wärmendes Feuer, und Kerzen in Windlichtern, mindestens zwanzig, spendeten im ganzen Raum verteilt flackerndes Licht. Inmitten des sonst leeren Zimmers lag ein Teppich, darauf Decken und Kissen. Daneben stand eine Kühltasche und zwei Pizzakartons.

»Ist es das, was ich glaube?« Ich japste vergnügt nach Luft. »Das Date, das du mir schuldest?«

»Pizza, Bier und ...« Unter einer der Decken holte er ein

Tablet hervor. »Den Kamin habe ich checken lassen. Aber die Stromleitungen sind noch nicht geprüft. Also, falls es dir nichts ausmacht, auf einem kleineren Bildschirm Horrorfilme zu schauen?«

Voller Freude umarmte ich ihn. »Das ist das Wunderbarste, was dir jemals eingefallen ist.«

Er runzelte zweifelnd die Stirn. »Besser als die Bootsfahrt auf der Themse?«

»Hmm, das Boot war okay, der Kuss war himmlisch, aber die Stimmung, na ja.«

»Ich war verkrampft.« Er lachte. »Mein Herz war schneller als mein Verstand, das hat mich *out of order* gesetzt.«

»Ich verzeihe dir.« Sanft hauchte ich einen Kuss auf seine Lippen.

»Hmm, das ist gut.« Er nahm meine Hand und führte mich zu dem Decken- und Kissenlager. »In der Kühltasche ist auch dieser Whisky-Sahne-Likör, den du so gerne magst.«

Dafür liebte ich ihn. Er merkte sich so viele Kleinigkeiten … Nein, ich liebte ihn noch für so vieles mehr. Aber ich hatte es ihm noch nicht gesagt. Mir war auch erst jetzt bewusst geworden, dass dieses große Wort namens Liebe auf das zutraf, was ich für Stone fühlte.

Mein Vater befand sich für drei Wochen in einer Rehaklinik an der walisischen Küste. Für die Zeit danach hatte ich Urlaub eingereicht, damit ich ihn zu Hause betreuen konnte. Wegen all der Überstunden der letzten Jahre hatte ich ohnehin noch ausreichend Urlaubstage. Mein letztes Gespräch mit Holden hatte zwar eine Beförderung in weite Ferne gerückt, doch ich konnte meinen Job behalten. Wenn ich auch neuerdings in der Versicherungsabteilung eingesetzt wurde, der allerlangweiligsten Abteilung nach dem Archiv.

Stones Mutter war immer noch nicht ganz darüber hinweg, dass ihr Sohn nun mit einer Anwältin zusammen war. Aber langsam gewöhnte sie sich wohl an den Gedanken, denn als wir vor zwei Tagen essen waren, hatte sie mir angeboten, sie beim Vornamen zu nennen, und gefragt, ob es mich störte, wenn sie sich die CDs meiner Mutter anhörte.

Natürlich störte es mich nicht. Ich fand es im Gegenteil überraschend herzerwärmend. Manchmal war der erste Eindruck doch nicht der richtige. Denn Stones Mum interessierte sich sehr für das Leben ihres Sohnes und wollte mich wirklich kennenlernen.

Stone öffnete zwei Flaschen Bier und reichte mir eine davon. Dann tippte er auf dem Tablet herum. »Welchen Film sollen wir uns ansehen? Blair Witch Project?«

»Klingt nach einem guten Plan. Soll ich deine Hand halten, während wir den Film schauen? Nicht dass du dich fürchtest. Es gibt da so eine Szene in einem Keller …«

Er hob die Brauen. »Mit Kellern verbinde ich eigentlich angenehme Erinnerungen.«

Ich schmunzelte in mich hinein und hoffte, dass es nach dem Film immer noch so war.

Stone legte mir einen Arm um die Schultern. »Wir haben übrigens eine Einladung erhalten. Auf dem Umschlag stehen unsere beiden Namen.«

Aufgeregt schnappte ich nach Luft. Es war unsere erste Einladung als Paar. »Zu wem oder was? Ist es eine Charity-Veranstaltung? Hoffentlich nichts allzu Förmliches.«

Er grinste schief. »Keine Ahnung, aber ich stelle mir vor, dass Elizabeths Hochzeit nicht sehr förmlich ausfallen wird.«

»Elizabeth? Wie zauberhaft. Ich freue mich sehr für sie.«

»Ich mich auch. Sie ähm …«, er hüstelte leicht verlegen, »… hat mich gefragt, ob ich ihr Trauzeuge werden will.«

»Du hast hoffentlich Ja gesagt?«

»Sollte ich nicht jede Entscheidung mit einer Anwältin besprechen?«

Ich musterte ihn prüfend. »Nimmst du mich gerade auf den Arm?«

»Nur ein bisschen. Ich habe natürlich Ja gesagt.«

»Das wird immer besser.«

Er sah mir tief in die Augen, und Hitze stieg mir in die Wangen. »Ja, das sehe ich auch so.« Er stellte seine Bierflasche weg und nahm mir meine aus der Hand.

»Was wird das?«, wollte ich belustigt wissen.

Statt mir zu antworten, ließ er sich zurück in die Kissen sinken und zog mich mit sich, sodass ich halb auf seiner breiten Brust zu liegen kam.

Ich genoss die Stärke, die er ausstrahlte, die Ruhe.

»Es wird noch ein paar Monate dauern, bis das Haus bezugsfertig ist«, sagte er leise. »Aber ich kann es kaum erwarten, hier die ersten Bücher in Regale zu stellen, Bilder aufzuhängen und es zu meinem Zuhause zu machen.«

»Es wird sicher sehr gemütlich werden.«

»Gemütlich und modern. Beides.«

»Hört sich gut an.«

Er hob sein Becken etwas an und schob eine Hand in die Hosentasche. Ich stützte mich auf meinem Ellbogen ab, neugierig darauf, was er sich noch ausgedacht hatte.

Schließlich hielt er mir einen altmodischen Schlüssel aus Metall entgegen. »Das ist nicht der echte Eingangsschlüssel. Ich habe ihn unten in diesem alten Vorratsschrank gefunden. Aber sieh mal …« Er hielt ihn so, dass ich die Räute sehen konnte. Sie war in Herzform gestaltet.

Vorsichtig streichelte ich über das Metall, das Stones Körperwärme angenommen hatte. »Wie hübsch.«

Er legte den Schlüssel in meine Hand. »Er soll dir gehören. Symbolisch. Bis ich den ersten Schlüsselsatz zum neuen Haustürschloss erhalten habe.«

Zaghaft drückte ich den Schlüssel an meine Brust. »Danke.«

»Es ist nicht nur der Schlüssel zu meinem Haus«, murmelte er, und sein Blick senkte sich auf meine Lippen, dann hob er ihn wieder und sah mir direkt in die Augen. »Es ist auch der Schlüssel zu meinem Herzen. Mein Herz gehört dir, Sarah. Ich liebe dich.«

»Und ich liebe dich, Stone. Mehr als du dir vorstellen kannst.«

Ich senkte den Kopf, und unsere Lippen trafen sich zu einem innigen Kuss.

Dies war erst der Anfang unseres gemeinsamen Weges, dessen war ich mir bewusst. Ich würde jeden Moment mit Rorik Stone genießen. Und ich hatte das Gefühl, dass uns viele wundervolle Momente bevorstanden. Vielleicht sogar eine ganze Ewigkeit.